格雷厄姆·格林

Graham Greene

格雷厄姆·格林文集

Ways of Escape
逃避之路

黄勇民——译

上海译文出版社

本书近一半内容曾在我全集的一些序言里发表过(不过已作过修改、删节，有些地方作了扩充)，其中包括鲍利海和海纳曼出版公司出版的我的一些书的序言和瑟克-瓦伯格出版公司出版的《极乐大厦》的序言。其他内容也在《星期日泰晤士报》、《泰晤士报》、《星期日电讯报》、《旁观者》、《每月评论》、《伦敦杂志》、《生活杂志》等报刊杂志上发表过。我必须向《生活曾经这样》的读者致歉，因为那本书的结尾与这本书的开头有点重复。

当我的身躯继续着它的旅程的时候，我的思绪却在

不断回顾，沉浸在过去的岁月之中。

——古斯塔夫·福楼拜

献给他的母亲，

1849 年 11 月 23 日

序言

我写名为《生活曾经这样》的自传片断大约截至我 27 岁左右。当时，我感觉未来的岁月既属于他人，也属于我自己。我不能侵犯他人的版权……人们有隐私权，但是记叙我的私人生活而不牵涉别人的隐私是不可能的。尽管如此，我还是品尝到这种回忆的愉悦——经常是一种悲怆的愉悦，于是，我开始为我的著作全集写了一系列序言，回顾了所有这些作品构思和写作的背景。毕竟，这些序言也是“一种生活”。

我增补了一些散文随笔，它们是我随意记叙的我生活中的逸闻趣事，描述了世界某些扰攘不安的地方，我突然发现自己无缘无故闯入了这些地方；不过，现在我能看得一清二楚：我的一次次旅行与我的写作一样，是一次次逃避的方式。正如我在本书某处写的那样：“写作是一种治疗方式；有时我在想，所有那些不写作、不作曲或者不绘画的人们是如何能够设法逃避癫狂、忧郁和恐慌的，这些情绪都是人生固有的。”奥登[①]说过：“人类需要逃避，就像他们需要食物和酣睡那样。”

我游览过的那些地方成为我小说创作的源泉，这种情况要比人们通常认为的要少得多。我没有刻意寻找创作源泉，我是碰巧遇见它们的，当我买了往返机票去西贡[②]、太子港[③]或亚松森[④]时，那也许是作家的直觉在起作用。所以，书中就有了我动念创作《喜剧演员》之前对于海地的印象，也有了我对巴拉圭的观感，它成了《与姑妈同游》中一个章节。然而，马来亚的紧张局势却没有产生小说，肯尼亚的茅茅暴动也没有诞生任何作品。美国当局将我从波多黎各[⑤]驱逐出境或者1948年我在布拉格目睹共产党接管政权的亲身经历甚至没让我写出一个短篇故事。二十世纪五十年代斯大林主义的波兰没有触动我这个小说家的想象力；尽管如此，1933年以来的政治在我的一些小说中占据了越来越重要的地位；也许茅茅暴动为我日后领教更加邪恶的"黄麻袋大叔"做了思想准备，我在马来亚对伏击的忧虑也使我在越南有时经历的恐惧有了一种更深层次的理解。我写过一些有关法国人所发动的越南战争的文章，但是这本书几乎没有收录，因为美国人的越战使早年的法国人越战相形见绌，就像保大皇帝[⑥]和保录亲王[⑦]那样，现在没有人会对那些已经销声匿迹的人物感兴趣。

我生活中专栏作家们最钟爱的那些往事片断仍不在本书收录的范围。至于别人隐私的"版权"，我希望我能继续尊重。

---

① 可能指 Wystan Hugh Auden，1907—1973，英国诗人、文学评论家，二十世纪三十年代英国左翼青年作家领袖，后期诗歌创作带有浓厚的宗教色彩，1946年入美国籍，1947年获普利策奖。

② Saigon，越南南部港城胡志明市的旧称。

③ Port-au-Prince，海地首都。

④ Asuncion，巴拉圭首都。

⑤ Puerto Rico，位于拉丁美洲，是美国的一个自由联邦。

⑥ Emperor Boa-Dai，1913—1997，越南最后一个王朝 Nguyen Dynasty 的最后一个皇帝。

⑦ Buu-Loc，1914—1990，越南保大皇帝的堂兄，1954年任越南总理大臣。

第一章

一

这是多么漫长的道路啊！自从我写了第一部小说《内向的人》[①]去寻找出版商以来，半个世纪过去了。开始写这部小说的时候我25岁，因患阑尾炎动了手术，便向《泰晤士报》请了病假。在伯克姆斯特德[②]我父母家的客厅里放着（说得确切一点，摇摇晃晃地搁着）一张写字台，它是那种有数个鸽笼式文件格和多个小抽屉的小书桌，人们习惯上认为这种书桌只适合女人用；桌子折叠板的宽度只够放下我的大页单行稿纸。早餐过后，我母亲忙着与客厅女佣讨论一个家庭问题。"客厅女佣"这种称呼如今听起来多么"过时"！所有其他家庭成员等级森严——厨房女佣、配餐女佣、孩子的保姆等等。现在我瞧自己就像是一部历史小说中的一个人物，刚刚动笔写一部历史小说。如果我与他相隔五十年，那么他与他当时写的十九世纪头二十年里发生的走私分子的故事也只相隔一百年。

我为什么能如此清晰地记得那部小说的开头一行，而忘记了从那以后我写的所有其他句子呢？开场白写得并不好，因为它读起来像诗歌，不像散文；我一直想把它改了，可那就好像要背叛我那年轻的自我。“最后的光亮渐渐消去，他翻过青草覆盖的丘原坡顶，一见山下的树林，内心一阵轻松，眼泪几乎夺眶而出。”在写这句话的时候，我能听见母亲在说，“如果诺拉小姐占了那个最好的空房间，那么我们只好把……先生安置在……”

也许，我之所以如此清晰地记得那个场景，其原因就是：对于我来说，那就好像我在一场几乎输定的赌局中孤注一掷。此前，两部小说我试了所有可能的出版商，结果都被拒绝了。如果这本书也遭到拒绝，那么我决心放弃当作家的痴心妄想。我可能会安下心来，在《泰晤士报》的第二编辑室里过起助理编辑平凡正常的生活——一年试用期结束后，我的薪水会升至每周 9 几尼[3]的最低工资，到那时，我就勉强有能力结婚了。那是一种与公务员一样安宁的生涯——《泰晤士报》从没解雇任何人，最终我会有一笔养老金，我会获得一个时钟，上面镶着有我姓名的饰板。出乎意料的是，我不必等待那么长时间就得到了那个时钟——一年后，当我结婚的时候，我得到了它；离开《泰晤士报》后很长一段时间，每每看见壁炉架上那台时钟上的黑体粗字，我就有一种负疚感，心里就会

① The Man Within，格林 1929 年发表的第一部小说，作品很成功，他因此辞去了工作。

② Berkhamsted，英格兰赫特福德郡西部一历史古镇。

③ guinea，1663 年英国发行的一种金币，等于 21 先令，1813 年停止流通，后仅指等于 21 先令即1.05 英镑的币值单位。

想起维多利亚女王街报社大门上方悬挂着的那口时钟。它似乎总在提示：下午四点快到了，我应该动身去第二编辑室与同事们在一起。

我犹豫了好几天才写下那句开场白——它是一种承诺。此前我不是曾经两次走上那条道路，连续数月经受一种好似没完没了的折磨煎熬？听天由命、打消所有逃避的念头会轻松得多。在那些岁月里为什么会想到逃避呢？逃避什么呢？我在《泰晤士报》很快活。

我还在牛津大学的时候就已完成了我的第一部小说，此前还曾不明智地出版过一本诗集，如今这本诗集已成为一种收藏家争相收藏的昂贵珍品了。像如此众多的处女作一样，我第一部小说的主题也是有关童年和不幸。第一章叙述了男主人公在一栋古老的乡间别墅里诞生。在我看来，这部小说好似一篇丰富多彩、令人产生共鸣的作品，或者说它力图达到那种境界，富有沃尔特·德拉·梅尔①散文中詹姆斯②谐韵风格特色的作品，并非只是我个人经历的叙述。我错误运用孟德尔理论③，讲了一对白人夫妇孕育黑孩子的故事——一种返回某个遥远祖先的现象。（那时，我还没有听说我的曾伯父查尔斯的故

① Walter de la Mare，1873—1956，英国诗人和小说家，主要作品有诗集《聆听者》、《儿童故事集》、小说《归来》等。

② 可能指 Henry James，1843—1916，美国小说家、评论家，晚年入英国籍；主要作品有长篇小说《一位女士的画像》、《鸽翼》等。

③ Mendelian Theory，可能指奥地利遗传学家 Gregor Johann Mendel（1822—1884）所发现的遗传基因原理，该原理总结出分离定律和独立分配定律，为遗传学提供了数学基础。

事，据说他身后在圣基茨岛[①]留下13个孩子，他19岁时死于黄热病。）接着，我的小说写了这个黑孩子孤僻的童年以及孤独寂寞的、遭受种族隔离的学校生活；不过，即便在当时，我也觉得小说的结尾似乎很糟糕，就我的某种性格而言，我能察觉这种结尾过于乐观，令人不可思议。我让书中这个年轻人通过在加的夫[②]登船当一名黑人水手而获得某种满足，借以逃避中产阶级，逃避他不能与之融合相处的感觉。又是逃避！我想“逃避”两字从扉页起会频频出现，贯穿全书。

A · D · 彼得斯[③]当时是个文学经纪人，是这一行当里的新手；他鼓励我，要我相信这本书可以出版。几个月过去了，他来信的语气从满怀热情转变成冷淡的重新考虑，最后希望破灭了；不过，这时候，我的第二部小说已在创作之中。

我正在阅读卡莱尔[④]的《约翰 · 斯特林的一生》，在这位伟大的苏格兰作家枯燥乏味的著作中，它是我唯一欣赏的作品。卡莱尔提供了场景——维多利亚时代伦敦的莱斯特广场[⑤]，卡尔洛斯争夺王位战争[⑥]中西班牙流亡者常去的地方。另一个年轻的英格兰人像前面提及

---

① St Kitts，即圣克里斯托弗岛（Saint Christopher），拉丁美洲岛国圣克里斯托弗和尼维斯联邦的一部分。

② Cardiff，英国威尔士东南部港城，威尔士首府。

③ A. D. Peters，1893—1973，英国文学经纪人、电影导演。

④ Thomas Carlyle，1795—1881，苏格兰散文作家和历史学家，著有《法国革命》、《论英雄、英雄崇拜和历史上的英雄事迹》等。

⑤ Leicester Square，位于英国伦敦西区的步行广场。

⑥ Carlist wars，1833—1876 年间曾发生多次，1833 年西班牙国王斐迪南七世逝世后，他的兄弟卡尔洛斯与王位继承人进行了长期斗争，是欧洲最后的主要内战。

的那个黑人青年一样渴望逃避自己的阶级，开始卷入各种反对西班牙政府的阴谋计划。沃尔特·德拉·梅尔（受亨利·詹姆斯的影响）让位于晚年康拉德[①]的作品《金箭》[②]，当时他的创作也受到詹姆斯的影响。革命和西班牙背景——作为一名学生，我羡慕威尔弗雷德·尤尔特的命运，他在墨西哥潘乔·维拉[③]起义期间意外中弹死亡。在我看来，他的死似乎是在一个令人神往的国家中一种可歌可泣的结局。只不过数年之后，当我在墨西哥旅行期间亲眼目睹那些枪手时，我对通用西班牙语的拉丁美洲国家和暴力致死的强烈兴趣才有点消退，我在《不法之路》[④]中记叙了这次旅行。

现在我记不清我的这位男主人公意外遭遇了什么样的命运，他的一半时间在他父母位于贝尔格莱维亚区[⑤]的坚固寓所里度过，另一半时间在索霍区[⑥]流亡者光顾的地下饮食店里消磨。我知道他有过一段恋情，这还主要仰仗康拉德笔下那个让人难以忍受的女人唐娜·丽塔。我想他与西班牙的接触也就是莱斯特广场，根本没有近距离走近西班牙国土，因为在仔细阅读珀西·卢伯克[⑦]令人钦佩的入门书《小说的艺术》之后，我便十分注意小说的总体效果和“观点”。我给这

① Joseph Conrad，1857—1924，英国小说家，代表作有《水仙号上的黑家伙》、《黑暗的心》等。

② The Arrow of Gold，约瑟夫·康拉德 1919 年发表的作品。

③ Pancho Villa，1878—1923，1910—1917 年墨西哥革命中著名的农民领袖，墨西哥的民族英雄，原名 Jose Doroteo Arango Arambula，以假名 Francisco Villa 或绰号 Pancho Villa 闻名。

④ The Lawless Roads，格林在墨西哥旅行之后在 1939 年发表的作品。

⑤ Belgravia，英国伦敦一富人住宅区。

⑥ Soho，英国伦敦一地区，多夜总会及外国饭店。

⑦ Percy Lubbock，1879—1965，英国作家。

部小说起了个颇为乏味的名字：《一段经历》，事实上这段经历也确实相当乏味。它根本找不到出版商——A·D·彼得斯甚至拒绝碰它——后来我倒真的非常感谢他这样做。

于是，我着手规划创作第三部小说，我心里琢磨这是我的最后一部作品了。

手术后，在回父母家疗养以前，我躺在威斯敏斯特[①]医院的普通病房里，时光倒流一小段，从卡尔洛斯争夺王位战争期间西班牙流亡者的日子跳回到苏塞克斯郡走私分子的岁月。如果今天我问自己为什么要写过去呢，我给不出答案。是不是因为我模糊地意识到我对当今世界知之甚少，所以才想逃避它呢？是不是因为历史比较容易接近？它们都写在书里，比如我在病床上阅读的走私史。

《内向的人》获得了暂时的成功：由于评论家们的宽容，处女作有时会一夜成名。二十年后，某位西德尼·博克斯先生将它改编成一部绚丽的彩色电影。我没有把版权卖给他——此前，我已经将版权给了一位纪录片导演，只是象征性拿了点酬谢，我曾与这位导演在拍摄一部当时名叫《皇家航空公司》的广告片时合作过。他告诉我，有了这部书，他就有机会摄制他的第一部故事片。事实上，他将版权转卖给了博克斯先生，从中赚了一笔钱；博克斯先生用非

① Westminster，英国伦敦西部的贵族居住区。

同寻常的电影脚本制作了他的电影，展现用烙铁拷问的场景，将之作为十九世纪司法制度的一部分。电影与书不同，显示不出作者的年轻或幼稚。我收到一封伊斯坦布尔来信，是一位土耳其观众写的，他赞扬影片中大胆的同性恋情。他问我：是否写过其他主要描写这种有趣题材的小说？有了这次经验后，我给每份电影合同都添加一个条款：禁止把版权转卖给博克斯先生。从某种意义上说，这种对我处女作的篡改给我造成的伤害远胜过后来约瑟夫·曼凯维奇在拍摄电影《文静的美国人》[①]时的篡改对我的伤害。我很自信，《文静的美国人》这本书会比那部改编的电影长久，但是，小说《内向的人》比较脆弱，经不起折腾。假如当年我是电影发行公司的审稿人(许多年后我真的成了审稿人)，我会毫不犹豫地拒绝它。然而，有个谜迄今未解开：奥尔德斯·赫胥黎[②]怎么可能在给一位朋友的信里如此赞美这本书，令人不可思议地说它胜过弗吉尼亚·伍尔夫[③]的最新作品？为什么这本书使我与两位令人生畏的人物——奥托林·莫雷尔夫人[④]和贝洛克·朗蒂丝太太[⑤]——交上朋友

① The Quiet American，格林1955年发表的反战小说。也译《沉静的美国人》等。

② Aldous Huxley，1894—1963，英国作家，代表作为《美丽新世界》、《针锋相对》等，1937年移居美国。

③ Virginia Woolf，1882—1941，英国女作家、评论家，著有《海浪》、《达洛卫夫人》、《到灯塔去》等。

④ Lady Ottoline，1873—1938，英国贵族，喜爱与著名文人交友，其中有赫胥黎、D·H·劳伦斯等。

⑤ Mrs Belloc Lowndes，1868—1947，英国多产作家。

呢？为什么雅克·马里丹[①]决定在法国出版这本书，并将之编入一套包括朱利安·格林[②]在内的系列丛书呢？我同意马里丹的请求，删去了一段性爱描写中的几行字。在当时，遭到法国人的审阅删节，对于我来说，就像是一种荣誉。

还有另一个原因使我牢牢记住了 *L'Homme et Lui-Même*[③]。创作一部小说有点儿像把一条信息封入一个瓶子，将它投入大海——让意想不到的朋友或敌人收取它。小说的法语翻译丹妮丝·克莱鲁恩成了我的朋友和经纪人。在斯塔维斯基[④]诈骗案骚乱期间，我们一起开车在巴黎街头兜风，寻找动乱，可是当大动乱来临时，法国瘫痪了，我与她联系也不可能了。直至战争结束我才得悉她如何在法国沦陷区为英国秘密情报机构工作。1942 年，我在弗里敦[⑤]为同一机构工作，我从伦敦接到情报，说有个间谍嫌疑人正搭乘一艘葡萄牙班轮前往里斯本[⑥]，他是个瑞士商人。当他在轮船事务长办公室前排队检查护照时，我正坐在我的单人办公室里用一个手指以最快的速度打字，记下他笔记本里的各种姓名和地址，他不够精明，将笔记本遗留在舱房里。突然，在所有对我来说毫无意义的姓名中，我发现了丹妮丝的姓名和

① Jacques Maritain，1882—1973，法国天主教哲学家，新托马斯主义的主要代表，著有《道德哲学》、《人与国家》等。

② Julien Green，1900—1998，美国作家。

③ 《内向的人》的法文版译名。

④ Stavisky，1886—1934，法籍俄国人，曾在法国抛售巨额债券，骗局暴露，引起社会动乱。

⑤ Freetown，塞拉利昂首都。

⑥ Lisbon，葡萄牙首都。

地址。从那一刻起，我一直为她的安全担心，但是，直到战争结束我才知道，她受尽严刑拷打，死在一个德国的集中营里。我母亲的书桌，一个年轻人的伤感故事，弗里敦的一处镀锡铁皮房子，还有一个德国集中营……人生道路上的一个个驿站，这条路真漫长啊！

二

我的第二和第三部小说——《行动代号》[①]和《黄昏的谣言》[②]——分别于1930年和1931年出版，现在市面上仍能见到，不过只在旧书店里以吓人的价格出售，这也是我乐于见到的，因为这两本小说出版后好几年我一直压着不吭声。两本书都糟糕透顶，任何批评的力量都难以道尽它们的缺陷——小说文体平淡无味、刻板拘泥，就《黄昏的谣言》而言，矫揉造作（天哪，这位年轻作者显然又在阅读和借鉴康拉德最糟糕的小说《金箭》），至于人物塑造，根本不存在。

一部小说中的主要人物必然与作者有着某种相似之处，他们出自作者的躯体，就像孩子产自子宫，然后脐带被剪断，他们发育生长，渐渐独立自主。作者越是了解自己的性格，那么他就越能远离他所塑

---

① The Name of Action，1930年发表。

② Rumour at Nightfall，1931年发表。

造的人物，他所塑造的人物就会有更大的成长空间。就这些早期小说而言，它们的脐带没被剪断，尽管作者 16 岁时做过精神分析治疗，26 岁时的他对于自己就像《行动代号》中的男主人公奥利弗·钱特对于读者那样：不真实。在年轻浪漫的作者的脑海里，钱特只是一场白日梦，他需要经过许多年的沉思冥想、内疚不安、自我批评、自我辩解，才能清除眼前繁多的希望、种种的梦想和不符实际的雄心壮志。当时，我正在努力创作我的第一部政治小说，尽管我对政治一无所知。我希望许多年后《文静的美国人》会比较成功，然而，我在《泰晤士报》助理编辑室的三年工作期间，对生活的了解是多么肤浅！

甚至《行动代号》的背景也是想象的产物。我想象在特里尔[①]城里确立一个独裁者，法国占领军放弃建立一个独立的法耳次[②]国的想法之后不久，我就访问了这个城市。富裕的理想主义者主人公奥利弗·钱特联络了伦敦（呼应我未出版的小说《一段经历》）的一些流亡者，去特里尔会见反对派领袖，一位犹太诗人。钱特在令人相当不可思议的环境里遇见了独裁者的妻子，并且爱上了她。荒唐可笑的是，他应邀去了独裁者的宫殿，并在那里开始渐渐产生了对于这位独裁者充满浪漫色彩的赞赏。他与独裁者的妻子同床共眠，她帮他摆脱了无

① Trier，德国西部城市，马克思的故乡。

② Palatinate，即 Pfalz，德国南部一地区。

聊和淫欲，并向他透露：她的丈夫阳痿。当她拒绝离开丈夫时，钱特把独裁者阳痿的秘密告诉了犹太诗人。钱特花钱购买了枪支，用驳船从科布伦次[①]偷运进来，暴乱发生了，诗人谱写了讽刺独裁者的歌曲在街头演唱。小说以钱特搭乘负责运送被打败、受伤昏迷的独裁者的火车离开特里尔结尾。独裁者的妻子结果怎样？我强迫自己重读《行动代号》才几个月时间，就已经忘记了她的命运，所以她是否还活着几乎无关紧要。

我只能感到诧异：这本书为什么会被接受出版？出版商——海纳曼[②]的查尔斯·埃文斯——阅读了打字稿之后还给我发来了一封贺电。也许他与我一样幼稚浪漫。他曾告诉我，他只有一次被一部小说从情欲上打动，那就是《莫班小姐》[③]。

下面一些例子显示了那些岁月里我的文风和我对明喻隐喻的滥用。即便是好人也会堕落，我的堕落也许是因为读了太多玄学派[④]诗人的作品。“左轮手枪像干枯的花朵一样萎垂至人行道。”（我想倒转这句明喻——“干枯的花朵像左轮手枪一样萎垂至人行道。”）“远方嘈杂的说话声像罂粟的种子一样洒在他的身上，带来平静安宁。”下面这句是炫耀浮华的句子，是我学了康拉德最糟糕的东西：“时钟撂下了它时光的负荷。”

---

① Coblenz，即 Koblenz，德国西部城市。

② Heinemann，William Heinemann 1890 年在伦敦创办的一家著名出版社。

③ Mademoiselle de Maupin，法国作家泰奥菲尔·戈蒂耶著。

④ 主要指十七世纪英国一文学派别。

在一本344页厚的书中，我只能找到一处可以弥补不足的场景——12页适度的悬念：驳船载着一船偷运的枪支经过海关——还有一个可以弥补不足的人物——那个美国军火商，对他的叙述长达8页，他也许足以在二十五年后出版的《文静的美国人》一书中争得一席之地。

第三部发表的小说《黄昏的谣言》刚出版时的命运胜过前两部，但是结局甚至更加糟糕。我对故事的发生地西班牙几乎一无所知(16岁那年，我在比戈[①]和科鲁尼亚[②]之间待过一天)，我对西班牙卡尔洛斯争夺王位战争的了解只是从卡莱尔的《约翰·斯特林的一生》中读到那么一点点。这本书也只有一个情节值得重读。这个情节在第一章里：年迈的退伍上校代替神父诱使他的一个在伏击中受了致命伤的战友吐露真情——这一情节也许提前暗示读者那个美国歹徒将在《权力与荣耀》[③]中忏悔。正如《文静的美国人》那样，主要人物蔡斯是一名报纸记者，但不像那本小说中的福勒[④]，这是个非常不真实的人物。

《黄昏的谣言》只售出1 200本(《内向的人》售出8 000本)。弗兰克·斯温纳顿[⑤]的负面评论打开了我的视野，使我看到了我小说中

---

① Vigo，西班牙西北部港市，或译维哥；临比戈湾。

② Coruna，即La Coruna，西班牙西北部港城。

③ The Power and the Glory，1940年发表于伦敦，1982年台湾出中译本。

④ Fowler，《文静的美国人》中的主人公，一位五十多岁的英国记者，在越南作战地报道。

⑤ Frank Swinnerton，1884—1982，英国小说家和评论家，主要作品有《夜曲》、《戈登广场的一月》等。

的缺点，而我以前还以为这些缺点是真正的艺术。其次，现实——该死的现实——把我弄得心力交瘁：对经济状况忧心忡忡，孩子又即将出生，因为《内向的人》成功之后，我离开了报社，《泰晤士报》拒绝重新聘用离职人员。

今天当我痛苦地重读这部小说时，我发现了什么呢？我过于注重风格，而风格又是那么糟糕，那么模仿他人。几年后，我像一个改邪归正的浪荡子那样抨击查尔斯·摩根[①]，批评那些类似我已经摒弃的不良文风。一切都是那么含糊不清、朦朦胧胧、焦点模糊——没有清晰的形象，只有雷同夸张的明喻和隐喻，就像《行动代号》那样。“一小团柔软的碎纸像冬天一样躺在它们之间，随后飘过地毯上吹落的花瓣。”小说形容词太多，对动机解释过多，不相信读者的理解能力，描述也过于冗长。

对话含糊不清。小说中的对话与话剧的对白一样应该是动作的一种形式，具有动作的敏捷。而我的小说不得不给读者解释对话。我发现10页上用了10次“他想”。这使我想起年轻时代的斯蒂文森[②]通过模仿，自学写作风格——我正在蹩脚地模仿一种写作技巧，那就是“观点”技巧。

也许，所有作家都很迷信。《行动代号》的主人公名叫钱特，

① 可能指 Charles Langbridge Morgan，1894—1958，英国剧作家、小说家。

② 可能指 Robert Louis Stevenson，1850—1894，英国作家，十九世纪末新浪漫主义的代表，主要作品有小说《金银岛》、《化身博士》等。

《黄昏的谣言》的两位主人公是蔡斯和克兰。这两本书均以失败告终，而失败似乎都与字母“C”紧密相连①。我摒弃了“C”，我想永远不会再用了；可是，当我把《人性的因素》②中的主要人物起名“卡斯尔”③时，我觉得这是命中注定的了。我尽力设法给他起另一个名字，但是姓名中有一种魔力——改变他的姓名就将改变他的性格。他必须叫“卡斯尔”，我怀着一种几乎必定失败的感觉硬着头皮写下去。

三

至此，我已经发表了三部小说，其中第一部获得了一些成功，其余两部理所当然都失败了，我像一名被人遗忘的伤员，感受到失败的凄凉和孤独。1931 年，格洛斯特郡一条泥泞的小巷里突然来了一位挪威诗人，我完全不认识他，他的到来似乎有点莫名其妙、如痴如梦，奇怪的是令人感到鼓舞。就像门上出现了三只乌鸦一样，努达尔·格里格④是一种预兆，或者是一个谜；他迄今仍是个谜。甚至他的死也显得那么传奇，所以没人能确切地说：“他死在此地。”1943 年，他

① 三个主人公的英语名字分别是 Chant，Chase，Crane，第一个字母都是 C。

② The Human Factor，也译《成事在人》，1978 年出版，1979 年改编成电影。

③ Castle，Maurice Castle，姓的第一个字母也是“C”。

④ Nordahl Grieg，挪威诗人、小说家、剧作家、新闻记者；曾在苏联居住过，是个广受读者欢迎但颇受争议的人物；1943 年 12 月 2 日至 3 日，他随盟军飞机空袭柏林，飞机被击落，他不幸遇难。

的飞机在对柏林的一次空袭中被击落。

我只能清晰记得三次会面，我们的每次会面与下一次都相隔好几年，然而，我会毫不犹豫地说我与他友谊深厚——从一定程度上说，甚至亲密无间。我没法阅读他的著作——因为他只有一本著作被译成英语(不管怎么说，他的诗歌是无法翻译的)——所以，我觉得他不像是我可以与之交流创作心得的同行作家，而是我与之共同成长的知己，我可以与他促膝谈心，可以与他争论世界上的任何事情。

我记不起第一次见面时我们谈了些什么，当时他只是到我与妻子薇薇安在奇平坎普登[①]村租借的小屋来“拜访我”，探访是他的唯一解释；不过，我立刻被他的亲密所感染，这种亲密似乎与阳光一样不带个人色彩——换句话说，我无需努力去赢得这种亲密关系。他友谊的那种梦幻般的气氛始终不变：他的友谊只不过是一些评语信息，热情友好，批评鼓励，而且多数都出现在其他人的信中。我唯一一次访问挪威时，他不在国内，正侨居列宁格勒，但是信息在那里等待着我。努达尔·格里格像一个君主，从来不缺信使。

有时我心里琢磨，他是否在遥远的地方布施了魔力？这些魔力过了许久依然能把我吸引到那些地方去？三十年代，我为什么会在爱沙

① Chipping Campden，英国格洛斯特郡科茨沃尔区一集市小镇，环境优雅，格林1931—1933年曾居住此地。

尼亚[1]度过一个孤独的假期？是不是因为我在追寻他的足迹？五十年代在莫斯科度假呢？当时已经不再有必要去新莫斯科宾馆的313房间了，他给了我这个地址，说万一“你突然有一天发现自己在莫斯科”，可是他的幽灵早已远去。

我有一封他发自爱沙尼亚的来信，唯一的地址是“邮件留局自取”，日期像往常一样缺少年份，就好像月日是重要的，但是年份也只能自己照顾自己了。“我敢断言，你早晚会到爱沙尼亚来的，不过请马上就来。这是一个迷人的国家，绝对没有丧失原生态自然的美，而且是世界上最便宜的地方。我是个穷困潦倒的作家，但在这里，我负担得起所有一切生活费用——这是一种奇特和绝妙的感觉。如果天气晴好，我们一定要租一艘帆船，去群岛之间生活一周。那里的居民以前几乎没有见到过白人，用几块巧克力，我们绝对能买到我们想要的当地姑娘。你一定要来！”

可是，等我攒够了车旅费，已经过去很长时间了；那时，努达尔已经迈入了他的俄国时期。想来也很奇怪，那是斯大林的俄国。现在我们中有谁能够在勃列日涅夫[2]时期在莫斯科待上几个月，借用一位诗人的套房？“我刚从乡间回到莫斯科……要是在这里见到你该有多么高兴！整个五月我很有可能住在这里；我可能要去第比利斯”[3]和

① Estonia，原苏联共和国之一，1991年宣布独立。

② Brezhnev，1906—1982，曾任苏联共产党中央委员会总书记、苏联最高苏维埃主席团主席，1976年升为苏联元帅。

③ Tiflis，即Tbilis，格鲁吉亚首都。

高加索[1]（如果那样的话，你与我一起去吗？），但还很不确定。在另一封信中，他写道："我租用了鲍里斯·皮涅克[2]的套房，他写了《伏尔加河流向里海》[3]。（当然，所有俄国作家都用某条河流给他们的书起名，这甚至比你们英国人更加糟糕，你们英国人总是寻找某条非常独特的引语作为书名），我正在这边奇怪的中产阶级环境里工作（蓝色的丁香花，一栋栋木头的寓所），这就是莫斯科的夏天……我敢肯定你会喜欢住在莫斯科的，这里有那么多人——众多的种族，众多的希望和失望。你对自然的憎恨很容易在这里得到满足：这里延绵数百里没有自然，白痴般的天空下只有某种平坦愚蠢的东西。所以，来这里过上几个月或更长的时间。"读完努达尔的任何一封信，几小时之内，任何计划似乎都可能形成。

随后，层层阴云笼罩了整个欧洲，在那次对柏林的空袭发生前，留给他的时间只有几年了，他回到了挪威："我刚创办了一份非常左倾的新期刊，用以与正在兴起的法西斯主义浪潮及其在挪威的反响作斗争。我已经冒昧地在广告中将你列为我未来的撰稿者之一。你生气吗？如果你能看在老朋友的面上宽恕我，那么就请寄一篇文章给我吧，某种令人为之一怔的好作品……我在莫斯科的岁月结束了。我写了一个剧本——猛烈抨击我们在上一场战争中的'中立'，这种中立

---

① Caucasus，即 Caucasia，亚欧大陆黑海、亚速海与里海之间地区。

② Boris Pilnyak，1894—1938，俄国作家、诗人，著有《荒年》等。

③ Volga falls out in the Caspian Sea，不少百科全书将之译为 Volga falls to the Caspian Sea，是皮涅克 1930 年左右写的一部名作。

已经造成了非常深重的苦难。目前，我住在奥斯陆[①]附近一片森林里的一个滑雪小屋里。如果你和夫人愿意过来的话，这里总会有你们的房间。”

我多么希望自己曾借过、讨过或者偷过必需的旅行钱款，如此回复那些盛情的邀请啊，哪怕只有一次——“我星期六到达！”

我想我们也许是在1931年至1940年间见面的，不过我吃不准。突然有一天，他不是写信传递信息，而是在电话里说话。当时，我在情报部，干着一份愚蠢无用的工作，德国已经开始侵犯挪威；他刚离开纳尔维克[②]和战争，来到这里。他的嗓音将我拉出死气沉沉的布卢姆斯伯里[③]大楼，拖进他在查令十字街酒店[④]的卧室。他的卧室里挤满了他的同胞，他们有些人散坐在床上、带抽屉的墙边桌上、地板上，有些人靠着壁炉架，讨论着，策划着，希望着，与此同时电话不断发出清脆的响声，他们刚把纳尔维克和灾难抛在身后，他们的周围是巨大的信心和未来。（除了我刚离开的大楼里所散发的官方传单，在其他地方你是看不到这种信心的。）即便在那种环境里，我也感受到一种阳光般的古老的友情；当大家都在谈论计划、宣传、未来行动的时候，努达尔却在靠枕和床柱之间组成一个私密的角落，谈论似乎是当时至关重要的任何事情——马克思主义、历史价值或者西班牙战争以

① Oslo，挪威首都。
② Narvik，挪威北部港城。
③ Bloomsbury，英国伦敦一区名，二十世纪初曾为文化艺术中心。
④ Charing Cross Hotel，英国伦敦市中心一家豪华宾馆。

及海明威[1]的新书，忽略不谈那甚至是令人惊叹的冒险经历：他携带着挪威银行的金子刚刚露面。这一惊人的消息我是在他的流亡内阁围着他议论时拼凑勾勒出来的。

在奥斯陆的一天清晨，努达尔突然被枪声惊醒，他走到窗前，看见德国战舰驶进了峡湾。他穿好衣服，没多拿一双袜子就进了大山。在山里，他遇见了一队巡逻兵，没穿军装没有武器就成了一名列兵。这队巡逻兵携带着一袋袋挪威银行的金子，努达尔受命指挥一组士兵将金子带到纳尔维克，他们在深山里长途跋涉，之后，又在海上颠簸了大约500英里。我根本没有听见这次冒险经历的细节——努达尔总有太多其他的事情要说——只听到结局的喜剧般信息。

努达尔安全抵达纳尔维克，列兵装扮成渔夫，带着他那一袋袋金子，向一名整洁笔挺的海军军官报告，这位军官碰巧是我俩共同的朋友，他是《内向的人》的译者尼尔斯·利埃。努达尔又受命在一艘英国驱逐舰上护送金子前往我们的海岸，靠岸后必须将金子送交英格兰银行。他争着要求留在挪威战斗。不管怎么说，如果他们将所有这些金子——玛丽亚·特蕾西亚银币[2]及其一切——交托给一个普通士兵看管，英国人会怎么想呢？这是不合适的。

---

① Ernest Hemingway，1899—1961，美国小说家，早期为“迷惘的一代”的代表人物，代表作有《太阳照样升起》、《永别了，武器》、《丧钟为谁而鸣》等。

② Maria Theresa，1717—1780，奥地利女大公、匈牙利和波希米亚女王，神圣罗马帝国皇帝弗兰西斯一世的皇后，扩充军备，实行内政、教育等改革，参加七年战争并瓜分波兰。英语中有 Maria Theresa dollar（玛丽亚银币）一说，指币面铸有玛丽亚·特蕾西亚的肖像，曾作为贸易货币在中东各国使用。这里喻指挪威的所有财产。

于是，他们授予他某种军衔——我忘了什么军衔——他离开挪威前往英国。我想他是从哈里奇[①]乘上火车的，在那里，他浪漫的天性占据了上风，他想象英格兰银行的场景和他受到行长接见的情景，但是他的到达根本不像他所想象的那样。只有一个便衣侦探在铁路月台上等候他——哪个车站的月台？——没有受遣前来迎接他的银行职员，他们是不能驾车去英格兰银行的。可是，那个职员去找站长了，因为没有站台票，车站检票员不让他通过检票处，而英格兰银行的职员绝对拒绝屈尊去购买一张站台票。于是，侦探与诗人守着所有那一袋袋的金子在月台上没完没了地等待，终于，努达尔腻烦了，撇下侦探独自一人守着金子，他自己叫了一辆出租车前往查令十字街酒店。

我们在酒店会面之后，努达尔就再次从我的视野里消失了——我猜想他正忙着加入RAF[②]，后来，我也离开伦敦十五个月，去西非执行一次毫无希望的任务，试图从维希法国的殖民地获取情报。他牺牲前几个月，我们曾再次相见，与其他一些挪威朋友共度了一个漫长的夜晚，因为我根本想不到这会是我们相见的最后一晚，我只记得我们谈啊谈，随后一阵空袭警报，几声炮火，接着继续交谈。努达尔究竟在哪里，挪威朋友们总在争论，不过从来没有一丝一毫的恼怒。在我曾经相识的人们中间，他是绝无仅有的，他能自豪地就

① Harwich，英国英格兰埃塞克斯郡一港城。

② Royal Air Force，英国皇家空军的简称。

宗教和政治问题发表不同意见，而且还总让人感到充满善意和思想开放。他不仅自己充满善意，而且也认可他的反对者的善意——他不仅认可，而且接受这些观点。事实上，他怀有善心——这比国家银行的金子更加珍贵，对于我来说，他的确在1931年带来了一定程度的希望，怀揣着它，就像怀揣一杯生命之水，走在奇平坎普登泥泞的小巷里。

四

那年，1931年，是我一生中第一次也是最后一次刻意策划写一部书去迎合读者，一部如果运气好的话或许能改编成电影的书。真是小人得志，在《斯坦布尔列车》[①]一书上，我的两个目的都实现了，尽管在当时电影版权是一种不太可能的梦想，因为在我完成这部书之前，玛琳·黛德丽[②]已经主演《上海快车》，英国人已经拍摄了《罗马快车》，甚至俄国人都已经拍摄了他们的铁路电影《土西铁路》[③]。二十世纪福克斯电影公司根据我的小说改编的电影最晚问世，并且无疑是最糟糕的，尽管还没有后来由英国广播公司拍摄的电

① Stamboul Train，1932年出版，1934年被改编成电影《东方快车》。

② Marlene Dietrich，1901—1992，德裔美国演员兼歌手，1991年被美国电影学会选为百年来最伟大的女演员第9名。

③ Turksib，1930年由维克托·图林导演的电影，一部反映土耳其斯坦至西伯利亚铁路建设的大型纪录片。

视剧那么糟。

我猜想电影《大饭店》[①]的大获成功启发了我，使我明白如何着手赢得意外的成功；但是几年前我在君士坦丁堡[②]只待过二十四小时，在一次希腊航游的过程中，我接受了一个相当繁重的任务。我没钱离开科茨沃尔德[③]的小屋，乘火车去君士坦丁堡。我最多只能买一张奥涅格[④]的《太平洋231》唱片，并希望在播放它的时候，歌曲能带着我离开那栋茅草屋、一只患了癔症的哈巴狗、几棵不结果实的苹果树、泥泞的小巷以及一行直立萬苣，远远地离去。

我也曾老大不情愿地买了一张三等车票，前往远至德国边境的地方。越过德国边境，在那些幸福的希特勒以前的岁月里，作家能够获得国家铁路的免费乘车券，所以我能够长途旅行远至科隆，我已经熟悉这座城市，因为1923年我在纷繁杂乱的情况下访问过那里，我在《生活曾经这样》里记叙了我早年的故事。奥涅格唱片对我的帮助胜于从加来到科隆的旅行，另一张不太相关的唱片也发挥了它的作用——德利乌斯[⑤]的《走向天堂的花园》。

---

① Grand Hotel，米高梅家庭娱乐公司在1932年拍摄的“全明星电影”代表作，全片以柏林一家豪华饭店为人生舞台，表现五组人物在一天之中的离奇遭遇。

② Constantinople，土耳其西北部港城伊斯坦布尔的旧称。

③ Cotswolds，常指英国英格兰西南部和中西部的一片丘陵，宽25英里，长90英里。

④ Honegger，全名Oscar-Arthur Honegger，1892—1955，瑞士作曲家，生于法国，一生大部分时间都生活在巴黎，是“法国六人团”成员，最出名的作品为模仿蒸汽火车声音的管弦交响乐章《太平洋231》。

⑤ Frederick Delius，1862—1934，英国作曲家，主要作品有歌剧《罗密欧与朱丽叶的乡村》、管弦乐曲《布里格集市》、交响乐诗《群山之外》等。

读者可能会注意到，与后来我有信心写入书中的铁路沿途景色相比，对第一段铁路的描写比较详细，因为当时我坐在三等车厢的车窗前，白天所有的时间都用来记笔记，你们可以相信布鲁日[①]城外的田园风光正如我在1931年4月描写的那样。列车还未抵达列日[②]，夜幕就已降临“东方快车”，如果读者相信了我的报道，认为到了苏博蒂察[③]就抵达了南斯拉夫边境，那就错了。（几年前，我一路风尘仆仆前往伊斯坦布尔，到达苏博蒂察时正值深夜，我睡眼蒙眬，没有仔细核对我几乎忘却的叙事笔记。）

当消息传来说英国图书协会选中了《斯坦布尔列车》时，我想我暂时得救了；然而，等待我的依然是一时的厄运：J·B·普里斯特利[④]威胁提起诽谤诉讼。我从没见过普里斯特利，而他却对号入座，认为《斯坦布尔列车》中的人物萨沃里[⑤]就是他——我把萨沃里描写成狄更斯那样受大众欢迎的小说家，普里斯特利最近发表的小说《好伙伴》[⑥]受到高度赞誉，这导致有些评论家将他比作狄更斯。

在随后几年中，我将体验到诽谤诉讼对于一个作家来说是多么危险！在这一案例中，我相信，普里斯特利真的认为我这位几乎默默无

---

① Bruges，比利时西北部城市。

② Liege，比利时东部城市，列日省省会。

③ Subotica，塞尔维亚北部城市。

④ John Boynton Priestley，1894—1984，英国小说家、剧作家、文学批评家，主要作品有小说《好伙伴》、喜剧《金链花树》、文学评论《英国小说》等。

⑤ Savory，小说《斯坦布尔列车》中“东方特快”的旅客之一，作家。

⑥ The Good Companions，普里斯特利写于1929年，主要描述一战和二战期间英国一群杂耍艺人的痛苦磨难，被认为是其最佳小说，曾获James Tait Black纪念奖，两次改编成电影。

闻的作家在诽谤他；他起诉是真诚的。但是其他人是否善意常常更加值得怀疑。《斯坦布尔列车》取得一定的成功之后，我开始被人们视作一种金钱的标志(诽谤诉讼从来就不会对准失败者)。1934 年至 1938 年之间，我不得不收回一本书，名叫《没有地图的旅行》①，并且给一名我甚至不知道是否存在的医生付了一笔小额损害赔偿金；我因为在《旁观者》②上发表评论文章而两次险遭诽谤诉讼，最后还有秀兰·邓波儿③小姐案件，当时邓波儿才 9 岁，通过二十世纪福克斯公司对我提起诽谤诉讼，因为我在《日日夜夜》杂志④上批评了她的电影《威莉·温基》⑤。

在那些对于众多作者来说是黑暗的日子里——那些诉讼案也随着战争的结束以及诽谤诉讼法的改变而终结——有一家律师事务所竟然超越常规煽动他人提起诽谤诉讼，用伦敦公用电话簿中的姓名去核对小说人物的姓名！有个律师助理来到我一位熟人的套房门前，手里拿着一本小说，他说，小说里有个讨厌的人物，其姓名与之相同(人物的姓名越冷僻，危险就越大，我给小说《喜剧演员》中的主要人物起名布朗、琼斯和史密斯，这也是原因之一)。那个律师

① Journey Without Maps，1936 年出版，以格林四周徒步穿越利比亚行程三百五十英里为背景，当时世界地图尚未标明此地，因而旅行没有地图可以参照。

② The Spectator，创刊于 1828 年，是英国全国性周刊中历史最悠久的杂志。

③ Shirley Temple，1928—，美国著名童星、影视明星、歌手、舞蹈家，主演《绿野仙踪》等影片，第一位获奥斯卡奖的童星，后从政，曾任美国驻加纳和捷克大使。

④ Night and Day，也译《夜与日》，英国一份面向海峡群岛中最大岛泽西岛的娱乐杂志。

⑤ Wee Willie Winkie，一部根据鲁达亚·基普林畅销小说改编而成的电影，充满喜剧和浪漫。

助理对我朋友说，如果他希望提起诉讼，他那个热心公益的事务所很乐意助一臂之力，如果败诉，分文不取，不过他向我朋友保证，诉讼案不太可能上法庭。的确不太可能上法庭，因为那时大多数出版商几乎都没有对簿公堂的兴趣。他们总是准备减少损失，以小的代价了结纠纷。就《斯坦布尔列车》一案为例，大约20页不得不重印，因为普里斯特利威胁提起诽谤诉讼，海纳曼公司从我的著作版税中扣除这笔费用，或者说得确切一点，将这笔费用添加在我欠公司越来越多的债务上。

不过，我们不必夸大这种危险或者过多抱怨这种现象。大多数行业都存在着职业性危险——那些在富足岁月里常将金箔贴在我们书上的姑娘们不得不每天喝定额牛奶以保持体形。那些诡秘的人物头戴圆顶高帽，躲在楼梯平台上，或蜷缩在办公隔间里翻阅小说中通奸或腐败的情节，还有比他们对我更具潜在威胁的吗？他们可能就是从我自己的书页中冒出来的。

我想，《斯坦布尔列车》中存在着一些学术兴趣点。年轻的舞蹈家科拉尔·马斯克肯定在诺特里奇[①]皇家剧院露过面，就像我后来出版的一本小说(《一支出卖的枪》[②]中的安妮[③]）一样；我能在这两本书中察觉我早年编剧热情的影响，这种热情从来没有真正泯灭过。在

① Nottwich，《一支出卖的枪》中以诺丁汉为蓝本虚构的地名。

② A Gun for Sale，1936出版。1941年改编成电影。

③ 《一支出卖的枪》中的女主人公，歌舞队女演员，侦探马瑟（Mather）的未婚妻。

那些岁月里，我按照一个关键的场景去思索——在开始写作以前，我甚至在一张纸上绘制关键场景的位置。“第三章，某某人，出场。”这些场景常常将两个人物隔绝开来——在《斯坦布尔列车》中，人物藏在一个铁路工棚里，在《一支出卖的枪》里，人物躲在一栋空房子里。好像我想逃避小说广阔的流动性，想在一个狭窄的舞台上表演最重要的情节，在这个舞台上，我可以导演我所创作人物的每一个动作。这样的场景用戏剧的着力表演暂时停止了小说情节的展开，这就像电影里的特写镜头使正在展开的画面暂时停止。我注意到自己甚至在最新一部小说《喜剧演员》中采用了这种写法。我早就放弃了那张绘图纸——否则，我也许会在那张纸上写道，“场景：墓地。琼斯和布朗出场。”甚至可以这样说：我在《名誉领事》①中达到了运用这种方式的逻辑顶点：几乎整个故事都在绑架者藏匿受害者的简陋小屋里进行。

《斯坦布尔列车》和《名誉领事》相隔四十多年。《斯坦布尔列车》发表之时希特勒还未掌权。那是一个不同的世界和不同的作者——那时我只有二十多岁。除了警长哈特普上校这个人物外，我吃不准我对自己的作品有多大把握，我猜想哈特普上校进入了奥古斯特姑妈的世界里“与姑妈同游”②。当我阅读以伊斯坦布尔为背景的最

---

① The Honorary Consul，1973 年出版，是格林颇受读者好评的惊险小说之一。

② Travels with My Aunt，格林 1969 年创作的小说；故事讲述了退休银行家亨利·普林（Henry Pulling）进入七十多岁姑妈的旅游世界，放弃安逸的退休生活，进行环球冒险浪漫旅游的故事，最后得知姑妈原来是他的亲妈。

后一章，读到旅馆接待员卡利多尼亚和圆滑狡诈的商人斯坦先生这样的人物时，觉得人物写得简洁生动，我这个上了年纪的作家应该向年轻时的我致敬，应该心存敬意。

五

追溯遥远的过去总是一种令人老大不情愿的回归（当人们临近死亡时，他们总是提前一步，也许是急着归天）。在经费极度拮据的时候，我开始创作《这是一个战场》[①]。我的第一部小说发表之后，我的英国和美国出版商向我保证连续三年每年给我 600 英镑，这促使我辞去《泰晤士报》的稳定工作，去了奇平坎普登的小屋，但是到了 1932 年，生活有保障的三年即将结束，我的第二第三部小说赔了钱，我的第四部小说《斯坦布尔列车》的手稿尚未付印，我写诗人罗切斯特伯爵[②]的一部传记遭到退稿；银行里只剩下大约 20 英镑，而我们的第一个孩子即将诞生。

那个时期，我一直记日记，从这段时期的日记中我能读到连续数周失眠、精神沮丧的记录，以及我一次又一次地尝试着找工作，在《星期日报》上找，在曼谷一所大学里找。怪不得《这是一个战场》

---

① It’s a Battlefield，是格林 1934 年发表的早期作品，他自己称之为“第一部明显的政治小说”。

② 可能指 John Wilmot Rochester，1647—1680，英国诗人，著有讽刺诗《对人类的讽刺》、《呆笨者的历史》等，号称“罗切斯特第二伯爵”。

进度缓慢*——同时，我还在创作一部篇幅较长的短篇小说，名叫《布兰登的田产》，这部书甚至已经从我的记忆中消失了。

有一天，天色阴沉，我买了一张去伦敦的车票，准备去与海纳曼公司的老总查尔斯·埃文斯以及我的美国出版商道布尔戴公司的代表讨论一些事情。埃文斯同意把我的合同延长一年，但是道布尔戴公司只答应延长两个月，以便他们有时间审阅研究《斯坦布尔列车》的原稿，而且合同的条件苛刻——再签署另外两本书的合同，出版商的任何损失都必须在再次付稿费之前予以补偿。换言之，我回到我们的乡间小屋时有了两个月的生活保障，但不得不在完成《斯坦布尔列车》之后再写两部小说，而且根本没有任何报酬。《斯坦布尔列车》救了我们，不过是在最后一刻。（我的日记里还记着另一件事情，它弥补了那些失眠之夜——我妻子的勇气和理解；我在《泰晤士报》时，我们过着平安舒适优越的生活，是我把她带入这种危险的绝境，可她从来没有抱怨过。）

在这种特殊的时刻开始创作《这是一个战场》，如今在我看来几乎是一种自我毁灭的行为。我并不幻想这本书会广受读者喜爱；结果果真如此，《这是一个战场》是我所有小说中读者最少的，尽管有些段落依然留在我自己的记忆中（米利与被害的警察遗孀之间的访谈；

* （原注）我放弃了另一本有关唯灵论的小说。我在日记中找到了开头几段："见到你很高兴，小花，"帕特莱特夫人说。"你能告诉我们一些有关萨默兰德的情况吗？""一切都非常非常美丽，"黑暗中传来孩子高音调的稚嫩的声音。"到处都有音乐。"

康拉德对警察局局长助理的最后追逐，他的左轮手枪只装了空包弹）。

我记得，小说主题是受了一个梦的启示，是几星期忧心忡忡的结果，在这期间我梦见自己因谋杀罪被判死刑，我发现日记中记着一首当时写的粗糙诗歌，它表明这部小说的开篇已经在我的脑海中形成：

这对“普通羊毛贝雷帽”的
血迹分析；
专家们叹息
没留下指纹的痕迹

在公园的座椅上
或者在年轻的乳房上；
显微镜下凝视
捉摸不定的以往，

查了青草，记了笔记——
“撕碎的网眼花边和女子胸衣”；
孤独的警卫看守着尸体
给她以某种静谧。

我难得有勇气第三次重读自己的作品。作品出版以后，我立刻核查印刷错误或作微小更改（这些错误我应该在原稿、打印稿或初印稿中就加以更正的），那样的话，我就可以有一本作了更改记号的书，一旦需要，供再版使用。就《这是一个战场》而言，我打破了这种习惯，因为这本书有两个段落一直让我如鲠在喉。其中最重要的是一段与主题并不相干的插曲——人类“正义”的非正义性——警察局局长助理陪同探长去帕丁顿[①]逮捕一个行李箱杀手。对于一个警察局局长助理来说，这是绝对不能发生的举动。因此，1934年小说第一次出版后六年，我开始修改这本书，准备出平装本，我删除了这段的整个情节。但是当这部小说出简写本时，我把它又读了一遍，我意识到，尽管这段情节不太真实，但它却是必不可少的。没有救世军的杀人狂，书名所展示的战场就缺乏暴力和混乱的感觉。这一隐喻成了一种政治比喻，而不是一种讽刺比喻。

另一个情节也总是让我担忧，而我只能小修小补，更改一些短语，删除一些可能删除的地方，这一情节就是萨罗盖特先生参加一次共产党支部的会议，他是一个知识分子。我一生中只参加过一次大型的共产党会议，那是1923年在巴黎，当时我在牛津大学曾经持有四周的党证，这一经历作为共产党会议情节的创作基础是远远不够的，如今在我看来，这一情节缺乏真实性。

---

① Paddington，英国伦敦西部一住宅区。

除了一些微不足道的小人物，我在小说中很少使用生活原型，但是，在《这是一个战场》中，我注意到奥托琳·莫雷尔夫人[①]在卡罗琳夫人[②]的背景里出现；我本人并不认识米德尔顿·默里[③]，我想到写他的小部分原由是因为萨罗盖特先生，以及我的伯父格雷厄姆·格林：第一次世界大战期间，我伯父曾经在丘吉尔先生手下担任英国海军部大臣，他拘谨傲慢刚正不阿的单身汉性格有点体现在警察局局长助理这个人物的身上。不过，我的伯父没有任何远东的经历——将近二十年后我才有了这种经历，这是一种奇特的预兆。

如果说读者对这部小说的反应没有使我灰心丧气（在出版商的眼中，这种反应更加强了我失败者的形象），那么主要有三个原因：我迄今获得的最佳评论来自V·S·普利切特[④]，还有埃兹拉·庞德[⑤]善意宽容的评语和福特·马多克斯·福特[⑥]的一些赞誉。有这些名家的首肯，当红评论家的看法或者读者的冷漠还有什么要紧的吗？我依然认为这部小说的最后60页与我写过的任何作品一样达到了预期的效果。

---

① Lady Ottoline Morrell，1873—1938，英国贵族。

② 可能指Lady Caroline Blackwood，1931—1996，生于英裔爱尔兰贵族家庭，当过作家和新闻记者，有数次高调的婚姻，曾嫁给诗人Robert Lowell。

③ Middleton Murry，1889—1957，英国作家。

④ V. S. Pritchett，1900—1997，英国作家和评论家，尤以短篇故事著称，最著名的作品是传记《门前的出租车》、《子夜灯油》等。

⑤ Ezra Pound，1885—1972，美国诗人、翻译家、评论家，代表作为《诗章》。

⑥ Ford Madox Ford，1873—1939，英国小说家、文学评论家和编辑，作品长期湮没无闻，死后才受重视，主要作品有《好兵》、《行进的目的》四部曲等。

六

我内心总对我的第五部小说《英格兰造就了我》[①]有一种柔情，这种感觉公众是体验不到的；然而，就它的创作环境而言，我能记得的甚少。我把1933年至1937年之间的那些岁月视作我这一代人的中年期，英国的经济大萧条和希特勒的兴起乌云笼罩，这些都给这部小说投上了一层阴影。在那些岁月里政治上不支持一派是不可能的，要想回忆个人私生活的细节是非常困难的，因为我们四周已经准备好了一片巨大的战场。

当这个故事出现在我脑海中时，当小说中的龙凤双胞胎安东尼和凯特呼唤着我的注意，他们的乱伦情境（还没有发生乱伦的行为）有待我探究的时候，我对瑞典还一无所知。我想这是我唯一一次刻意选择一个陌生的国家作为小说的背景，然后再去访问它，就像一个摄影队，拍摄了一些必要的剧照。（很多年后，我访问比利时统治下的刚果也出于某种同样的目的，但是，刚果是一个白人殖民者创造的地理名称——我已经认识了黑非洲：在塞拉利昂、尼日利亚、肯尼亚和利比里亚的内地。）

我认为，我从瑞典带回的照片是正确无误、颇具代表性的；然

① England Made Me，格林在1935年发表的早期小说，1953年以《船难》(The Shipwrecked)书名再版，1973年改编成电影。

而，如今我已经十分了解斯德哥尔摩[①]的春夏秋冬了，当我开始重读这本书的时候，我有点担心。那个在萨尔茨约-杜夫纳斯[②]举行的仲夏节[③]，还有那个新年前夜，人们将铅搁在火上熔化以预测未来，我投进熔盘的铅形成一个完美的问号——而在这本书里是找不到这些印象的，也找不到聚在大饭店外冰面上的天鹅、达里卡立亚湖区[④]的格里尔剧场里生命之水的滋味，也没有群岛中那个小岛的风光（后来有段时间，我每天早晨划船离开那个小岛去取水做饭，岛上有个超现实主义似的马桶座板，孤零零蹴在蚊子嗡嗡作响的林中空地里）。现在对于我来说，这些就是对瑞典的印象。重读这部小说也许令人感到沮丧，好像在阅读一封古老的信件，信中包含着对一个女人某种肤浅挑剔的评价，而二十年后你却渐渐爱上了这个女人。

我对1934年8月与弟弟休的那次游览几乎不存什么记忆；最清楚的记忆都与那艘沿着运河北上把我们从哥德堡[⑤]载往斯德哥尔摩的完美无瑕的小型班轮相关，因为这些记忆没有与以后的许多记忆相互混淆（当时我曾错误地认为这些印象可作小说背景），我们醒来看见仲夏之夜柔情似水，流光溢彩，白桦树银光闪闪从船边经过，我的双手

---

① Stockholm，瑞典首都。

② Saltsjo-Duvnas，瑞典旅游胜地。

③ Midsummer Festival，欧洲许多国家庆祝的节日，在瑞典，一般在6月19—26日举行，是该国最重要的节日之一，人们常围着篝火或五朔节花柱跳舞歌唱。

④ the Lakes of Dalecarlia，瑞典一风景名胜地区，有诸多民间传说。

⑤ Gothenburg，瑞典西南部港城。

几乎可以触及那些树木，一些家禽在岸边啄食。记得我和弟弟无伤大雅地与两位16岁和20岁的英国女游客调情；当轮船停靠一个水闸时，我们分成两对上岸散步，而且还不知是何原因引起了相当大的恐慌，因为我弟弟和16岁的姑娘没有按时回班轮，她的母亲——一个有文化的贵妇，还常常在自由主义周刊《时代与潮流》上赢得文学竞赛奖——坚持认为两人已经淹死在运河里了。一天傍晚，在斯德哥尔摩的湖畔，我的运河旅伴扇了我一个耳光，整个情况与我小说中的卢扇安东尼的耳光一模一样，因为我对她说，我认为她是个处女。此后，我们在斯德哥尔摩的斯坎森公园里、在灰色的石头间和银白色的树丛中颇为一本正经地干坐。（她的反应是她与卢的唯一相同之处。）不过，如果是第一次游览斯德哥尔摩，八月不是一年中最佳的季节——因为气温太高潮气太大。我们在萨尔茨约-杜夫纳斯出席的一次晚餐过分繁文缛节，因此我们决定前往奥斯陆。如今，我很为自己的冒失感到吃惊：我把小说中这一场景设定在一个我不甚了了的城市里！

如果今天我写这部小说情况会好些吗？如今我很容易在记忆中为实业家克罗①找到一个生活中的原型，而在当时，我怎么也无法把他写活。未必如此。在我的大部分小说中，不管我对场景有多熟悉，总有那么一个人物，固执地拒绝鲜活起来，这个人物的存在只是为了故

① Krogh，《英格兰造就了我》中的男主人公之一，狡诈的企业界巨头，与秘书凯特未婚同居。

事的展开——《英格兰造就了我》中的克罗，《布赖顿棒糖》[①]中的酒吧女侍，《事情的真相》[②]中的威尔逊，《爱到尽头》[③]中的斯迈思，《麻风病人》[④]中的帕金森。令人遗憾的真实情况是，一部小说的空间有限，只能塑造数量有限的人物，再多塑造一个成功的人物，小说就会像一艘超载的小船侧翻。这就是我在《英格兰造就了我》一书中遇到的意外危险。

我对我塑造的安东尼相当满意。许多年来我不是一直与他亲密相处吗？他是我大哥赫伯特的一种理想化的写照，我与安东尼的许多经历相似。我认识安东尼爱慕的年轻妓女安妮特。我曾踏上那令人生畏的楼梯，怀着同样的情感发觉那些告示——“今天早晨不要牛奶，”“外出了，……点回来”（我的表盘上绝不会标记这样的时辰）。我也很满意对安东尼的龙凤胎妹妹凯特的塑造，在我看来，我对她的塑造似乎胜过任何其他女人，《爱到尽头》中的萨拉可能是例外。安东尼和凯特是小说的核心；克罗只在其中操控他们的故事，其他人，如卢、哈马斯滕、年轻的安德森是背景人物；小说不再需要其他人物。随后，突然，船倾斜了，因为明蒂上了船。

他的出现完全是意外，他来自前意识——此人侨居国外靠英国本

① Brighton Rock，1938 年出版，1987 年台湾中译版起名《布赖顿棒棒糖》。

② The Heart of the Matter，1948 年在英国出版，也译《事物的核心》、《问题的核心》等。

③ The End of the Affair，格林 1951 年发表于伦敦，曾两度改编成电影，也译《爱情的尽头》、《曲终人散》等。

④ A Burnt-Out Case，1961 年在伦敦出版。

土汇款生活，一天早晨在他斯德哥尔摩的寓所里醒来，漱口杯底一只蜘蛛正盯着他——他是小说第二部分结尾时新出现的人物。我想，为了安东尼的故事，我需要某个外来同胞充当小人物，他能识别——因为只有同胞才能识别——安东尼身上不诚实的品质，他能察觉那条哈罗公学[①]旧领带的虚伪[②]，但是我并不打算在故事中写入一个狡诈而又可怜的英国国教高教会派教徒；一个也许是约翰·贝杰曼爵士[③]的谦卑追随者，他会在他担任角色的场景中抢尽风头，操控话语，甚至抢夺凯特在安东尼葬礼上谢幕的机会。噢，对了，我怨恨明蒂，然而又不能淡化他。

小说的主题——除了三十年代的经济背景以外，那种资本主义摇摇欲坠从危机走向危机的感觉——简单而又与政治无关，一个哥哥和一个妹妹卷入了一场乱伦的爱情。有一次，我在一本评论月刊上读到一篇评论我早期小说的文章，感觉怪怪的，在这篇文章里，批评家挖掘出了这个主题。他提及这一主题的含义模糊不清，作者本人是如何担心的，或者他甚至也许没有意识到兄妹间这种感情的本质。他援引了一些例子来说明兄妹两人之间的对话在一个危险的时刻如何突然中断，随后聊起了毫不相干的话题——于是他写道，作者是在躲避小说

---

① Harrovian，即 Harrow，英国哈罗城的一所著名男生寄宿学校，创建于 1571 年，曾培养出英国许多名人。

② 喻指哈罗公学的老毕业生。

③ Sir John Betjeman，1906—1984，英国诗人，作品以思乡怀旧著称，诗作有《贝杰曼诗集》、《高与低》等，1972 年成为英国桂冠诗人。

主题的真实本质。

这样看来，批评家意识不到小说的写作技巧是多么危险！毫无疑问，亨利·詹姆斯一篇篇伟大的序言不可磨灭地标志了一位小说家所走过的道路——“观点”的道路。我的头脑没有模糊不清；这种模糊不清存在于凯特和安东尼的脑海之中，我选择他们作为我的“观点”。他们不断地处在自我发现的边缘，但是，某种自我保护的本能用虚假或不完整的记忆和毫不相干的事情阻止了这种自我发现的瞬间。凯特比安东尼更接近醒悟，两人都利用他们浅薄的种种性爱(凯特与克罗以及安东尼与卢之间的性爱)去逃避真正正确的爱情。这些懦夫般的逃避不是我的逃避；它们属于那对命中注定要遭厄运的恋人。

七

一份友谊能够成为一生中最重要的事件之一，像写作或旅行一样，成为逃避日常琐事、逃避失败感觉、逃避恐惧未来的一种方式。我与赫伯特·里德[①]的相识当然是我人生中的一个重要事件。他是我所有熟人中最有绅士风度的人，不过他的绅士风度是他那一代人在最严酷的经历中经受过考验的那种绅士风度。这位

① Sir Herbert (Edward) Read，1893—1968，英国诗人、文学评论家，著有诗集《赤膊的战士》等，论著《现代诗的形式》、《艺术和社会》等。

年轻军官在西部前线战斗中获得军功十字勋章[①]和优异服务勋章；在泥浆中摔打滚爬、与死亡擦肩而过的时候，随身一直携带着罗伯特·布里奇斯[②]的诗集《人类的精神》、柏拉图的《理想国》和塞万提斯的《堂吉诃德》。他一点儿也没改变。二十年后，他还是同样的他，他走进挤满人群的房间，你根本不会注意到他的到来——你只会注意到整个交谈的气氛悄悄发生了变化，甚至客人的相互关系也变了，再也没有人说话追求效果，当你环顾四周寻找这种变化的原因时，原来是他——完美的诚实源于完美的经历——已经进了房间，悄悄拿了一把椅子。

这就是赫伯特·里德典型的品德，我记不起我们在哪里或者如何第一次相识的。我想一定是在1935年，那年他唯一的一部小说《绿色的孩子》[③]出版了，我将它与本世纪伟大的诗集以及戴维·琼斯[④]的《在括弧中》[⑤]放在一起。我那时已是《英语散文风格》[⑥]的忠实崇拜者，任何想当作家的人都应该阅读这本书，我也是他的《华兹华斯》[⑦]的忠实崇拜者——从来没有人如此深刻地揭示过华兹华斯的内心世界，或者说如此深刻地揭示过自己的内心世界——我更是《纯真

---

① the Military Cross，英国和英联邦国家授予陆军的一种荣誉勋章，设立于1914年。

② Robert Bridges，1844—1930，英国诗人，1913年被封为桂冠诗人。

③ The Green Child，赫伯特·里德写于1934年，发表于1935年。

④ David Jones，1895—1974，第一代英国现实主义诗人之一。

⑤ In Parenthesis，戴维·琼斯1937年发表于英格兰，一部描绘世界大战的史诗，曾获Hawthornden奖，受到叶芝和T·S·艾略特的高度赞誉。

⑥ English Prose Style，赫伯特·里德著，1928年出版。

⑦ William Wordsworth，1770—1850，英国诗人，1843年被封为桂冠诗人。

的眼睛》[1]的忠实崇拜者，这本书记叙了他在约克郡度过的童年，是英语中最好的自传之一。

T · S · 艾略特[2]和赫伯特 · 里德是我青年时期眼中的两位伟人（对于我来说，他们胜过乔伊斯[3]，至于庞德，不知何种原因，他总是相差一大截——一位探索者，人们永远无法十分确定他会流传到哪个时刻）。我本人没有勇气接近艾略特或里德。他们对一个毫无建树的年轻小说作者能有什么兴趣呢？所以，一定是机遇使我第一次得以与里德相见；当我收到里德来信邀请我出席晚宴时，我感到自豪、意外，还有点胆怯。“艾略特会来，没有其他人，一切都很随便。”对于我来说，这有点儿像收到柯尔律治[4]的邀请——“华兹华斯会来，没有其他人。”他用一幅小地图非常清楚地为我指明了行路方向，那张地图看上去像是从青年军官的拍纸簿上撕下来的西部前线战壕体系的草图；不一会儿，这位同胞，《纯真的眼睛》的作者，探出头来张望。“这条林荫道我称之为‘小巷’，一条穿过双门的狭窄通道。”我感觉约克郡比贝尔赛兹公园[5]更加亲近。

① The Innocent Eye，赫伯特 · 里德发表于1933年，主要描写了他的童年。

② Thomas Stearns Eliot，1888—1965，英国诗人、剧作家和文学评论家，代表作有《荒原》和《四个四重奏》，1948年获诺贝尔文学奖。

③ James Joyce，1882—1941，爱尔兰小说家，代表作为《尤利西斯》。

④ Samuel Taylor Coleridge，1772—1834，英国诗人、评论家，著名诗作有《忽必烈汗》、《古舟子咏》等。

⑤ Belsize Park，位于英国伦敦西北部的卡姆登（Camden）区。

两年后，我担任《日日夜夜》周刊的兼职编辑，也许是因为我有了更大的自信，我冒失地请《当今艺术》的作者经常为我撰写侦探故事的评论文章，他立刻答应了。（在与艾略特共同出席的那顿晚宴上，我们谈到了亚森·罗苹[1]——一谈到这个话题，艾略特总会变得无拘无束——也许，这一话题使他一时觉得安全地远离了来回走动谈论米开朗琪罗的女士们。）随第一期评论刊出的一首用红油墨印刷的诗歌褒扬了我们的新关系：

称其格雷厄姆还是格林？
两者之间或两人之间毫无差异。
称其格雷厄姆还是格林？
既不是基督徒也不是亲密友，
不过一人是牛奶另一人是冰淇淋。
那就叫他格雷厄姆，不叫格林。

希望有一天我能看见这些评论重新发表，它们与知识分子赫伯特·里德的木讷形象如此不同。1937 年 7 月 8 日出版的第一期评论刊登了一篇对多萝西·L·塞耶斯[2]的《公共汽车驾驶员的蜜月》毁灭性

---

① Arsene Lupin，法国作家莫里斯·卢布朗写的系列侦探小说中的侠盗。

② Dorothy L. Sayers，1893—1957，英国女作家，以写侦探小说著称，主要作品有《谁的尸体？》、《九个裁缝》等。

的、应得的批评。后来，他对彼得·切尼[1]不友好，但是对阿加莎·克里斯蒂[2]说了些宽容的话。我确实认为，比起那些冗长的系列艺术书，他更乐意写这些评论文章，那些艺术书使许多读者看不见他作为一名诗人、文学批评家和自传作家的真正天赋。他明白我不太在乎那些艺术书，他从来不怨恨我的这种态度；甚至当我将自己的感情化作印刷文字时，他只是写道："你确实使我的面包和黄油看上去相当乏味，不过，它们确实……是……"我愿意这样想：对于他来说，在《日日夜夜》上刊登评论文章就像过节，他的幽默突然涌动，像火山一样喷发出来。他狂欢似的援引二流作家的作品，这些作家显然没有从《英语散文风格》一书中汲取经验教训。

"'梅纳德又倒了些咖啡，敲碎了另一个鸡蛋孤芳自赏的蛋壳。'我们始终认为我们的鸡蛋对它们自己的外表绝对是漠不关心的。"

唉，《日日夜夜》在1937年底寿终正寝，那年的11月4日，在一篇名为"没有鞋拔的生活"的文章中，赫伯特·里德作为一名幽默作家首次用詹姆斯·默格特罗伊德的笔名亮相。我似乎反对使用这个

① Peter Cheyney，1896—1951，英国犯罪小说作家。
② Agatha Christie，1890—1976，英国女侦探小说家，主要作品有《尼罗河上的惨案》等。

笔名，起先他的笔名只叫默格特罗伊德，我认为这个名字更加适合沃德豪斯[①]的一个人物。他回信坚称："捍卫默格特罗伊德！这是一个非常真实的姓，如果我出生在西赖丁[②]，而不是北赖丁，它很可能成为我自己的姓。我也给他起个名行不行，叫詹姆斯如何？不管怎样，我拒绝被叫作伯特伦·米德。我曾认识劳工部的一个人，他就叫那个名字，或者听起来是那个味。我要某个有趣的名字，这个名字能让人模糊联想到某种四角方方的、蹲伏着的、有鼓鼓两栖眼睛的东西；某种萎靡不振但又有耐心的东西，就像处于长期干旱中的一只青蛙。如果能等到星期二，那么我会努力想出一个可以替代的名字。但是，如果我继续喜欢这只怪物，那么他必须有个启发灵感的名字——比如默格特罗伊德。"

于是，他的笔名就叫默格特罗伊德。他计划写一系列评论文章。如果他完成了这个计划，那么我们就可能有一位《小人物日记》[③]的优秀继承人。他的文件资料中是否可能遗留下一些这样的文章呢？

我写了些琐碎的事情，不过，当你喜欢一个人的时候（就像我喜欢赫伯特·里德那样），常常是那些别人也许已经忘却或者不了解的

---

① Sir Pelham Grenville Wodehouse，1881—1975，英国小说家、剧作家，后入美国籍，作品有《城里的普史密斯》等。

② West Riding，指英国英格兰约克郡所属的行政区，郡下设 North Riding，East Riding 和 West Riding 三个行政区，Riding 也译"区"，即西区、东区和北区。

③ The Diary of a Nobody，英国 George Grossmith 和他的兄弟 Weedon Grossmith 创作的幽默小说，Weedon 作画，1888 年首次刊登在伦敦幽默刊物《笨拙周报》上，1892 年出书，被誉为幽默的经典之作。

琐碎小事首先映入你的脑海，随后才是那些伟大的永恒的成就：《绿色的孩子》、《华兹华斯》、《一场战争的终结》、《反面经历》，还有那篇“论沃韦纳格”[①]的论说文，在这篇文章中，他突然谈及那如一根钢索将这些自传串联起来的主导感情：追求荣耀。“荣耀现在是一个声名狼藉的词，恢复它的名誉将很困难。荣耀遭到损害是因为它与军事辉煌联系过于紧密；它与名誉和抱负混淆在一起。但是，真正的荣耀是一种隐退和谨慎的美德，只有孤独时才能完全实现。”他体验过军人的荣耀：在前线危险和肮脏的环境中，他能够在一封私人信件中写道：“如果今天我能自由，几乎可以肯定，我内心所有的冲动将驱使我参与这种冒险。”不过，1918 年 11 月 11 日那天，当坎特伯雷[②]响起胜利的钟声时，他心冷了，气馁了，他转向田野“走开了，脱离所有的人间联系”，他这是走向荣耀，“在孤独中实现”荣耀，在他生命的最后几年中，在群山荒原中，倾听着童年时期磨坊水车动力水流的声响，在《纯真的眼睛》的环境里，他最终实现了他的荣耀。

他生命极度痛苦的结束最能凸显他的人格——他年轻时在法国遭受毒气或炮弹爆炸的伤害非常严重，但是他面对痛苦和死亡的勇气在过去五十年里却始终没有减弱，当他还是利兹[③]街头一名孤独的孩子

① Vauvenargues，可能指 Luc de Clapiers，marquis de Vauvenargues，1715—1747，法国道德家、作家。

② Canterbury，英国英格兰东南部城市，中世纪曾是宗教朝圣地。

③ Leeds，英国英格兰北部城市。

时，他便首次感受到那种深深的荣誉感，在生命结束极度痛苦的整个过程中也都一直保持着。他常用清澈、机敏、温柔的目光看着朋友，他也用同样的目光看待死亡。在他生命的最后几个月里（在又动了一次手术之后），他一直计划去阿纳卡普里[①]我碰巧拥有的一栋小屋里住一段时间；在那段最后的岁月里，他比以前更加频繁更加亲切地写信给我。“弗洛伊德的思想一直萦绕在我的心头，你读过琼斯撰写的弗洛伊德传记吗？我与他的状况完全一样……我想我并不担心我自己的余生——只是想到鲁多[②]要独自一人了，不过一想到我们有那么孝顺的几个孩子，我就宽慰了。”随后，突然，最后一封来信到了，他写的最后一封信，信中说他必须放弃去阿纳卡普里的想法——“我已经建立起‘卢尔德[③]精神’，它将成为一种灵丹妙药。”

这位无宗教信仰的最虔诚的基督教徒提及“卢尔德精神”一点儿也不使人感到意外。难道他不是在几本自传中提及他荣誉观的另一个非常重要的方面吗？“在某些时刻，个人会随波逐流，超越理性的自我，来到另一个道德层面，在那里，他的行为由新的标准来评判。我把这种驱使他采取非理性行为的冲动称作荣誉感。”

① Anacapri，意大利那不勒斯省卡普里岛上的一个社区。

② 赫伯特·里德的妻子。

③ Lourdes，在罗马天主教中可能指 Our Lady of Lourdes，即圣母马利亚。

第二章

一

我们越进一步追溯往事，“相关的文件”越积越多，我们就越发迟疑，不愿翻开它们的书页，弄乱书上的积尘。对于一个陌生人来说，这些“相关文件”似乎不太重要——一本用铅笔写的日记、一封非洲的来信(根据可识别的格式断定也许是专业捉刀写信人写的)、在一个窝棚里发现的少量难以辨认的作品——不过，人们永远无法确定怎样的记忆不会被激活；生命越长，人们越发深切地感到回忆过去将会导致痛苦，这些回忆缠绕着诸多联想，就像房间里的蜘蛛网，而房间的主人早已在许多年前“郁闷地”离去。然而，在 1935 年，我仓促计划把回忆作为我下一本书《没有地图的旅行》的唯一主题，因为四十五年前，我可以随心所欲玩弄童年时代最阴暗最深处的记忆——如今在我看来，这些记忆似乎并非那么阴暗或者那么遥远。

那个时期，“年轻作者们”喜欢作艰苦旅行，以寻觅异乎寻常的创作材料——彼得·弗莱明[①]去了巴西和满洲，伊夫林·沃[②]去了英属圭亚那[③]和埃塞俄比亚。欧洲似乎拥有整个未来；欧洲可以等待。1940 年，我震惊地意识到欧洲的大门关闭了——也许永远关闭了——

我也意识到我对墨西哥和利比里亚的记忆远胜过对法国的记忆。至于意大利，我只在那不勒斯住过一个晚上。

我们这代人是读冒险故事长大的，我们错过了第一次世界大战所造成的巨大失望，所以四处寻找冒险；1940 年的夏天大致也是这样，我常常在骚森德[④]度过周六夜晚，期待空袭来临；几乎没料到的是，几个月后，伦敦日日夜夜遭空袭，我受够了。

此前我从没离开欧洲，也不太经常离开英国；选择利比里亚，让我的表妹、一个 23 岁的姑娘参与这次冒险，至少可以说是轻率的。我对她的邀请至少情有可原，因为我在我弟弟休的婚礼上喝了太多香槟酒，根本没料到她会接受邀请。事后，我尽力劝阻她，寄给她一份国际联盟[⑤]有关非洲腹地状况、猖獗流传的各种疾病、戴维斯上校对克鲁人[⑥]部族野蛮的战役、金总统[⑦]私下向费尔南多普岛[⑧]出口奴隶的报告，这份报告使我感到提心吊胆。哈里·约翰斯顿爵士[⑨]在非洲腹地旅行的报道、他与脚夫(他只能一个村一个村地雇佣)之间无穷无尽

---

① Peter Fleming，1907—1971，英国作家。

② Evelyn Waugh，1903—1966，英国小说家，主要作品有《衰落与瓦解》、《邪恶的肉体》、《旧地重游》、《荣誉之剑》三部曲等。

③ British Guiana，南美洲北海岸原英国殖民地名称，1966 年独立。

④ Southend，英国英格兰东南部港市。

⑤ League of Nations，第一次世界大战末根据《凡尔赛和约》于 1920 年建立的国际组织，1946 年解散。

⑥ the Kru，常指利比里亚和象牙海岸沿海地区的少数民族人。

⑦ President King，可能指 Charles D. B. King，1875—1961，1920—1930 年任利比里亚第十七届总统。

⑧ Fernando Po，赤道几内亚一岛屿。

⑨ Sir Harry Johnston，1858—1927，英国探险家，曾任英属中非地区的专员。

的麻烦，使我意识到利比里亚对于一个年轻男子来说是一种艰难困苦的冒险，而我最远也只是乘了希腊游船到过雅典。我感到需要一个旅伴，但是当香槟酒意逐渐消退时，我对自己的选择大惊失色。

幸运的是，我寄给表妹的阅读材料似乎没有动摇她的决心，因为只要环境允许，她会证明自己是个好旅伴的；还有一想到如果旅伴是男性，精疲力竭之时常常会发生的争吵，各种的不同意见、种种的犹豫不决……我不由得发颤起来；而我表妹一切都由我决定，我做了错误决定也从不指责我，因为性别不同，我们都会被迫克制自己容易暴躁的脾气，最终我们会陷入长时间沉默，不过沉默绝对比提高嗓门好。她只有一件事让我失望——她写过一本书。不过即便如此，她的宽宏大量甚至也是显而易见的，因为她等了好几年，直至我自己的书出版了（并销声匿迹了——因为受到陌生医生威胁提起诽谤诉讼，这本书几乎立刻遭到禁止），她才出版了她的《愚昧的土地》。我甚至没有意识到她在做笔记，我正独自忙碌。

出发前，我觉得写一本游记似乎很简单，但是回来后面对自己收集的材料，一时间我绝望了，希望放弃这个计划。由于旅途越来越疲惫，一本铅笔记的日记用了还不到活页笔记本的80页四开纸，外加一张记录脚夫预付款（领头的预支九便士，大部分其他脚夫每次只拿三便士）的活页纸，一些塔皮-塔区专员华兹华斯先生和利比里亚边境部队司令埃尔伍德·戴维斯错误连篇的便条，一些蒙罗维亚[①]的政治

① Monrovia，利比里亚首都。

传单，一些利比里亚报纸的摘选，一些“比齐”剑和失落已久的乐器（那时它们似乎很珍贵），一些用陈旧微型柯达相机拍摄的照片，还有我从未经历过的在森林中长途跋涉的各种记忆，主要是对老鼠、对失望，以及对百般无聊的记忆——我怎么可能仅靠这点材料创作一本书呢？可是这次旅行我已经花了三百五十英镑，这些钱是出版商预支给我的，而且书写好以前我不可能再有别的收入。

需要解决的问题主要是形式的问题。我心里一直担心书会写得像从头到尾报流水账，单调乏味。这本书不能用欧洲游记的形式创作，因为没有可以描绘的建筑风格，没有著名的雕塑铸像；它不能像纪德[①]的《刚果之行》那样是一本政治书，也不能像彼得·弗莱明的书那样是一次冒险经历——如果这是一次冒险经历，那么它也只是一种主观上的冒险：三个月几乎销声匿迹，“与世隔绝”。这一思路启发我想到了我所需要的写作形式。记叙一次旅行——一次缓慢、脚酸、进入几乎无人知晓的非洲内陆之行——只有与另一种旅行进行对比，我的游记才能显得有趣。只有更加彻底地个性化，游记才能避免落入个人旅行日记琐碎肤浅的俗套。如果“我”不是一个虚构人物，那么使用它便是一种不利因素，运用“我”的唯一方式是使它成为一个抽象的概念。出于各种考虑，我隐去了这次旅行的女

① Andre (Paul Guillaume) Gide，1869—1951，法国作家，曾一度宣称信仰共产主义，主要作品有《蔑视道德的人》、《梵蒂冈的地窖》、《伪币制造者》等，1947年获诺贝尔文学奖。

旅伴，用各种记忆、睡梦、词语联想来支撑这部没有记录重大事件的游记：如果从某种意义上说这部游记更具个性，那么这次旅行就更具普遍性——如果荣格的理论可信[①]，那么我们的梦境是可以共享的。当我想到这一形式时，对于我来说它不是一种崭新的形式。这种从头到尾报流水账的想法总让我感到害怕，就像童年时代回忆漫长的夏季学期那样，我总是中断故事的连贯性，插入我对主要人物的各种回忆，就像现在这样我中断叙述这次旅行，插入对“我”的各种回忆。

我写这本游记迄今已经四十多年过去了，我没有勇气把它再完整地读一遍（我上次通读它是在 1945 年，那时我刚从战时旅居地——破烂不堪的弗里敦回来，为一本新版书写了个序，以表明我的看法有了改变）。现在我想要做一次小小的心理测试，看看当我开始动笔写书的时候，记在我日记里的一次特殊经历是如何遭到改变的；第三方，我的表妹，是如何看待这段经历的——有三方参与者是因为记日记的“我”和作者的“我”无疑是两个截然不同的人。

旅行即将结束的时候，在甘塔[②]和大海之间，我病了。我很少一天行走少于十五英里，而且我不习惯那里的气候——出太阳的时候天气闷热，有时夜间住在当地简陋的小屋里冷得需要盖两条毛毯。我硬撑着往前走，因为雨季快要到了，一旦开始下雨，利比里亚中部就会

① Carl Gustav Jung，1875—1961，瑞士心理学家、精神病学家，首创分析心理学。

② Ganta，也称冈帕城，北利比里亚宁巴县一城市。

无法通行。我表妹没有意识到赶路的必要性，还以为这样急速行走与我患病神经紧张有关。一天晚上到达一个村庄后，我病倒了。

我在日记里是这样写的：

“前往齐吉镇，漫长疲劳的一天。6:45 出发。整整走了八个半小时。一个池塘里有成群的鸭子。我的体温升高了，上床睡觉。临睡时体温又上升了一点，整夜出汗，光着身子睡在几条毯子之间。胃部不舒服，服用大剂量药。一阵雷暴雨。蚊帐上的影子，防风灯，食品运输箱[①]上的威士忌空瓶。”

日记里没多少实质性内容，真的还不如第二天更加简单的记录：“最后一听饼干，最后一罐牛奶，最后一片面包。”

征得芭芭拉的同意，现在我摘录我表妹对那个糟糕夜晚的描写：

“我们到达齐吉镇的时候，格雷厄姆步履蹒跚，他摇摇晃晃好像有点喝醉了似的。上床前，因为那些脚夫，他得不到休息，他们像往常一样用各色各样的问题烦他。我设法劝他上了床。我测了他的体温，体温很高。我给他服用了许多

① chop box，非洲人在长途跋涉时用来运输食品的箱子。

威士忌酒和泻盐[①]，给他盖了两条毯子，希望我的做法是正确的。

“我独自吃了晚饭，这时雷声大作；脚夫们服侍我时一脸严肃。我们脑海里都有着同样的想法：格雷厄姆将要死去。我根本不怀疑这一点。他看上去已经像个死人。暴风雨来临使我头疼，脚夫们吵吵闹闹。我听见他们相互责骂，不过我随他们去吵闹。

“我再次测量格雷厄姆的体温，体温更高了。想到格雷厄姆的死我感到很平静。让我自己感到震惊的是，我对格雷厄姆的死竟然无动于衷！我的头脑不住地告诉我：我真的很烦；事实上，我十分疲惫，尽管我能够容易地把所有注意力都集中到格雷厄姆死亡的现实一面，但是我无力感觉任何东西。我默默地考虑如何埋葬我的表兄，我如何走到海边，给谁发电报。我不害怕独自继续往前走，因为此时我意识到，与阿梅杜[②]在一起我会很安全。只有一件事仍让我格外担心。格雷厄姆是个天主教徒，我昏昏沉沉疲惫不堪的头脑里突然想到，如果他死了，我应该为他点蜡烛。我记不清为什么我应该点蜡烛，不过我模模糊糊地感到，如果我不能为他

① Epson salts，也作“泻利盐、硫苦”等，主要起导泻作用。
② Amedoo，作者与表妹雇佣的非洲脚夫。

办到这件事情，他的灵魂就得不到安宁。我夜不成眠，心里一直想着这件事情。对我来说，这件事似乎极端重要。

“这是个宜人的小村庄。我在村里走走，像往常一样领略当地的风土人情。拉米纳和马克随我一起散步，不过，我告诉他们我心情不好，不愿意交谈，他们很知趣，立刻退后十码跟在我身后，让我感觉清净，同时让我知道他们在后面保护我。阿梅杜留在能听见格雷厄姆呼唤的距离之内。他们正尽全力试图让我明白，不管发生什么事情，他们永远都不会忘记他们在弗里敦许下的誓言：他们会保护我们直至旅行结束。直至到达齐吉镇的那天傍晚我才意识到，我喜欢我们的这些年轻脚夫，他们是多么珍贵和忠诚的朋友！

“暴风雨来了，我急急忙忙赶回小屋，雨倾盆而下。这是一栋有两个房间的大棚屋，上床前，我再次去看了看格雷厄姆。他处于一种焦躁不安的昏睡之中，含糊不清地自言自语，浑身汗水淋淋。

“让我格外惊奇的是，早晨醒来格雷厄姆没有死。我大为惊讶，凝视着他好一会儿没有开口说话。我走进他的房间，以为会看见他要么神志不清，要么快咽气了，结果发现他起床了，并且穿好了衣服。他的面色很难看，用一种恐怖死亡的神色对着我咧嘴而笑。他的脸颊深陷，眼睛下方有黑圈，又短又硬的胡子没为他增添几分英气，而是让他在总体上显得更加憔悴。不过，他的言谈比较正常了，因为昨天他眼中那种诡异的冷酷的目光已经消失了。我量了他的体温，体温低于正常温度。

“‘我们必须继续快走，’他说，‘我又没事了。’

“‘你不休息一天吗？’我问。

“‘不休息了，’格雷厄姆不耐烦地说。‘我们必须赶到海边。’

“海边！我表哥急着赶到海边，就像朝圣者渴望到达圣城。

“我走出屋子，召集那些脚夫，告诉他们去打听一下离大巴萨[1]还有多远。我想，汤米也许知道，或者酋长也许知道。

“‘两天，’马克说。

“‘两个星期，’拉米纳说。

“‘哦，我的天哪，’我说。

“我问领头的脚夫，‘离大巴萨多远？去问酋长！’

“他可爱地茫然一笑，轻轻地说，‘太远了。’我周围的脚夫像一个愤怒的合唱队，齐声附和，‘太远了，太远了。’”

① Grand Bassa，利比里亚一地名。

我必须承认，我表妹的叙述更多的是在说一个冒险故事，比我用铅笔写下的寥寥几行字的内容要丰富得多，因为那次荒唐的旅行在当时看来好像那么无聊乏味，现在回想起来，对于一个31岁此前从没到过非洲的男子和一个23岁的姑娘来说实在是一种冒险。那么，这第二个回想此事的“我”是如何叙述这次旅行的呢？我惊讶地（因为我对那天夜晚几乎没有什么记忆）发现，那个“我”有着与他表妹一样的恐惧。下面一段摘自我的游记：

“我对前往齐吉镇的那段旅途没有一点记忆，对接下来的几天也几乎没有印象。我累极了，在日记里写不了几行字：希望别再这样疲惫了。我脑海里还有一种印象：延绵不断的森林，灌木丛中偶尔耸起一些山冈，所以我们能够少许看见山冈两侧鲸背似的伸向大海的浩瀚森林。齐吉镇外有一条溪流，顺着山坡慢慢流淌，水里有些鸭子，奇怪的是它们身上有一种奇怪的英国气息。记得我刚想坐下，又不得不马上应付镇长，他要求我支付脚夫们的伙食费；刚想再次坐下，又站起身来寻找三便士硬币*，厨师需要用来买只鸡；刚想坐下，被迫又站起来去包扎一个脚夫的伤痛。我再也忍

* （原注）我们所有的钱都是三便士硬币，因为利比里亚脚夫不认识价值更高的货币。他们也要求那些硬币上有维多利亚女王的头像。唯一价值更低的硬币是利比里亚的“铁币”——一条条铁块。

受不了了；我吞下了一杯浓茶里的两勺子泻利盐(我们早就喝光了罐头牛奶)，让表妹去处理其他偶发事件吧。我的体温很高。我用一杯威士忌酒吞下了二十粒奎宁，脱了衣服，钻进蚊帐，将自己裹在两条毯子里，试图入睡。

“雷暴雨来了。这是几天以来我们遇上的第三次暴风雨；如果我们想抵达海岸，那就不能再浪费任何时间。我躺在黑暗中，有生以来没这么害怕过。还算好，没有老鼠，不过，当我钻出蚊帐去擦干汗水时，我在脚趾下捉到一只恙螨。我汗水淋淋，好像患上了流行性感冒；身上保持不了十五秒钟干燥。倒放的食品箱上的防风灯发出微弱的光亮，箱子旁边有个威士忌酒瓶，里面装满了滤过的热水。我不住地想到凡·高在博拉洪[①]高烧不退。他说，你必须至少卧床休息一周：只要卧床休息时间足够长，疟疾没什么危险，但是想到要在这里待上一周，再过七天才能去大巴萨，我实在无法忍受。管它是不是患了疟疾，第二天我必须继续上路，我很害怕。

“高烧使我根本无法入睡，不过，第二天清晨，汗水驱除了我体内的病魔。我的体温远低于正常标准，不过，长途跋涉中最无聊的阶段暂时过去了。昨晚我有了一个发现，它

① Bolahun，位于利比里亚 Kolahun 地区，人口稠密。

使我兴趣盎然。我发现自己渴望活着。以前我总想当然地认为死亡是诱人的。

“那天夜晚发现自己渴望活着似乎是一个重要的发现。它像一种皈依，以前我从来没有过皈依的体验。(我一直没有皈依任何一种宗教，不过，某些特定论点使我相信了其教义的可能性。)如果不是因为这种经历对我是如此新鲜的话，那么我本会认为信念的改变不会持久，或者即便信念的改变能够持续，那么它们也只会成为大脑底部的一点点沉积物。也许这种沉积物有价值，在紧急情况下，对于皈依的记忆或许会有某种力量；我或许能够用理智的想法使自己坚强起来，这种想法就是：我曾经在齐吉镇确信活着本身有多么美好和诱人！”

我接受齐吉镇的教训了吗？我表示怀疑。

维多利亚时代的小说家常常喜欢简单交代他们小说中一些小人物的未来命运。在这方面，我几乎无能为力，我能做到的很少一点并不非常令人喝彩——没有幸福的婚姻或者出身。六年后，我回到战时的弗里敦，一天偶然遇见拉米纳——他不再是个穿着短裤戴着羊毛便帽帽上有个鲜红小羊毛球的“小男孩”。战争给他带来了富足和尊严。先前，我寻找过阿梅杜的踪迹，但白费了一番工夫，头人阿梅杜无可挑剔，他使我的非洲之行成为可能；不过，我首先想打听的是那个老厨师，我总记不住他的名字，在我脑海里他只是个穿着白长袍的人影，手里拿着菜刀，边走边慢慢地消失在灌木丛中。我想，现在如果他还活着，一定老态龙钟了。“老厨师，”拉米纳面对命运的嘲弄笑得身体轻轻摇晃，他回答说，“老厨师，他健在，不过阿梅杜他死了。”

另一个人物也死了：那个前来带我们去博拉洪的神秘德国人，塞拉利昂[①]边境上的凯拉洪[②]地区专员曾误认为他是利比里亚的信使。

“过了很长时间才有人想起问他是否是利比里亚的信使。他不是的，信使从凯拉洪消失了，这位陌生人是个德国人。他需要一张床；他是偶然走进凯拉洪的，好像这里是个德国村庄，他肯定能够在这里找到一家客栈一样。他有一种和蔼神秘率真；他来自共和国[③]，打算回到那里去；他根本没有表明为什么来这里或者为什么要回去或者在非洲干什么。

“我以为他是个探矿人，但是后来发现他一点儿也不关心金子或钻石之类的物质东西。他只是在学习。他靠在椅子上，似乎不关注任何人；别人提问时，他总微微一笑（你会以为：我提了某个非常愚蠢非常肤浅的问题！），过了好一

① Sierra Leone，西非国家。

② Kailahun，塞拉利昂东部省份凯拉洪地区的首府。

③ the Republic，指魏玛德国。

会儿，当你已经忘记所提的问题时，他才回答。尽管留着胡须，他实际上很年轻；尽管穿着海滨流浪汉的衣服，他却有一种贵族气质，他比我们任何人都聪明。他是唯一知道他迫切希望学到什么东西的人，知道他无知的确切程度。他会说门迪语[①]；他正在随意学习布齐语[②]；他还懂几个佩尔语[③]单词：这需要时间。”

过了好多年我才得悉他的结局，他死讯的传来与他所做的事情一样模糊不清。那是1955年，我正在克拉科夫[④]一家宾馆的房间里很晚还没有就寝，与一位波兰小说家边喝酒边小心翼翼地交谈。哥穆尔卡[⑤]还没有掌权——波兰还是个斯大林主义的国家。除了这位小说家，我在克拉科夫不认识任何人。这时，传来一声敲门声，我俩都吃了一惊，我们都同时想到了秘密警察。进来的显然是个德国人。他的目光从我们一个人的身上扫到另一个人的身上，然后问，“格林先生？”

“什么事啊？”

“你认识我兄弟，”他说，“在利比里亚。”

我苦思冥想，不得其解。“他带你们去了博拉洪。”

---

① Mende，西非塞拉利昂中部及东南部居民说的一种属曼丁哥语系的语言。

② Buzie，西非沿海一种曼德族语言。

③ Pelle，西非一种少数民族语言。

④ Cracow，也作Kraków，波兰南部城市，克拉科夫省省会。

⑤ Wladyslaw Gomulka，1905—1982，曾任波兰统一工人党中央委员会第一书记，被控“进行破坏活动”而被捕入狱，获释平反后，任中央第一书记，后因物价失控，引起骚乱，被解职。

这下我记起来了，便询问他现在的去向。“1943 年在俄国前线死了。”

尽管我不太乐意，但是礼貌迫使我邀请这位陌生人和我们一起喝我的那瓶威士忌；我访问过奥斯威辛，看见过那一长排一长排的牢房，里面塞满了女人的头发、儿童玩具、标着死者姓名和地址的旧提箱，以及德国屠杀集中营的所有系统。我没有胃口在波兰与一个德国人同坐一张桌子。我的朋友曾是一名波兰军官，后来成了地下军的成员，他甚至比我更加不喜欢这个德国人的陪伴。这个德国人与他的哥哥一样含含糊糊。我告诉他，那天我们去过扎科帕内①，他称赞了那个地方的美丽，“二战期间，我在那里待过二三年，”话说得很随意，就像一个英国人谈起他在瑞士的住宅一样。我和朋友都知道，驻扎在波兰的德国士兵一般不会在一个地方待那么长时间，不过，那个时期，对于德国人来说，除服役外，还有其他职业……

我问，“那么你为什么回来呢？”

“我在绘画，”他说。

二

四年半时间每周观看几次电影……现在我几乎难以相信遥远的

① Zakopane，波兰南部一冬季运动胜地。

三十年代那种生活，出于一种娱乐的心情，我相当自愿地接受了这种生活方式。四百多部电影——如果不是因为同一时期我还要忙其他事情——还得写四部小说，更别提一部游记，这部游记使我离开英国三个月去墨西哥，远离娱乐场所：所有那些奢侈浪费的娱乐帝国和影院剧场，我们永远不会再看到那样无节制的挥霍了——那么我想我可能还会看许许多多更多的电影。我感到诧异，我怎么可能写了那么多电影评论？然而，我记得，我怀着一种好奇和期待的感觉，打开那些信封，信封里装着一张张镀金的出席早晨新闻发布会的邀请函（早晨我是应该竭力对付其他工作的）。看那些电影是一种逃避——逃避本书第六章提及的地狱般可怕的小说结构问题，逃避那些顽固不化拒绝鲜活的次要人物，逃避忧郁情绪一个半小时，小说家在自己幽僻的世界里连续生活了太长时间，忧郁情绪必定降临到他的身上。

一次鸡尾酒会上，第三杯危险的马提尼酒下肚后，我想到了电影评论。那时，我正在与德里克·弗斯科伊尔[1]交谈，他是《旁观者》的文学编辑。《旁观者》到此时为止一直忽视电影评论，我向他建议由我来弥补这个缺陷——我想万一发生了不太可能的事情，他接受了我的建议，干二三个礼拜电影评论也许挺有意思。我做梦也没想到这份差事持续了四年半时间，只是因为世界变了才终止：

① Derek Verschoyle，1911—1973，英国出版商、诗人、《旁观者》杂志编辑。

世界大战了。直到几天以前重读那些通知时，我才想到这些评论在《青年林肯》[1]之后戛然而止了。如果说那篇评论写得有点心不在焉，那是因为1939年9月3日那天早晨，我刚要开始写评论，战争的第一声空袭警报拉响了，我把评论搁在一边，以便从汉普斯特德[2]我那高高的寓所上记录山下伦敦城损毁的情况。“一个女人牵着狗走过，”我记录道，“在路灯柱子边停了下来。”随后空袭警报解除，我回头评论亨利·方达。

《旁观者》上的文章不是我写的第一批电影评论。在牛津大学期间，我自己任命自己为《牛津视野》[3]的电影评论员，《牛津视野》是一本文学杂志，每学期出版一期，由我主编。《鬼影》、《秋雾》、《布拉格学生》——这些都是三十年代的无声电影，迄今我仍能记得它们的全部情节。我是肯尼思·麦克弗森[4]和布莱赫主编的、从瑞士一座城堡里出版的《特写镜头》的热情读者。马克·阿勒格莱[5]是驻巴黎记者，普多夫金[6]写评论蒙太奇的文章。“有声电影”的问世让我大为震惊(这似乎是电影作为一种艺术形式的尽头)，这就像后来我

---

① Young Mr. Lincoln，也可译成《青年时代的林肯先生》，美国传记电影，1939年上映，约翰·福特导演，亨利·方达等主演。

② Hampstead，也称Hampstead Village，英国伦敦一居住区，知识分子、艺术家、音乐家、文学家等聚居区，区内小山起伏，鸟语花香，环境优美，像公园一般，是英国百万富翁最多的区域。

③ Oxford Outlook，曾是英国牛津大学一份文学杂志，目前是其校友会的宣传刊物。

④ Kenneth Macpherson，1902年生于苏格兰，小说家、摄影家、批评家、电影摄制家，与布莱赫(Bryher)等人一起创建Pool Group，曾创办颇有影响的电影杂志《特写镜头》。

⑤ Marc Allegret，1900—1973，法国电影剧本作家、电影导演。

⑥ Vsevolod Illarionovich Pudovkin，苏联电影导演、演员、电影理论家。

对彩色电影抱有合理的怀疑一样。“彩色电影，”1935 年我评论道，“把女人的脸搞得一塌糊涂；所有女人，不管是年轻的还是年老的，都有同样健康的饱经风霜的皮肤。”十分奇怪的是，是切斯特 · 莫里斯[①]主演的一部侦探故事片改变了我对有声电影的看法——因为在那部电影里，我第一次意识到有各种可供选择的声响；在这之前，所有的鞋子都一样嘎吱，所有的门把也都一样嘎吱。我注意到被人遗忘的电影《浮华世界》[②]甚至使我燃起了对彩色电影的某种希望。

重读四十多年前的这些评论，我发现其中有许多偏见，如今仅仅是由于怀旧的情感才使我淡化了这些偏见。我对葛丽泰 · 嘉宝[③]有明显保留意见，我把她比作美丽的阿拉伯母马，希区柯克的“不适当的现实感”使我十分恼火，而且现在依然恼怒——他糟蹋了《三十九级台阶》[④]，简直不可原谅！我依然认为我是对的(不管特吕弗[⑤]先生会说什么)，当时我写道：“他的电影由一系列小小的‘有趣的’夸张的情节组成：凶手的纽扣突然掉落在巴卡拉[⑥]赌台上；被勒死的风琴手的双手在空无一人的教堂里使风琴的乐声长久鸣响……他非常马虎地创造这些需要慎重对待的情节(根本不注意导致前后矛盾、结尾混

① Chester Morris，1901—1970，美国演员。二十世纪四十年代曾主演《波士顿黑小子》系列侦探片。

② Becky Sharp，这是当今香港的译名，早年译为《名利场》，1935 年根据小说《名利场》改编成电影。

③ Greta Garbo，1905—1990，生于瑞典的美国女明星，以美貌、演技闻名，获 1954 年奥斯卡特别奖。

④ The Thirty-Nine Steps，根据苏格兰作家 John Buchan 同名冒险小说改编的电影。

⑤ Francois Truffaut，1932—1984，法国著名电影导演。

⑥ baccarat，流行于欧洲赌场通常由三人玩的纸牌戏。

乱、心理上荒谬的各种细节），然后随意撇下不管：这些细节毫无意义：它们没有任何作用。”

三十年代是一个“可敬的”电影传记时期——罗兹、左拉、巴斯德、巴涅尔等等——历史浪漫主义在塞西尔·B·戴米尔[①]的手里鲜活起来，在一定程度上充满喜剧效果（“狮心王”理查按照英国国教的礼仪娶了贝伦加丽娅[②]）。我更喜欢西部片、犯罪片、滑稽片、坦诚的商业广告片，我很高兴地看到在评论这类被人遗忘的商业广告片中的一部片子时，我曾热忱欢迎一颗新星：英格丽·褒曼[③]——“以前她主演过什么电影使她一登上国际银幕，强光灯就在她的鼻尖上闪闪发光？”

后来我发现电影评论存在着各种危险。有一次，我打开一封信，发现里面装着一块屎。我总是——尽管也许不正确地——认为那是一块贵族的屎，因为不久前我挖苦了某个法国侯爵，此人拍了一部纪录片，他在影片中扮演了一个相当英勇的角色。三十年后在巴黎一次*haute bourgeoisie*[④]晚宴上，我坐在他的对面，觉得他的谈话很有意思，于是就很想问问他真实情况，但是，优雅的陈设使我难以启口。随后，当然，发生了秀兰·邓波儿诽谤诉讼案。使二十世纪福克斯电影公司暴跳如雷的那篇《威莉·温基》评论手头找不到了，原因当然

① Cecil B. de Mille，1881—1959，美国电影导演、制片人。
② Berengaria，即 Berengaria of Navarre，1165（1170？）— 1230，英国王后，理查一世的妻子。
③ Ingrid Bergman，1915—1982，瑞典国宝级女演员，曾获三座奥斯卡金像奖。
④ 法语，意思是“（尤指法国）中产阶级的上层”。

是显而易见的。我把我的声明——我在文中指责二十世纪福克斯为邓波儿小姐“拉皮条”，“以达到不道德的目的”（我暗示秀兰·邓波儿有某种若真若假卖弄风骚的行为，用以挑逗中年男子）——贴在我浴室的墙壁上，后来一枚炸弹炸毁了整垛墙壁。高等法院王座法庭庭长休厄特勋爵[①]将案件文档移交公诉人主管，打那以后，我在伦敦警察厅便是有案可查的了。1938 年 3 月 22 日，高等法院王座法庭正式审理此案，我缺席；1938 年 3 月 23 日，《泰晤士报》判例汇编专栏刊登了以下庭审报道。当时，我正受遣在墨西哥写作。也许值得一提的是，许多名家与这本“可恨的刊物”有关联，《日日夜夜》自豪地拥有戏剧批评家伊丽莎白·鲍恩、首席书评家伊夫林·沃、艺术批评家奥斯伯特·兰开斯特、建筑评论家休·卡森，更别提诸如赫伯特·里德、休·金斯米尔以及马尔科姆·马格里奇等定期给杂志撰稿的作家。

《泰晤士报》法律报道栏目对此案作了如下报道：

高等法院

王座法庭

诽谤秀兰·邓波儿小姐案：“一种严重的侮辱行为”

邓波儿等人对《日日夜夜》杂志有限公司等

首席法官勋爵审理

① Lord Hewart，即 Gordon Hewart，1870—1943，英国高等法院王座庭庭长。

由童星秀兰·简·邓波儿小姐(由她的诉讼代理人罗伊·西蒙兹先生)提起的诽谤诉讼宣布和解。纽约二十世纪福克斯电影集团、贝纳斯西街二十世纪福克斯电影有限公司因格雷厄姆·格林先生撰写的、在《日日夜夜》1937 年 10 月 28 日一期上发表的文章与《日日夜夜》杂志有限公司和伦敦中西区圣马丁胡同格雷厄姆·格林先生、伦敦中西区“长地”黑兹尔-沃森-瓦伊尼印刷有限公司、伦敦中西区钱多斯街出版商查托和温多斯先生对簿公堂。

王座法庭的帕特里克·黑斯廷斯爵士和 G·O·斯莱德先生代表原告出庭;瓦伦廷·霍姆斯先生代表除黑兹尔-沃森-瓦伊尼印刷有限公司以外的所有被告出庭,黑兹尔-沃森-瓦伊尼印刷有限公司由西奥博尔德·马修先生代表。

帕特里克·黑斯廷斯爵士宣布了和解协议,双方同意:秀兰·邓波儿小姐将获得 2 000 英镑、电影集团获得 1 000 英镑、电影公司获得 500 英镑的赔偿;和解协议声明:第一被告是在伦敦出版的《日日夜夜》杂志的业主。有必要说明的是,最后两名被告:印刷商和出版商,是最受尊敬最负盛名的公司,在这起案子中无辜承担了责任。

原告——9 岁的孩子秀兰·邓波儿小姐作为一名电影艺术家享有世界声誉。两个原告公司为她拍摄了一部根据拉迪亚德·吉卜林[1]小

① Joseph Rudyard Kipling,1865—1936,英国小说家、诗人,主要作品有《丛林故事》、《吉姆》,诗歌《军营歌谣》等,获 1907 年诺贝尔文学奖。

说改编的名叫《威莉·温基》的电影。

去年10月28日，《日日夜夜》杂志有限公司发表了一篇格雷厄姆·格林先生撰写的文章。罗伊·西蒙兹先生的(诉讼律师的)意见认为这是令人极不愉快诽谤诉讼案之一。显然，他根本不会阅读它——他还是不读的好——不过，只要瞥一眼起诉书(已用海报形式张贴)，就足以看清有关这个孩子的诽谤诉讼的本质。

律师说，这本可恨的刊物已经写了，可以说伦敦每个值得尊敬的销售商都拒绝参与销售，尽管如此，杂志公司为了增加销量，随即以这本杂志遭到了查禁做广告。

秀兰·邓波儿是个美国人，居住在美国。如果她在英国，文章发表在美国，那么美国法庭关注此案也是天经地义的事情。同样天经地义的是，在目前位置对调的情况下，邓波儿在美国的朋友们应该知道英国法庭关注了这样一篇文章。

审理此案不应掉以轻心

在本案中，金钱不是目的。邓波儿这孩子的收入非常可观，两家电影公司都是非常有钱的企业。不过，人们意识到审理此案不应掉以轻心。被告已经分别赔偿两家电影公司1 000英镑和500英镑，赔偿金将用于慈善事业。至于秀兰·邓波儿，她将获赔2 000英镑。法院也将发布诉讼费用的纳税指令。

律师说，不管怎么说，如果本案涉及金钱问题，那将是一起极为糟糕的诽谤诉讼案，因为很难说清赔偿数额多少才算合适。

秀兰·邓波儿小姐对评论文章也许一无所知，将她带到英国进行诉讼不符合社会道德标准。罗伊·西蒙兹先生的(律师的)意见认为法庭和解在目前情况下是一种恰当的选择。

瓦伦廷·霍姆斯先生通知首席法官勋爵：《日日夜夜》杂志已经停止出版。他希望代表他的委托人，为那篇文章必然给邓波儿小姐造成的痛苦(如果邓波儿小姐读过那篇文章的话)向她表达最深切的道歉。他也向两家电影公司致歉，因为文章暗示两家公司制作并发行一部如此性质的电影。对于这部电影的批评没有任何正当理由，他的委托人请他说明：这部电影任何人都会带他们的孩子去观赏。他也代表格雷厄姆·格林先生致歉。就杂志出版商而言，在发表之前，他们没有读过这篇文章。

首席法官勋爵——这篇文章的作者是谁?

霍姆斯先生——格雷厄姆·格林先生。

首席法官勋爵——他在庭内吗?

霍姆斯先生——很遗憾我不知道，勋爵。

西奥博尔德·马修先生代表印刷商发言说，他们认为这篇文章根本就不应该发表。这部电影已经获准在全球放映，这一事实驳斥了批评文章的指责。印刷商欢迎任何使他们得以尽全力纠正错误的机会。

首席法官勋爵——你能告诉我格林先生在哪里吗?

马修先生——我没有这方面的消息。

首席法官勋爵——这一诽谤完全是一种粗暴践踏社会准则的行为，我会确保各方给予适当关注。同时，我同意按照刚才公布的条件和解，本案庭审记录将予以撤销。

写电影评论只是迈向写电影剧本的一小步。写电影剧本也是一种危险，不过是一种必须面临的危险，因为此时我已经娶了妻子，还要抚养两个孩子，而且在战争爆发前，我欠了出版商一屁股债。我坚持不懈地批评亚历山大·科达[①]所拍摄的电影，也许他因此而感到好奇，想见见他的敌人。他请我的代理人带我去德纳姆电影制片厂[②]，当我俩单独在一起时，他问我脑海里是否有任何的电影故事？我没有，所以我开始临时拼凑起一部惊险电影剧本——清晨，帕丁顿一号站台，站台上空荡荡的，只有一个男子正在等候从威尔士方向开来的最后一趟火车。他的雨衣下方慢慢滴淌的鲜血在站台上形成了一摊血泊。

“嗯，然后呢？”

“跟你说整个情节需要花费太长的时间——而且还需要再好好想想。”

半小时后，我离开德纳姆，为了一笔似乎极高的收入，连续创作八周；科达出产的电影中最糟糕最不成功的影片就这样开始摄制了

① Alexander Korda，1893—1956，匈牙利裔英国电影制作人、导演，英国电影业主要人物，1942 年封爵。

② Denham Film Studios，由德纳姆在英国白金汉郡购地 165 英亩创建，1936—1952 年间运营。

（现在我只记得影片的名字，《绿色鹦鹉》）。我们之间的友谊也就这样开始了，这种友谊经受住了时间的考验，不断加深，直至他去世，不过我的评论依旧比较负面。从来没有一个人能够像他这样毫无恶意，我深切地——甚至崇敬地——怀念他，他是我所认识的电影制片人中唯一一位我能与之夜以继日地交谈，而且连电影都没有提及。许多年以后，世界大战结束后，我为科达和卡罗尔·里德[①]写了两部电影剧本《堕落的偶像》[②]和《第三者》[③]，我希望这两部电影剧本稍许弥补那些初期剧本所造成的损失。

如果我继续当一名电影评论家，那么我当时与好莱坞那段短暂的喜剧般的经历对我来说也许有着永恒的价值，因为我亲身体验到在电影制片人手下当一名导演也许不得不忍受的痛苦。（批评家最困难的任务之一就是选对褒扬或批评的对象。）

戴维·塞尔兹尼克[④]以导演了世界票房收入第一名《乱世佳人》而著称，他拥有《第三者》的美国版权；根据与科达签署的合同条款，导演有义务在电影开拍之前六十天就电影剧本与他交换意见。所以，正在导演这部电影的卡罗尔·里德和我动身西行。我们在加利福尼亚州的拉由拉市与塞尔兹尼克的首次会面前景不妙，当时的交谈我迄今记忆犹新。简

① Carol Reed，1906—1976，英国电影导演，曾拍摄《第三者》等，获最佳导演奖。

② The Fallen Idol，卡罗尔·里德导演的根据格林小说改编的电影，1948 年在英国首映，当年获威尼斯国际电影节最佳故事、最佳剧本、最佳美工三项大奖。

③ The Third Man，卡罗尔·里德导演的根据格林小说改编的具有悲观色彩的电影，1949 年首映。

④ David Selznick，1902—1965，美国电影导演，曾导演过《安娜·卡列尼娜》、《乱世佳人》和《蝴蝶梦》。

短寒暄之后，他便直奔主题。他说，“我不喜欢片名。”

“不喜欢？我们以为……”

“听着，年轻人，谁他妈的会去看一部叫《第三者》的电影？”

“哎呀，”我说，“这是个简单明了的片名，容易被人记住！”

塞尔兹尼克责备地摇摇头。“你能起比这更好的片名，格雷厄姆，”他说，随口用教名称呼我，这是我始料未及的。“你是个作家。一个好作家。我不是个作家，但你是。现在我们需要的是——片名不适合，请听清楚，片名确实不适合，我没在说片名是适合的，可惜我不是作家，你是，我们需要的是某个类似《维也纳之夜》的片名，一个能吸引观众的片名。”

“我和格雷厄姆会考虑它的，”卡罗尔·里德急忙打断他的话。这将是我经常听到里德重复的一句话，因为科达的合同并没规定导演有义务接受塞尔兹尼克的建议。在接下来的几天里，里德像一个令人佩服的守门员，挡住每一个进球。

我们来说说塞尔兹尼克对这个电影故事的看法吧。

“这样不行，年轻人，”他说，“这样不行。这简直是胡闹。”

“鸡奸？”

“就是你们在你们英国学校里学的那个词？！”

“我不明白。”①

① 这美国导演想说一个英式俚语但说错了，把“胡闹”说成了“鸡奸”。

“这个家伙来到维也纳寻找他的朋友。他发现他的朋友死了。对吧？那么他为什么不回家去？”

数月艰辛创作之后，塞尔兹尼克对整个冒险故事毁灭性的看法让我一时无言以答。他朝我摇摇他那满头白发的脑袋。“这完全是胡闹，年轻人。”

我开始无力地争辩。我说，“可是这个人物——他有复仇的动机。他被军警毒打过。”我打出最后一张王牌。“在二十四小时之内，他爱上了哈里·莱姆[①]的女人。”

塞尔兹尼克悲观地摇摇头。“他为什么不在这之前回家？”

我想，这就是第一天商谈的结果。塞尔兹尼克迁至好莱坞圣莫尼卡一处豪华套房，该套房曾经是赫斯特[②]的电影明星情妇的家，我们随他而去。在接下来的商谈中，我记得有时塞尔兹尼克的批评似乎有着某种可怕的理由——的确，在“故事连贯性方面”也许存在着一种瑕疵，我没有恰当地“设定”这种或那种情景。（我一时忘了作为一名电影批评家所学到的教训——那就是“设定”某件事几乎必定是错的，“连贯性”常常是生活的敌人。让·科克托[③]甚至认为连贯的缺失属于电影无意识的诗意。）坐在塞尔兹尼克身边的一位秘书手里的铅笔悬着不动了。我刚要同意，卡罗尔·里德便急忙打断——“我和

① Harry Lime，《第三者》中主人公美国作家 Holly Martins 的童年朋友。

② Hearst，可能指 William Randolph Hearst，1863—1951，美国报业巨头，创建赫斯特报系，为电影《公民凯恩》主角的原型。

③ Jean Cocteau，1889—1963，法国艺术家，能诗善画，又能创作小说、戏剧、舞蹈和电影。

格雷厄姆会考虑它的。”

我对有一次商谈的记忆尤其深刻，因为那是我们预定回英国前的最后一次商谈。至此，秘书已经作了四十页笔记，可是她没能记下我方一个明确的让步。商谈跟往常一样大约在晚间十点三十分开始，直到凌晨四点过后才结束。我们回到圣莫尼卡时太平洋总是正在露出黎明的曙光。

“这个剧本中有件事我不理解，格雷厄姆。哈里·莱姆到底为什么……？”他描述了莱姆角色的某次异乎寻常的举动。

“可是他没有啊。”我说。

塞尔兹尼克不出声，惊诧地盯着我看一会儿。

“天哪，年轻人，”他说，“我正想着另一部剧本！”

他在他的沙发上躺下，嘎吱嘎吱地咬嚼安非他命[1]，十分钟后，他又精神焕发了，不像我们。

如今回忆戴维·塞尔兹尼克，我心里充满怀念。那四十页会谈笔记躺在里德的文档中一直没有打开，既然事实证明电影成功了，那么我想塞尔兹尼克早已忘记了他提出的那些批评。的确，当我再次造访纽约时，他邀我共进午餐，讨论一个项目。他说，“格雷厄姆，我有个绝妙的主意拍一部电影，为你量身定做的。”

这次我很小心，没喝第三杯马提尼。

---

① benzedrine，一种中枢兴奋剂。

“圣马利亚·玛格德琳[1]的一生，”他说。

“对不起，”我说，“不行。这个我真的不在行。”

他没有设法说服我。“我还有另一个主意，”他说，“对你这个天主教徒它会有吸引力的。你知道吗，明年他们将在罗马举办所谓的大赦年。嗯，我想拍一部名叫《非大赦之年》的电影。影片将表现目前社会上各种各样纷乱的商业欺诈、坏蛋骗子……”

“挺有趣的想法，”我说。

“我们去梵蒂冈拍摄。”

“我怀疑他们是否允许你拍摄那样的电影。”

“噢，他们肯定会允许，”他说。“要知道，我们会在剧本里写一个好人的。”

（这个故事使我想起另一次在多尔切斯特[2]一个套房里难忘的午餐，当时萨姆·津巴利斯特[3]问我是否会修改一个电影剧本的最后一部分，为重新拍摄《宾虚》[4]做准备。）“要知道，”他说，“我们发现，耶稣钉死在十字架之后剧本的结尾苍白无力。”

那些岁月情况确实如此。我几乎不知道忽必烈汗的统治行将结束，壮观的大厦[5]很快将被改为一个巨大的“宾果”赌博场，它为家

① St Mary Magdalene，耶稣最著名的门徒之一，为一妇女，耶稣曾从其身上逐出7个恶魔。

② Dorchester，英国英格兰南部城市，多塞特郡首府。

③ Sam Zimbalist，1904—1958，美国电影制片人，在拍摄《宾虚》时，心脏病发作去世，死后获奥斯卡奖。

④ Ben Hur，也译《宾虚传》，1959 年由 William Wyler 导演的好莱坞巨片，曾获 11 项奥斯卡奖。

⑤ Pleasure Dome，源出 Samuel Taylor Coleridge 1816 年的诗作 Kubla Khan（《忽必烈汗》）。

庭妇女们提供除影院剧场以外的梦幻追求。有声电影出现时，我惋惜无声电影；彩色电影席卷银幕的时候，我痛惜黑白电影。所以，如今在观看最新的“软色情片”时，我有时怀念那些无人问津的三十年代影片，怀念塞西尔·B·德·米尔[①]和他那些改革运动的斗士们，怀念那些几乎什么事都可能发生的岁月。

三

《斯坦布尔列车》使我暂时摆脱了贫困的威胁，不过，创作《这是一个战场》用尽了我积累的各种素材，尽管小说赢得了埃兹拉·庞德和V·S·普利切特的赞誉，但却几乎无人阅读。公众反应冷淡名列第二的是《英格兰造就了我》。我迫切需要复制(如果我能用某种方式复制的话)我第一部“惊险小说”的成功，不过，下这种决心同样并不完全是为了金钱。我一直喜欢阅读传奇剧作品[②]，因而我也喜欢写这类作品。我心目中的一位早期英雄是巴肯[③]，不过，当我重新打开他的小说时，我发现自己再也不能从理查德·汉内[④]的种种冒险

---

① 1881—1959，Cecil B. de Mille，美国电影制片人。

② 十八世纪末至十九世纪中叶流行于欧洲的一种表现善恶斗争、充满奇情和夸张，通常有惩恶扬善双重结局的作品。

③ John Buchan，1875—1940，苏格兰政治家和惊险小说家，曾任加拿大总督并封爵，作品有《三十九级台阶》、《绿斗篷》等。

④ Richard Hannay，由苏格兰作家巴肯塑造的一个小说人物，一名军官和特工人物，是巴肯几部小说中的男主人公。

活动中获得同样的快乐。不仅对话和情节已经过时，而且道德风气也不再是我童年时期的那种。在帕斯尚尔[①]，爱国主义哪怕是对小学生都已失去了它的感染力；还有大英帝国首先让人想到的是比弗布鲁克运动[②]，在经济大萧条期间，很难相信伦敦城或者英国宪法的崇高目的。反饥饿的示威游行者似乎比那些政客更真实。世界已经不再是一个巴肯的世界了。《一支出卖的枪》*（现在我已经开始创作）一书中被追捕的是雷文[③]不是汉内；他挺身而出，寻机复仇，为的是报复生活中遭受的所有卑鄙行径，他不是去拯救他的祖国。

主题：现在我想不起那个委员会的名字或性质了，在三十年代，这个机构调查私营制造业和武器的销售。我是因为已经在写《一支出卖的枪》而出席某些听证会，还是因为出席听证会后才想起写这本书的呢？我对那些听证会的主要记忆是反诘问彬彬有礼软弱无力。案件牵涉到一些大公司，律师一次又一次地发现：一些非常重要的文件缺少了或者没有递交法庭。因此，将进行一次搜查…… 法庭里有一种*mañana*[④]的轻松气氛。大概就在此时，有人已经写了巴兹尔·扎哈若

---

* （原注）美国版书名叫 This Gun for Hire（《雇佣枪手》），我在美国的出版商是个拘泥原意的人。

① Passchendaele，比利时一山岭和村庄名称，第一次世界大战的 1917 年 7 月至 11 月间，发生了帕斯尔尚战役，死伤约 20—40 万人。

② Beaverbrook Crusader，指由比弗布鲁克勋爵于 1929 年成立的英国帝国自由贸易运动政党，竭力要求英帝国成为一个自由贸易集团。

③ Raven，是 A Gun for Sale 中的人物，一个冷血雇佣杀手。

④ 西班牙语，意思是“明天”、“来日再说”等。

夫勋爵[1]的传记，在那些岁月里，他比巴肯《三十九级台阶》里的那个人更加貌似恶棍，他能“像老鹰一样褶胀起他的眼睛”。《一支出卖的枪》里的马库斯勋爵当然不是巴兹尔勋爵，两人的家族相似性是显而易见的。我没有见过马库斯勋爵的代理人戴维斯先生，我也从没见过他本人；不过，小说写完后，我的确平生唯一一次意外遇见了一位前军火旅行推销员。没有人比他更不像戴维斯先生了。

在一架从里加[2]飞往当时独立的爱沙尼亚共和国首都塔林的小型飞机上我是两名乘客之一。（我去那里没有任何原因，只是想逃避到某个新的地方去。）我碰巧正在阅读亨利·詹姆斯的一本小说，当我朝同机的另一位旅客看一眼的时候，发现他也在全神贯注阅读同样微型的麦克米伦公司版本的詹姆斯小说。在三十年代遇见一位同样爱好詹姆斯的人比现在更加罕见。我俩的目光都投向了对方的小说，我们立刻热络了起来。

他的年纪比我大多了，在塔林任英国领事。因为他不太忙，而且是个单身汉——的确，在我看来，他是个相当怕女人的男人——所以，在那段时间里，当我没有在徒劳地四处寻找一家特殊妓院的时候，我们在一起度过了许多时光。我寻找的这家妓院由同一家族在

① Sir Basil Zaharoff，1849—1936，英国金融家，军火商。

② Riga，拉脱维亚共和国首都。

同一栋房子里经营了三百年——根据向我提供情报的人巴德伯格男爵夫人[①]说，这是这个微型首都别具一格的特色，绝对不能错过；不过，天哪，我没能找到这家妓院。（我向外交使团人员经常光顾的塔林最豪华的宾馆里的服务员求助，我这种探古访旧的兴趣使他感到迷惑不解。“可那种类型的服务我们这里全能为您安排呀，”他说。）

第一次世界大战之后，我的新朋友旅行销售军火——我想是替比尔德莫尔公司销售。在众多军火销售员中间，他的确与众不同，因为我怀疑他同事中是否会有人宣称自己曾是英国国教的牧师。大战爆发时，他成了一名军队牧师。大战结束之前，他开始信仰天主教，萨格勒布[②]大主教刚要把他接纳进罗马教廷，奥地利空袭打断了一切程序，大主教逃进了地窖。战争结束时，他的皈依终于实现，不过他失去了工作。为了改善生计，他成了一名军火推销员。他是个非常温和、非常孤独的人，詹姆斯或许能在他身上发掘出一个小说人物，尽管他有异乎寻常的过去（詹姆斯可以将之融入多重隐晦之中）——有点儿像《一位女士的画像》[③]中的拉尔夫·托奇特[④]那样的人物，飞机从里加起飞后，我一直在阅读这部小说。作为领事，我的新朋友每年可领到大约六百英镑薪水，而且当时塔林的生活费用非常低廉。他在爱

① Baroness Budberg，1891—1974，俄国贵族之女，1911 年嫁给沙皇高级外交官，曾与多个名人有染，被怀疑是双重间谍。

② Zagreb，克罗地亚首都。

③ The Portrait of a Lady，1881 年成书出版，是亨利·詹姆斯早期杰作之一。

④ Ralph Touchett，《一位女士的画像》中女主人公伊莎贝尔·阿切尔的表兄，死后将遗产赠与伊莎贝尔。

沙尼亚首都有个小套房，雇了个女人每天照料它，另外在近郊还有一栋小木屋，他还能把剩下的一半收入给他在英格兰的母亲。感谢亨利 · 詹姆斯，整整两周，我俩成了知心朋友。后来呢？我压根儿不知道发生了什么事情。俄国人入侵后，他一定失去了他的别墅。在那些岁月里，俄国人入侵似乎不是一种危险——我们的眼睛都盯着德国。

《一支出卖的枪》的大部分情节多发生在诺特里奇，后来我将这座城市用作我的剧本《盆栽小屋》[①]的背景。诺特里奇当然是诺丁汉，我在《生活曾经这样》中详细描述过，我与一只杂交狗在那里生活过三个冬天，晚上在《诺丁汉杂志》当实习生。我不明白为什么深植于我遐想之中的对诺丁汉的某种扭曲的爱而不是对弗里敦的真爱会在日后发挥作用。诺丁汉是我曾经到过的英国最北方地区，是我在没有朋友陪伴的情况下独自居住过的第一个陌生的城市。

如今在我看来，《一支出卖的枪》中的主要人物杀手雷文好像是为《布赖顿棒糖》中的苹琪作了初次素描。他是一个已经上了年纪，却不肯长大的苹琪。苹琪是真正的彼得 · 潘——命中注定终生像个长不大的孩子。他们身上有某种堕落天使的性格，一种曾经属于另一个地方的品德。正义的反叛者心中始终有那种义愤填膺的正义感——他犯罪常常有情可原，然而他遭到“其他人”的追杀。那些“其他人”

① The Potting Shed，格林创作的一部以 Callifer 家族保守近三十年秘密为中心的心理戏剧，1957 年上演。

犯下的罪行更加骇人听闻，而且春风得意。这个世界充满了“其他人”，他们戴着成功的假面具，戴着幸福家庭的假面具。不管他也许被迫犯下了什么罪行，这个长不大的孩子始终是正义的伟大捍卫者。“以牙还牙。”“以其人之道还治其人之身。”孩提时代，我们都曾无辜受罚，但是这样的伤口很快就愈合了。对于雷文和苹琪来说，他们的伤口永远不会愈合。

如果雷文是个年纪较大的苹琪，那么我能想象马瑟在小说《这是一个战场》中助理专员的训练下成为了一名警官；他上司矜持的秉性有些影响了他。他不像助理专员那样天生是个单身汉，不过，我认为他迟早一定会证明自己过于正直，不适合安妮·克劳德，因为安妮不加选择乱爱一气。

我对其他人物有什么评论呢？约格尔医生具有布莱克弗莱尔斯[①]附近某个警医的特质，我年轻时曾去他那里治过病，我怕自己患上一种当时通常称作“讥讽委婉”的社会病；他叫我别吃西红柿，这个医嘱我一直遵守至今。他位于经济公租房大楼顶部的昏暗房间以及他唐突诡秘的举止迄今还留在我的记忆之中，我想这种记忆在勾画描写约格尔医生时起了作用。

在这本书中有我喜欢的某些情节。比如，我有点为诺特里奇的空袭演习感到得意，这次演习使雷文有机会进入马库斯先生的办公室。

---

① Blackfriars，也译黑修士，可能指伦敦中心铁路终点站、城市综合枢纽。

我是在1935年写这段情节的，全国政府的战备当时肯定没有达到这种程度，尽管四年后这样的演习就可信了。我也喜欢被解除牧师圣职的阿基这个人物，还有他的妻子——无私的爱情把这两个邪恶的人物联系在了一起。我并非恶意来承担选择一个英国国教牧师这一角色——当时，我怀疑一位结了婚、被开除教籍的天主教神父不会有如此纯洁的爱情。后来，在《权力与荣耀》一书中，我将描绘这样一个人物：若泽神父，但是作为一个男人，我更喜欢可怜的阿基。他并不是那种有着圣人印记的罪人。他的负罪感只会导致他给主教写了数不清的自我辩解或者指责他人的信……他与雷文和苹琪一样，同属一个痛苦和负疚的世界。

四

我从1937年开始创作《布赖顿棒糖》，把它当作一部侦探小说写，写着写着，有时我想，说它是部侦探小说可能错了。在这部小说发表以前，我像其他小说家一样，有时因某部作品的成功而受到赞誉，有时在创作道路上摸索时受到合情合理的批评；但是，如今我突然被人们视作一个——令人讨厌的称呼！——天主教作家。天主教徒开始对我的某些瑕疵过于宽容，仿佛我是他们一族中的成员，不能遗弃；而有些非天主教的评论家们似乎认为，我的信仰使我在某些方面比我同时代的作家不公正地占有优势。事实上，1926年我就成了天主教徒，除了在牛津大学发表的一卷可怜的诗集外，我所有的书都是天主教徒的作品，没人注意我从属的宗教信仰，直至《布赖顿棒糖》发表。甚至在今天，有些批评家（作为一个阶层，批评家对他们陈述的事实很少像新闻记者那样小心翼翼）提及我皈依后写的小说，说皈依前后的作品之间有差别。

《布赖顿棒糖》发表以来，我许多次被迫声明自己不是一个天主教作家，而是一个偶然皈依天主教的作家。纽曼[①]在《大学宣道集》里对“天主教文学”作了结论性的论述：

“我认为，从这一案例的本质来看，如果文学就是用来研究人性，那么我们就不可能有基督教文学。就试图表现罪孽深重的人清白无罪的文学而言，这是一种矛盾。我们可以收集到某种比任何文学都更加高尚的素材，但是当我们这样做了之后，我们就会发现那根本就不是文学。”

然而，这一点倒是真的：到了 1937 年，我使用天主教人物的时机成熟了。熟悉思想领域比熟悉一个国家需要花费更长的时间，但是我小说中众多人物的各种思想，甚至他们的天主教思想，都不一定是

① John Henry Newman，1801—1890，英国基督教圣公会内部牛津运动领袖，后改奉天主教，著有《论教会的先知职责》、《大学宣道集》等。

我的思想。

我皈依天主教会已有十多年了。被接纳入会的时候，我并没有在感情上激动，只是理性地信服了；我养成了按教规践行宗教礼仪的习惯，每个周日去望弥撒，也许每月一次向上帝忏悔，闲暇时，阅读许多神学的书——有时读得入迷，有时满腔厌恶，不过总是怀着兴趣阅读。

我写书挣的钱依然不够养家糊口（我第一部小说的成功和《斯坦布尔列车》一时畅销的假象之后，每一部小说都让我增加一小笔欠出版商的债务），不过，经常为《旁观者》写电影评论以及每两周写一篇小说评论使我还能够勉强维持生计。最近我交了两次好运，使我能把前程看得远些——我获得科达导演的一份合同，写我的第二个电影剧本（根据高尔斯华绥[1]的短篇故事《头一个和末一个》改编，结果很糟糕——劳伦斯·奥利维尔[2]和费雯·丽[3]担任主要角色，他们也跟着一起受罪，只好请他们多原谅我了）。此外，连续六个月，我与约翰·马克斯共同主编《日日夜夜》杂志。我的职业生涯和我的宗教信仰分别储存在两个不同的格子里，我没有把它们融合在一起的雄心壮志。造成这种状况的原因是"粗糙的生活又一次干出愚蠢的行为"；一方面，墨西哥社会党人对宗教进行迫害，另一方面，佛朗哥将军攻

① John Galsworthy，1867—1933，英国小说家和剧作家，获1932年诺贝尔文学奖，代表作为《福尔赛世家》三部曲。

② Laurence Olivier，1907—1989，英国演员、导演，两次获奥斯卡奖。

③ Vivien Leigh，1913—1967，英国女演员，两次获奥斯卡最佳女演员奖。

击西班牙共和政府，在现代生活中，人们无法摆脱宗教信仰。

我想，正是在上述两个事件的影响之下——我的同情心左右摇摆——我才开始更加贴近地审视信仰对行动的影响。天主教不再主要是象征性的了，它不再仅仅是祭坛上的一种仪式，需要按教规点上数量准确的蜡烛，台下聚集着我所属的切尔西教区的女信众们，头戴她们最漂亮的帽子；也不再是达西神父[①]《信仰的本质》中的一页哲学论述、现在，午后，天主教信仰更加接近死亡。

于是，一种从未缓解过的骚动涌上心头：渴望见证历史，亲身感受历史。我试图从图卢兹飞往毕尔巴鄂[②]，因为我更加同情天主教徒与佛朗哥的斗争，而不是马德里的宗派斗争。我携带一封驻伦敦的巴斯克[③]代表团给图卢兹一家小餐馆店主的介绍信，这位店主经常驾驶一架双座飞机冲破毕尔巴鄂的封锁线。清晨六点，我在他的餐馆里找到了他，他正在角落里刮胡子，我把代表团用鲜红封蜡密封的庄重的信交给了他，不过，公函上的封蜡再多也无法引诱他再次驾机进入毕尔巴鄂——上次飞行时，佛朗哥的炮火太精确了，令他很不自在。去墨西哥的旅程比较幸运，我计划写一部关于宗教迫害的书，预支了一笔稿费，这使我能够动身前往塔巴斯科[④]和洽帕斯[⑤]，那里宗教迫害延

---

① Father D'Arcy，可能指 Father Martin D'Arcy，1888—1978，罗马天主教神父，英国神学界主要代表之一，1973 年发表《信仰的本质》。

② Bilbao，西班牙北部港城。

③ Basque，欧洲比利牛斯山西部地区的古老民族。

④ Tabasco，墨西哥州名。

⑤ Chiapas，墨西哥南部一州名。

伸到远离旅游区的地方，我就是在墨西哥修改《布赖顿棒糖》的校样的。

我是在墨西哥，在神父被驱逐的空旷破败的教堂间，在拉斯·卡萨斯[①]秘密举行的没有圣铃的弥撒上，在神气活现的持枪歹徒中间，找到某种情感信仰的；不过，这种情感或许早在此前就已在心中骚动，否则，一本我打算写成简单的侦探小说的书怎么可能讨论起（对于一部小说来说，这种宗教讨论过于露骨和公开）善与恶、是与非以及“上帝令人惊奇的慈悲”的神秘呢？我此后的三部小说都用这种神秘作为主题。侦探情节仅出现《布赖顿棒糖》的前五十页；如果我现在有勇气再读一读这些情节的话，它们会惹恼我的，因为我明白我原本应该有勇气删除它们，从现在称为“第二部分”的地方开始重写这个故事的——不管改写会多么困难。“失去的不可复得，打碎的无法复原。”

有些批评家提及头脑里一个奇怪、暴力、“肮脏”的区域（我为什么会让最后这个形容词流行起来呢？），他们将这个区域称之为“格林王国”[②]。有时我感到诧异：这些人是蒙着眼睛在世界各地走动的吗？“这是印度支那半岛，”我想大声喝道，“这是墨西哥，这是塞拉利昂，是经过仔细精确描绘的！我曾经是个小说家也是个新闻

① Las Casas，1474—1566，西班牙神学家、天主教传教士，在西印度群岛向印第安人传教，呼吁欧洲人停止对印第安人的压迫。

② Greeneland，与格陵兰（Greenland）谐音，用以指格林作品中典型的沉闷气氛。

记者。我敢向你保证，那个死孩子就是那样躺在水沟里的。在发艳[1]的运河里，许多尸体戳出了水面……”但是，我明白争论是无济于事的。这些人不相信他们没有注意到的世界会是那种样子。

不过，《布赖顿棒糖》的背景也许部分属于一个虚幻的地理区域。尽管战争爆发以来，纳尔逊街已经经过清理，布赖顿赛场流氓帮派作为一种严重祸害在我的小说出版前不久，已被刘易斯[2]巡回审判庭实际上永久肃清，甚至谢丽舞厅也已消失，不过它们的确存在过；那里的确有一个名叫“纳尔逊街”的真实贫民窟，三十年代，光天化日之下，有人在布赖顿海滨遭到绑架，尽管情况与黑尔[3]不尽相同，他的尸体被人从汽车里扔出来，遗弃在城外草丘陵地的某个地方。流氓头目科利奥尼有他生活中的原型，此人1938年退隐，在布赖顿一排新月形房子里过起优雅舒适的天主教徒生活。有一次，我要求进入伦敦摄政街[4]后面一家名叫“鸟巢”的小夜总会，一提他的大名就进去了，所以我发现他的名字依然具有威慑力。（后来，我在影片中看到满头银发英俊潇洒的美国黑帮头目、“幸运卢西亚诺”[5]的一个部属，在卡普里广场和马里纳 · 皮考拉[6]的坎佐纳 · 德尔马尔饭店奢华

---

① Phat Diem，越南一地名。

② Lewes，英国英格兰东南部城市，东苏塞克斯郡首府。

③ Hale，指小说《布赖顿棒糖》中的 Charles “Fred” Hale，因在报上揭露流氓团伙干的坏事而遭萃琪帮杀害。

④ Regent Street，英国伦敦一条与牛津街垂直的街道。

⑤ Lucky Luciano，即 Charlie “Lucky” Luciano，1897—1962，意大利裔美国黑帮头目，被称为“现代集团犯罪之父”。

⑥ Marina Piccola，意大利著名海滨。

的游泳池之间度过他平静的夜晚时，我想起了此人。）

尽管如此，我还是必须承认自己有过错：虚构了这部布赖顿小说，不过，我丝毫没有虚构墨西哥或者印度支那。那些黑帮分子没有原型，那个我总也写不活的女佣也没有活生生的模特儿。我与一个算作苹琪帮成员的人只在一起度过一个夜晚——他来自旺兹沃斯[①]赛狗场，他的脸被人用刀划过，因为赛狗场发生一起凶杀案之后，有人怀疑他“给妖怪喂草”[②]。（他教了我唯一一个我知道的黑帮切口，不过要想一夜学会一种语言是不可能的，不管此夜有多么漫长。）

布赖顿当局对我所描绘的他们的城市景象有些过敏，看到城里每家糖果店都在不知不觉地为我的书做广告——“快来买布赖顿棒糖”，他们一定痛苦难忍；不过，这本书受欢迎的程度远不如他们想象的那样。当时大约销售了八千本，勉强还清了我欠出版商的债务。

如果他们知道，对于我来说，描写布赖顿事实上是一种挚爱而不是怨恨的工作的话，那么他们甚至会更加痛恨这部小说吗？战前没有一座城市能像布赖顿这样深深地吸引我，伦敦、巴黎或者牛津都不能与之相比。从6岁孩提时代起，我就开始熟悉它，当时我患病后随一位姑母去那里休养，好像是黄疸病。就是在那个时候，我观看了我的

① Wandsworth，英国英格兰东南部城市，位于大伦敦郡西南。
② 即“向警方告密”，是黑帮行话，现已正式编入词典。

第一部电影，当然是部无声电影，这部电影永远留在了我的记忆之中：《克拉沃尼亚的索菲》，安东尼·霍普[1]笔下帮厨女佣变成王后的故事。帮厨女佣骑着马与她的军队一起穿越崇山峻林，去攻击企图篡夺她丈夫王位的反叛将军；一位老妇弹着钢琴伴她行军，金属键盘不协调的答—答—答声一直留在了我的记忆之中，而其他旋律则渐渐消失了，年轻王后老练的骑马习惯也永久地留在了我的脑海之中。打那以后，巴尔干山脉对我来说永远是克拉沃尼亚——那个存在着无限可能的地区——后来，在许多夏日里，我都是开车穿行于克拉沃尼亚的深山老林，而不是我地图上的喀尔巴阡山脉[2]。那种小说就是我总想创作的：极具浪漫色彩的传奇故事，这种故事从年轻时代起就深深吸引着我们，我们的种种憧憬都被证明是一场场不切实际的幻想，随着年龄的增长，我们又会回到这种梦幻之中，为的是逃避令人伤心的现实。像我所有的书一样，《布赖顿棒糖》是克拉沃尼亚的一种非常蹩脚的替代物，不过它也许是我迄今为止所创作的最佳作品之一。

我真正熟悉的布赖顿那么丰富多彩，而我却弃之不用，去写这个虚幻的布赖顿，这是为什么呢？我有一千个理由好好描写它，但是，我的许多小说人物好像已经占据了我所熟悉的布赖顿，将之变为他们自己的意识，并且改变了城市的整个景象（我唯一一次深切地感到我

① Anthony Hope，1863—1933，Sir Anthony Hope Hawkins 的笔名，英国小说家，主要作品有冒险小说《曾达的囚徒》及续篇《鲁珀特》。

② the Carpathian，即 Carpathian Mountains，欧洲中部阿尔卑斯山脉主干东伸部分。

成了自己塑造人物的受害者)。也许，小说人物的布赖顿的确存在，而我的布赖顿只有一个人物依然存在，那就是可怜的绝望的律师普雷威特先生，他既悲伤又嫉妒地看着“卑微的打字员们提着小箱子从身边走过”(我想没人评论过比阿特丽克斯·波特对这句话的反应)。十多年前十二月的一天夜晚，寒风轻轻地抹平那一道磷光闪闪的细浪，这时与众不同的普雷威特先生在海滨的一间棚子里对我说：“知道我是谁吗？”那声音悲怆地问，可是在黑暗里我甚至没有看见棚子里还有另一个人。“我是老穆尔，”那声音说，指的是那个匿名的占星家，每年他依然发布各种预测。那声音补充说，“我独自住在一处地下室里。我烘烤自己的面包，”随后，因为我没有理解那声音的意思，它谦逊地说，“黄历，知道吗，我编写黄历。”

第三章

一

阅读对自己往事的记叙是一种奇特的感受——谁写的记叙？当然不是我自己。四十年前的我已经不是今天的我，我像局外人那样阅读自己的书：《不法之路》。故事中发生的许多事情已经完全埋没在我的潜意识之中：现在回想起来，许多事情就像年轻时曾经读过的一本小说里的许多瞬间，我只能依稀记得。然而，《不法之路》不是一本小说，它只是我个人在某个特定时期对墨西哥一小部分地区的印象。1938 年春天，这个国家在卡列斯总统[①]“以革命的名义”的铁腕之下遭受了自伊丽莎白王权统治以来世上最残酷的宗教迫害。在塔巴斯科州和洽帕斯州，这种迫害依旧存在。我对自己说，这些全都是事实。1937—1938 年间，我亲身经历了这些事情，或者至少可以说那个早已死去的家伙亲身经历了这些事情，他护照上的姓名恰好与我同名同姓。

墨西哥也已变了，尽管也许在本质上没变——残酷、非义、暴力都没变。所有成功的革命无论如何理想主义，也许经过一段时间以后都会背叛其初衷；然而，墨西哥革命从一开始就是虚伪的。十多年前，在去哈瓦那的途中，我重访了墨西哥城，驾车浏览了在郊外熔岩上为富人建造的新住宅区——所有房屋中最奢华的那栋住宅属于警察局长。那就是我能识别的墨西哥，我也能一眼看清离美国饭店和游客商店仅几条街之遥的那种极端贫困。墨西哥政府用允许在墨西哥城和哈瓦那之间建立一条古巴航线的办法，假惺惺支持古巴，但是这条航线是单向的。如果你飞离墨西哥，那就很难获得回程的过境签证。这是当时使用的一种办法，目的是为了减少非法造访古巴的美国学生人数——要想回美国，美国学生不得不途经马德里作昂贵的环程旅行。还有另一个诱因让人驻足不前：过境时，摄像头突然一闪——每个去哈瓦那的旅客的照片最后都落入美国中央情报局或联邦调查局的档案。我费尽心思费尽口舌，从墨西哥驻哈瓦那大使馆弄到了经墨西哥城回国的旅游签证，但是签证有效期只有四十八个小时。回程飞机上只有大约二十四个乘客，但过海关和办入境手续却花了三个小时。（海关人员非常彻底地翻查了《大卫·考坡菲》的一张张书页。）墨西哥革命政府就是这样一方面假惺惺支持卡斯特罗，另一方面却帮助美国当局。在我短暂的逗留期间，一天傍晚，一位墨西哥朋友一边喝酒一边对我说，“你的书不需作任何改动。墨西哥一点儿也没有改变。”

---

① President Calles，可能指 Plutarco Elias Calles，1877—1945，1924—1934 年他是墨西哥的实际统治者。

受出版商之约，我原本只打算写这一本有关宗教迫害的书。甚至回国后，我也没有想到我的这些经历会孕育出《权力与荣耀》这样一本小说。旅居墨西哥时，《布赖顿棒棒糖》的校样占据了我的思绪。也许，我搭乘德国轮船回欧洲时，船上的佛朗哥志愿兵引起了我一连串的想法，这些想法最后形成了小说《机密特工》[①]。当然，现在当我重读《不法之路》时，我轻而易举地发现其中许多人物后来成了《权力与荣耀》中的人物。我在比利亚埃尔莫萨[②]遇见那位苏格兰老人——罗伯托·菲茨帕特里克医生，他携带着一个小玻璃瓶，瓶里装着一只他珍爱的蝎子。这个老头对一个幸运的旅行者来说不啻是一笔宝藏。在讲述自己的人生经历时，他跟我说了和蔼可亲但名声不佳的巴拿马雷伊神父和他妻子、女儿和老鼠——不是蝎子——的故事，他把老鼠养在一个玻璃灯罩里。所以，是这位医生使我想到在小说中塑造若泽神父；也许，他甚至为我指引了去巴拿马的道路，结果我推迟了近四十年才造访该国，而且收获颇丰。最重要的是，他给了我小说的题材：《权力与荣耀》的主人公。“我问及洽帕斯州那位逃跑的神父。‘噢，’他说，‘他就是那个我们称之为威士忌神父的人。’他曾带着他的一个儿子去接受洗礼，可是那个神父喝醉了，坚持给孩子起名布丽姬塔。‘他有点糊涂了，可怜的家伙！’”

---

① The Confidential Agent，1939 年出版，也译《秘使》等。

② Villahermosa，墨西哥一地名。

不过，早在酒鬼神父之前很久，另一个人物已经登上了我在弗朗特拉搭乘的那条糟糕的船，我的故事就从这里开始——那个牙医我叫他“坦奇”，即便在那个凋零衰落的小港口，他也靠镶金牙谋生。事实上，他是个美国人，不是英国人。他娶了一个墨西哥女人为妻，她与州长有点沾亲带故，他乘船是为了逃避妻子和孩子。他在比利亚埃尔莫萨我旅居的饭店里避难——我想该城没有第二家饭店——可是，几天后，他的家人在走廊里守候并捉住了他。我记得他总是戴着一顶旧的帆船帽，甚至吃饭也戴着。吃饭时，如果碎骨或软骨卡在喉咙口，他就会停下不吃，立刻呕吐，挺有技巧地将骨头吐到地板上。为了健康，他对着橄榄油瓶子大口痛饮。他这样的人物根本不需要“加工润色”。无论是在《不法之路》中还是在《权力与荣耀》中，他的人物形象都十分丰满。越往下读，我遇见的人物越来越多，我已经忘记了这些人物，他们在书页间向我招手，冷嘲热讽地说，“你真的相信是你塑造了我？”这位是比利亚埃尔莫萨的和蔼可亲腐化堕落的警察局长，在亚加伦村里，我遇见了“一位梅斯蒂索混血儿[①]，他留着鬈鬈的鬓角，嘴巴两端剩下两颗蜡黄的尖牙。他喜欢狂欢胡闹，会无缘无故哈哈大笑，一笑就露出几乎掉光了牙的牙床。他穿着一件白色敞襟网球衫，将手伸进衬衫挠痒痒。”与他交往一周后，我觉得再也离不开他了，于是，他就成了我小说中的犹大。那莱尔一家——那对

① 指西班牙人与美洲印第安人的混血儿。

信路德教的善良的夫妇——他们并不源于我的想象，因为他们像对待那个威士忌神父一样，给一个疲惫不堪的旅行者提供住处。至于那些虚构的人物，他们似乎大多与那两个主人公——神父与警察中尉——有关系；当我动手写作的时候，我是在向旅途中遇见的真实的人们提供各种不同的命运。

这是一次如今我不愿意进行的旅行。我骑着骡子从亚加伦出发，连续三天穿越洽帕斯山脉，并不知道我正沿着威士忌神父逃避警察中尉追捕的足迹行进，最后骡马小道走到了尽头，我终于到达坐落在群山脚下的拉斯 · 卡萨斯城。在塔巴斯科，所有的教堂都已被拆毁。而在这里，一座座教堂依然屹立，甚至对外开放，不过，不允许任何神父进入；而且因为正逢复活节前一周，山里来的印第安人正在举行各种怪诞的宗教仪式，他们试图牢记祖辈对他们的教诲——说几句发音奇怪的拉丁文和做一些古怪的不规范的手势。也许，我在这个城市甚至没有在比利亚埃尔莫萨愉快，因为这个地方到处都是神气活现的枪手——他们中任何一人都可以成为我小说中警察局长的原型——傍晚坐在广场上不受侮辱是不可能的，或者在小酒店里点一杯饮料遭到拒绝也是家常便饭，因为此时墨西哥将石油公司收归国有，他们已与英国断绝了外交关系。

因此，一部小说的素材是作者在无意识之中逐渐积累的，不总是轻而易举的，不总是没有辛劳、没有痛苦，甚至不是没有恐惧的。

我想，《权力与荣耀》是我唯一一本按一个主题创作的小说：在

《事情的真相》里，威尔逊[①]坐在弗里敦的一个阳台上看着斯科比[②]从街上走过，此前很久我都没有意识到斯科比的问题——他因怜悯而腐败。但是，甚至当我还是小学生的时候，就总是听到那些游客诉说他们在一些偏僻的罗马天主教村庄里所遇见的神父的各种丑闻(这个神父有个情妇，那个神父经常醉酒)，我总是不耐烦，因为我的新教历史课本适当地教导过我天主教徒信仰什么；即便在那时，我也能区分个人与公务的差别。现在，许多年之后，作为在墨西哥的一名天主教徒，我阅读并倾听各种腐败的故事，据说这些传闻证明在卡列斯和他的继承人以及反对派卡德纳斯[③]的领导下对教会的迫害是正义的。但是，我也亲自作了观察，随着当局对宗教的迫害，人民的勇气和责任感已经复苏——我亲眼目睹农民的虔诚，他们在没有神父的教堂里祷告；我参加过在楼上房间里举行的弥撒，他们不敢摇圣铃，因为担心警察会听见。在我现实中遇见的警察和枪手中间，我没有发现《权力与荣耀》一书中那位警察中尉所具有的理想主义或刚正不阿——我不得不塑造一位，使之成为腐败失职神父的对立面：理想主义的警官可能出于最良好的动机，但他使生活窒息，酗酒的神父却让生活继续下去。

比起其他任何一本我写的书，这本书更让我满意，但是，它等了

① Wilson，《事情的真相》中城里新来的检察官，为人古板，不善社交。
② Scobie，《事情的真相》中的非洲西海岸英国殖民地一名资深警官。
③ Lazaro Cardenas，1895—1970，1934—1940 年间任墨西哥总统，1942—1945 年间任国防部长。

近十年才获得成功。在英国，这本书的第一版印了第一个三千五百册——比十一年前我的第一本小说多印了一千册——它无声无息地销售了大约一个月后，希特勒入侵低地国家[①]；在美国，出版商用让人费解和误解的书名《迷宫似的道路》出版该书(我想只卖了两千册)。战争结束后，由于弗朗索瓦·莫里亚克[②]慷慨的介绍，它在法国获得了成功，但成功却招致来自两方面的危险：好莱坞和梵蒂冈。约翰·福特[③]把它拍成一部宣扬宗教的电影，名叫《亡命之徒》，我实在不忍心去看；约翰·福特将所有的廉正都给了神父，把所有的恶行都给了警察中尉(他甚至成了神父孩子的父亲)；与此同时，小说在法国天主教界的成功造成了我们现在称之为反弹的强烈反应，法国主教们曾两次向罗马教廷告发该书。小说发表后大约十年，威斯敏斯特红衣大主教对我宣读一封宗教法庭的信函，谴责我的小说，因为这部书"逆说悖理"，"描写极端情况"。即便在教会内部，自由的代价也是要永远警觉；不过，我在想：当我拒绝修改此书，诡辩说版权在我的出版商手里时，任何一个极权国家，不管其是右翼还是左翼(罗马教廷常被比作极权)，还会这样容忍我吗？教廷没有公开谴责，让这件事平静悄然地被人们淡忘，对于一些不重要的事情，教会总是明智地予

① Low Countries，指西欧的荷兰、比利时、卢森堡三国。

② François Mauriac，1885—1970，法国小说家、诗人，代表作有《爱的荒漠》、《蝮蛇结》、《戴累丝》等，获1952年诺贝尔文学奖。

③ John Ford，1586—1639，英国剧作家，主要作品有《可惜她是妓女》、《破碎的心》、《爱的牺牲》等。

以赦罪。许多年后，当我遇见教皇保罗六世时，他说他读过这本书。我告诉他宗教法庭谴责过它。

“谁谴责了它？”

“毕沙多红衣主教。”

他一边笑着做了个怪相，一边重复了这个名字，然后补充说，“格林先生，你有些书的有些内容的确会冒犯一些天主教徒，不过，你不必放在心上。”

二

在那些岁月里，我不仅常常能够九个月写一本小说（现在想起来真让我感到惊讶）——而且有时只要六个星期……1938 年我从墨西哥回国后，用六个星期写成了《机密特工》。西班牙内战提供了故事的背景，不过，是慕尼黑协议催我快写。当时，伦敦公共绿地里正在挖战壕，我们的孩子带着用一个个小卡纸板盒装着的防毒面具疏散到乡下的陌生人家里，我们中许多人参加了一个名叫“军官应急后备队”的神秘组织，其广告旨在招募专业人士、新闻记者、银行家，天晓得还有什么人…… 我写“神秘”，意思只是这个后备队的目的很神秘，就像大自然的力量一样。紧急情况过去了，但是后备队没有解散；战壕没有挖好遗留在那里；孩子们回来了，但是我们许多人依然忐忑不安：当战争来临时——毫无疑问，几个月或几年之内战争就会来临——宣战之后，我们会发觉自己有时一天有时一周卷入军队事务，把自己的家庭撇在身后无人照料。

当时我正在艰难创作《权力与荣耀》，不过我能预见这本书赚不到钱。显然，我妻子和两个孩子不可能靠一本不畅销的书生活，而我却在军队中满足自己的良心。

于是，我下定决心在下午继续艰难缓慢地创作《权力与荣耀》的同时，利用早晨时间尽快另写一本“消遣书”。为了给写作创造一个适宜的环境，免受电话和孩子哭闹的干扰，我在梅克伦伯格广场[①]——那时候这里是个可爱的十八世纪广场，可是两年后，广场的大部分(包括我的工作室)都被炸成了碎片——租了个工作室。

既然有了写作的地方，我此时缺的只是想法。小说开场是一艘英吉利海峡渡轮上两个敌对的特工——我把他们叫作 D 君和 L 君，因为我不希望让他俩的争斗具有地方色彩——我头脑里想到的就是这些，我有某种模糊的雄心壮志，想利用当代一部惊险读物创作出某种传奇故事：被追捕的人转而成为追捕的人，性情温和的人在走投无路的情况下变得残酷无情，想学着去热爱正义的人却遭遇不公正。不过，在现代语境中这将是怎样的传奇呢，我毫无头绪。

一生中，我第一次也是最后一次依赖苯齐巨林[②]。连续六个星期，我每天清晨服用一片，中午补服一片。每天，我坐下写作，头脑

① Mecklenburg Square，位于英国伦敦国王十字地区。

② Bensedrine，一种中枢兴奋剂。

里不知道故事情节会朝哪个方向发展。每天早晨，我像心形乩板[1]那样不由自主地写出两千个字，不是平常定下的五百个字。每天下午，《权力与荣耀》一如既往地以沉重缓慢的速度继续朝着它的结局发展，丝毫不受那个朝气蓬勃，正在迅速地超越它的年轻家伙的影响。

《机密特工》是我愿意重读的少数几本我的书之一——也许因为这部小说不真正是我写的。我好像在为别人代笔。D君是个侠义正直的特工，骑士浪漫文学教授，他不真正是我创作的；福布斯也不是，他出生的时候叫弗斯坦，同样是个骑士精神的钟爱者。小说情节进展神速，因为我没为自己的写作技巧问题所困扰：实际上我是在替一位老作家写小说，这位老作家将在我写作用过的工作室被炸得影踪全无之前不久死去。我唯一能为自己开脱的理由是，感谢那个令人肃然起敬的影子，《机密特工》与福特·马多克斯·福特自己写的作品相比（他曾在《快活的鲁瓦》中尝试过这种文学体裁），是一本更好的惊险小说。

我极力加快写作速度，结果为此吃了苦头。连续六周早餐时服用苯齐巨林使我精神崩溃，我妻子也因此遭罪。傍晚五点钟，我回到家里，一只手在颤抖；热带阵雨经常瞬间即至，我的情绪也随之低落，随时会讨厌任何东西，无缘无故就会粗暴无理。于是，六星期结束之后很长一段时间，为了改掉这个坏习惯，我不得不继续服用剂量越来

① 一种三角形或心形小板，上置铅笔，迷信能在神灵指引下自动写出神的启示。

越小的苯齐巨林。写作生涯有其自己地狱般奇怪的种种形式。有时回忆过去，我想我们婚姻的破裂，更多是因为那几个苯齐巨林周，而不是战争造成的分居。

驱使我如此快速创作的焦虑以一种令人啼笑皆非的方式结束。1939 年冬季，我应召去征兵局参加应急预备队——虚假战争[①]持续了几个星期，当局才招募到 G 字母打头的人。一只手颤抖的日子结束了，我体检为 A 级，前去征兵局报到，征兵局由一名少将和两名上校组成。上级简单的指令显然使他们丈二和尚摸不到头脑，对于未经训练的军官预备队准备干什么，他们跟我一样知之甚少。“你如何（设想）自己？”将军有些同情地问。我小声而含糊不清地说了说：预备队最初的广告曾提及所需人员类别中有新闻记者。我曾经当过记者。

“对，对，”将军毫无兴趣地说，“不过，你怎么看待自己？”

三名军官一起焦虑地注视着我。我意识到他们都屏住了呼吸。我有点同情他们，日复一日，他们忍受着与我一同应征预备役军官的从 Ab 至 Go 的同胞们。我相信他们害怕这种想法：他们将再次忍受“聪慧”这个词。他们坐在椅子里，身体稍微前倾，我印象中好像因为百般无聊，他们正递给我一叠卡片，其中有一张卡片上面做了记号。我决定帮助他们。我接过那张带记号的卡片说：“我想是……步兵。”

一位上校如释重负地松了口气，那位将军显然很高兴地说，“我

① 二战于 1939 年爆发时，英法虽对德宣战，但战争动员与部署却非常迟缓，被时人讥讽为“虚假战争”。

想我们没有必要问格林先生更多问题了，你们说对吧？”

既然我正合他们的心思，我想我提个小请求应该没什么问题。我只需要宽限几个月让我完成《权力与荣耀》。是否可以推迟几个月征召我？

将军露出了同意的微笑。我当然需要这宝贵的数月——“推迟到六月什么样？不过，格林先生，在这期间，你要尽量保持健康。我的意思是……”（我能看出他在寻找贴切的字眼）“我的意思是，有时当你想乘公交车的时候，别乘车，步行！”现在想起来觉得好奇怪：突击队员就是在那个世界里诞生的。

结果表明步兵不愿意有我这样差劲的兵拖累他们。为什么呢，因为甚至在学校里他们也不让我参加重要的分列式，因为我掌握不了上刺刀的本领。1941 年，在我毁坏两辆摩托车之后，情报课程的教官不得不打消我终将能学会骑摩托车的想法。情报课程？是的，事实证明在战争中要想逃脱情报机构的许多魔爪并不那么容易的。

《机密特工》中的某些情节我是喜欢的，比如：良心不安的特工处境尴尬，他得不到自己政党的信任，他也意识到他的党不信任他是对的。在这个情节中，陷入困境的是一个共产党员（尽管 D 君事实上并没有党证）。一个天主教徒作家不能不对任何真诚的信仰，都怀有某种同情之心。我很高兴，二十多年后，金·菲尔比[①]在解释他对斯大林主义

① Kim Philby，1912—1988，英国外交官、间谍，后为苏联情报机构工作。

的态度时，援引了这部小说。这似乎表明，我并非极端错误，尽管在我写那部书的时候，我对情报工作一无所知。

还有一些其他情节似乎属于一个晚得多的时期：毫无疑问，伍尔汉普顿少年犯罪团伙帮助D君破坏矿井和他们父亲的工作只是为了取乐，这种事情只会发生在战后时期；索斯克劳尔的那家名叫“利多”的糟透了的饭店也是属于战后的，该饭店有组织的娱乐类似克拉克顿[①]的巴特林度假营；许多年后，我与艺术家爱德华·阿迪宗一起在那里度过两天不寻常的时光，随后偷偷整理好行装，悄悄逃离餐厅里的红衣主教和没人光顾的灰色海洋；餐厅忠心耿耿地以格洛斯特和肯特两位王室公爵的名字命名。我故事中的福布斯先生产生这种想法要比巴特林先生早很多。“我们正在进行宣传，说它是一次陆地漫游。有组织带秘书的娱乐。音乐会。健身房。鼓励年轻人参与——接待员不会势利地打量从伍尔沃思新买的戒指[②]。”还有游泳池，当D君问及海洋时，福布斯用真正的巴特林方式对之嗤之以鼻。“海洋没有加热！”

这是一个几乎没多加思索的轻率的例子。邓恩[③]在《试验时间》一书中写到梦境从过去和未来中汲取它们的象征符号。那么小说家是否也能这样做呢？因为小说家作品中的那么多内容同样来自与梦相同

① Clacton，位于英国东南海滨。

② 伍尔沃思的东西以廉价著称，是贫穷的象征。

③ Finley Peter Dunne，1867—1936，美国报人和幽默作家。

的源泉。这是一个让人不安的想法。当左拉写到被囚禁的矿工在有毒的空气中慢慢死去时，他是否正在从他自己死亡(他的焦煤炉里散发出的有毒气体使他几乎窒息)的“记忆”中汲取某种东西？也许，作者还不如不再重读他自己写的作品。不幸的未来也许会有太多的暗示。我为什么在1938年写到D君收听有关印度支那问题的广播访谈节目呢？(那时候，有任何这类问题严重到需要在英国电台里讨论吗？)法国在越南发动战争还要等上六年，印度支那问题对我形成极大冲击还要再等上八年，到了那时我才站在运河边，吓得一动不动，发艳大教堂附近的运河里堆满了越盟[1]战士的尸体。

① Viet Minh，1941—1951年间的抗日抗法组织越南独立同盟会及其武装部队的非正式名称。

第四章

一

1941年冬天，我登上了北大西洋上的一艘“埃尔德-登普斯特”号小型货船，它是一支缓慢行驶的船队的一部分，沿着一条绕行路线朝西非驶去。我姐姐伊丽莎白把我招募进特工处，通常被称为MI6[①]或SIS[②]。只有当招募入伍之后，我才明白所有那些由一个神秘的史密斯先生举办的社交聚会意味着什么，我应邀在伦敦参加了那些派对，尽管纳粹德国对伦敦进行空袭，尽管食品定量配给，那里似乎不缺烈酒，每个人似乎都相互认识。我正在接受审查。我当然也在接受伦敦警察厅的审查，他们发现了秀兰·邓波儿一案的蛛丝马迹。

在海上航行时，白天我负责两种守望——一是守望飞机，二是守望潜艇——空闲时间，我写完了一部短篇小说，名叫《英国剧作家》。轮船驶离贝尔法斯特[③]十天之后，我们抵达地端岬[④]，向北行驶几乎抵达冰岛，照此情形，西非似乎非常遥远。我随身带着一个钢质大箱，里面装满了书籍，不过这些书得供我读到休假，那也许是两年以后的事情了，所以我先阅读能在轮船图书室里找到的书籍。

其中一本书是迈克尔·英尼斯[⑤]写的，当时我并不知道这位作者。在这之前，我从来就不太青睐英国侦探小说。这些故事精心设计，旁征博引，参考全英火车时刻表，参考鸣钟术，参考一座乡间别墅的布局——另附全套房屋平面图——计划可谓丝丝入扣滴水不漏。可是，我觉得它们缺乏真实性，太多怀疑对象，罪犯从不属于习惯上称之为犯罪阶层的那一类。

犯罪阶层以外，情欲和贪婪似乎是谋杀最有可能的动机；但是，英国读者永远不会成熟，这阻碍了侦探作家真实处理性欲情节；不过，读者的不成熟有时不能阻碍一位大学教授，所以他能够让读者沉浸于一个伪造遗嘱、剥夺继承权、贪婪继承人的故事之中，当然也有火车时刻表。迈克尔·英尼斯的书展示了一种令人惊讶和值得欢迎的变化。他的侦探小说既惊险又有趣。

夜里躺在铺位上，半心半意地希望响起一声警报汽笛——那么多次短吼鸣，那么多次长吼鸣——预告轮船正在返回英格兰(对于那些休假回家的人来说，潜艇似乎是唯一真正的威胁)，我逐渐产生了自己写一部既惊险又有趣的惊险小说的雄心壮志。如果英尼斯能写，为什么我不能呢？也许是当时的环境所致——1941 年 12 月，日本刚刚偷袭了珍珠港，德国军队正势如破竹杀向莫斯科——每天晚上，我们

---

① 即 Military Intelligence，Section 6，可译成“军情六处”。
② 即 Secret Intelligence Service，可译成“军情六处”，是 MI6 的正式名称。
③ Belfast，英国北爱尔兰东部港市，北爱尔兰首府。
④ Land's End，英国的西南极端，位于康沃尔郡。
⑤ Michael Innes，是 J. I. M. Stewart 的笔名，1906—1994，英国苏格兰作家、文学批评家、学者，写过许多侦探小说。

用乘务员的收音机收听新闻——我将这一经历选作《恐怖部》[①]的情节，在我看来这是个有趣的情节：陪审团宣布主人公不曾犯下谋杀妻子的罪行(尽管他明白自己有罪)，他发现自己因一桩毫不相干的谋杀案而遭追捕，但是他却认为自己是犯罪了。这样说听起来有点复杂，动笔不久，我就意识到这个故事最终不会太有意思，尽管它也许有一些其他优点。

这部小说不是在最安逸舒适的环境里写成的。在拉各斯[②]“受训”三个月之后，我发现自己突然成了弗里敦一个单人办公室的主人(四个月左右，成了一位秘书的主人)。我觉得自己没法在拉各斯开始创造这部书，在那里，我白天在办公室里编码和解码，晚上与一位同事住在一处废弃的警察平房里，平房位于一条小溪旁边，蚊子成堆。为了使自己心情愉快，我们常常借着手电筒的光线抓蟑螂，如果用某种方式打死了一只蟑螂，就用铅笔在墙壁上记一分，如果蟑螂被冲下抽水马桶，就记半分。后来，我在《事情的真相》中描述了这种玩法。也许这就是“格林王国”：我只能说这是我度过生命中大部分时光的王国。

我在弗里敦的房子位于“山冈车站”下方的公寓区，是欧洲人居住区，对面是尼日利亚运输团的驻地，军营引来了许多苍蝇和兀鹫。这栋房子是一个叙利亚人建造的，有楼梯和二楼，在这片平房的王

① The Ministry of Fear，格林著，1943 年出版，1944 年改编成电影。

② Lagos，尼日利亚西南部港市。

国里，格外夺人眼球。可是，保健军医说这种房子不好。不过，由于海陆空三军都搬进了弗里敦，房子不易搞到。雨季到来时，我才明白为什么这种房子不好：建造房子的地面成了沼泽，房子和大海之间有几英亩低矮丛林，附近贫民窟里的非洲居民把丛林当作公共厕所。

早晨六点，我起床吃早餐。厨房设备非常简陋。有一次，厨师(后来他完全疯了)的喊叫声把我惊醒；他正拿着短柄小斧追逐我的勤务员，因为勤务员借了沙丁鱼空罐头，而厨师习惯用它煎我早晨吃的鸡蛋。这里的生活与我故事中遭空袭的伦敦非常不同，不过，从遥远的地方描写某件事情常常比较容易。

早晨七点，我常常驾驶我那辆“莫里斯”牌轿车前往弗里敦，在几家商店——PZ 或“象牙号角”——购物，到警察局取我的电报，我表面上隶属该警察局，我的掩护职业是 CID① 特工部的工作人员。电报用警察局看不懂的密码传送，由局长递给我，局长已是五六十岁的人，我与他的接触日见频繁。随后，我开车回家，解译电报，并尽最大努力予以答复，写报告或者将别人的报告重新整理成可被接受的形式——午餐时刻工作结束，除非来了紧急电报，或者护航船捎来一个袋子需要打开和处理。

吃完午饭，在一天最潮湿炎热的时候，我会睡个午觉，可是头顶

① Criminal Investigation Department，可译为“（英国伦敦警察厅）刑事调查部”。

上方的铁皮屋顶上兀鹫的吵闹声常常打搅我的午睡(我曾看见多达六只兀鹫像一顶顶破旧的雨伞栖息在我的屋顶之上)。当一只兀鹫起飞或降落时,那就好像小偷企图撞破铁皮屋顶进入房间一样。下午四点半,我喝午后茶,随后沿着一条废弃的铁路独自散步,这条铁路位于山冈车站下方的半山坡上,曾为欧洲官员专用。那里可以俯瞰浩瀚的弗里敦海湾,有时,海湾里停泊着“玛丽女王”号轮船,仿佛它被人从北大西洋劫持到了这里,还有陈旧的“爱丁堡要塞”号——此时改为海军的一个维修工厂——停靠在一处空瓶子成堆的礁岩边日渐破损。当太阳开始落山的时候,这里的一条条红土小路变成了玫瑰色。此时此地是我的最爱。

暮色降临时,该回家了;我写“家”是因为一年时光悄悄逝去,沼泽地上我独居的小屋真成了我的家。傍晚六点夜幕会突然降落,我必须赶在此前洗澡,因为那是老鼠出没的时候。我在小屋和厨房之间建造了一条有遮篷的小路,这给老鼠提供了一个通道。有一次,洗澡有点晚,已经六点半,我发现有只老鼠蹲在澡盆边缘拉屎(老鼠总是非常守时),从此之后,我不再这么晚洗澡了。晚上,我在蚊帐里睡觉,老鼠爬在卧室窗帘上来回摇晃,常常把我从梦中惊醒。我原来打算把书写得轻松愉快诙谐幽默,也许所有这一切使《恐怖部》失去了这一基调。不过,我敢打赌,在那头六个月里,我是个快乐的人——我生活在一个我喜欢的地方。吉卜林写道:“我们只有一次童贞可以失去,我们在哪里失去它,我们的心就在那里。”十九世纪,美国人亨利·詹姆斯远航去欧洲，他把他的心永远留在了意大利。“年轻时深爱过罗马的人都会永生永世眷恋她。”31 岁时，我在利比里亚把我的心留给了西非。

不过，我没有很多时间写小说。我能挤出什么时间用来写作呢？下午茶和沿铁路散步之间的时间？六点喝威士忌酒和吃晚餐之间的时间？的确，傍晚喝威士忌酒花不了我多少时间。我给自己规定了平民定量：每月一瓶威士忌，外加两瓶杜松子酒和六瓶啤酒。经过一段痛苦的物资匮乏期，在一位空军情报官员的帮助下，我能额外得到几瓶“加拿大俱乐部”[①]，空军里好像没人喜欢喝这种酒，在一名皇家海军志愿后备队军官的帮助下（他每月一次驾驶他那艘反潜巡逻小艇去葡属几内亚的比绍[②]取领事的邮件），我能获得大酒瓶装的上等葡萄牙葡萄酒，红葡萄酒和白葡萄酒都有——因为我没有付关税，所以品尝起来更加美味。杜松子酒依旧是个问题。一种加拿大杜松子酒成为英国海军部禁止的主要对象，因为它被证明是危险的。所有的酒瓶不得不被倾倒在船舷外，“爱丁堡要塞”号停泊的礁岩上增添了更多的酒瓶。

不管怎样，书是写成了……但是我不得不在“不管怎样”这个词上再次停一停，因为“不管怎样”省略了所有那些如洪水般涌来的生动活泼的干扰。有一种干扰总是那么受人欢迎——一次进入非洲腹地

① Canadian Club，一种由加拿大生产的威士忌酒，1858 年开始生产，由 Hiram Walker 创建。
② Bissau，几内亚比绍首都。

的旅行。一条窄轨铁路向北一直通向利比里亚和法属几内亚边界附近的彭登布[①]——几年前，我曾经乘过这列火车，当时我即将开始长途跋涉，这在《没有地图的旅行》中有过描述；七年过去了，情况一点也没有改变：旅客自带“侍者”、罐装食品、椅子、卧床，甚至自带油灯，天黑时，挂在隔间的挂钩上。小火车夜间停靠博城[②]，那里有一栋政府的驿站旅馆。随后，火车从那里嘎嚓嘎嚓费劲地爬坡，驶向彭登布。彭登布有一处驿站旅馆，由当地长官管理，管理不善，所以我宁愿在铁轨上支起我的野营餐桌，在铁道线上进晚餐。有关这些旅行的费用开支，我遇上了麻烦，不过并没想象中的那样糟糕。我习惯每天支付五先令，这是适当的殖民部[③]费率，据称这已经反映了购买罐装食品和市场食品之间的差价——乘火车和住驿站旅馆都是免费的。我接到一份发自伦敦措辞严厉的密码电报，电报指出像我这样地位的军官离开驻地时，每天体面的付费应该是三几尼，用以支付旅馆费用。“请作相应调整并确认。”我欣然服从了。我打开我办公室的保险箱，兑现了四十英镑钞票放在口袋里，随后用密电回复：现在一切井然有序。

还有一些令人不太愉快的干扰：我与远在两千英里以外拉各斯的顶头上司关系非常紧张。我俩一见面就相互讨厌。他是个专业特

① Pendembu，塞拉利昂一地名。

② Bo，塞拉利昂一地名。

③ Colonial Office，英国政府前主管殖民事物的部门，1966 年与联邦关系部合并成联邦部。

工，我是业余的。不知不觉我的报告里透出一股冷嘲热讽的口气，这种口气甚至也进入了我的电报。现在想起来，我为那个可怜的家伙感到遗憾：他在生涯的最后阶段不得不与一个作家打交道。他是个有病的人，完全不熟悉非洲：我当时并没有意识到他病得有多重，后来我才得悉他好几天不敢打开弗里敦邮包，因为害怕看到邮件的内容。有一次，他试图用中断我经费的办法逼我就范(他应该每月一次从拉各斯用邮包寄给我现金)，可是我从警察局长那里借钱，所以他的那种骚扰失败了。最后，我们转而公开争斗——我在利比里亚边境的凯拉洪有一个约会，可是他发电报给我，禁止我离开弗里敦，因为一艘葡萄牙轮船即将抵港。来自安哥拉的葡萄牙轮船都必须经过搜查，搜寻工业金刚石和非法信函。但是，这不是我职责范围内的工作，这是警察局长的工作，他代表军情五处。经过一番内部争论，我服从了，写了(正如事实可以证明的那样)一份正确无误的报告给伦敦，说明因为我没能如约赴会而造成的一连串不幸后果，并要求辞职。伦敦没有接受我的辞呈。我不得不继续驻扎六个月，不过我终于自由了，不受拉各斯的控制。也许，那种自由的感觉有助于小说的进展。

不过我仍在担心如何完成这部小说。书名《恐怖部》是我取自华兹华斯的一首诗歌(阿诺德选编的华兹华斯诗选是我从英国随身携带的许多卷书中的一卷)，一家美国电影公司因为华兹华斯书名的魅力，在没有看到书的情况下就买下了这部小说。接着就发生了如何将手稿寄回家的问题。在弗里敦，要想忘记潜水艇的威胁是不可能的——它是我们日常生活的一部分；这就是为什么这么多妻子在丈夫外出旅行的时候留在了家里，这就是为什么我没有电冰箱——它在外运的时候损失了。于是，小说写完之后，我开始了这个令人疲惫不堪的任务：晚餐后用一个手指在打印机上将手稿再打一遍。我很幸运，在北非登陆的纷乱引发的永无停歇的电报甚至影响到我这边遥远的海岸之前，手稿已经打印完毕。

我在这里很少提及小说本身，不过它却是我喜爱的书之一，当时我把这类书称之为“消遣书”，以区别于比较严肃的小说。现在我倒希望书中的间谍因素处理得不太荒诞，尽管我认为特别支部的普伦蒂斯先生是足够真实的——我还是他学生的时候，我在我自己的组织里就认识他，他用另一个名字。在我看来，精神病诊所里的一些情节是这部小说最精彩的部分，让我感到吃惊的是，《M》和《间谍》的老导演弗里茨·兰在他改编的电影中完全省略了小说中的这些情节，这使整个故事变得毫无意义。

我也认为小说中纳粹德国对伦敦的空袭描述得非常精彩。罗[①]看见三团火光“慢慢地划过天空，美丽极了，随后落下，圣诞树旁发出一连串猛烈的颤动。”我赴非洲前几个月，在1941年4月16日那次大空袭的夜晚，我看着自己紧贴着梅普尔商店的墙壁。

① Rowe，《恐怖部》中的主人公，记者，感情充满矛盾，充满悲情。

在那些岁月里，伦敦只是一簇村庄而已——人们很少闲逛至汉普斯特德、骑士桥[①]、切尔西[②]那样远的地方，尽管有些人为了过个安静的周末，跑去圣约翰森林[③]。我自己的村庄南临新牛津街，北靠尤斯顿路，东濒戈登广场，西傍高尔街。《诺丁山的拿破仑》[④]的作者一定喜欢那些岁月，所以，从某种意义上说，我和我在高尔街热带医学院空袭警报哨[⑤]的同仁们也喜欢那些岁月。我想，在遥远的西非写《恐怖部》时，我把这点眷恋悄悄地融入了小说。我发现我在伦敦大空袭期间所写日记的只言片语中也流露出这种眷恋之情，我把这段文字叫作《伦敦人》。

伦敦（1940—1941）

哑剧结束后，他们在戈尔德斯·格林[⑥]登上公共汽车：一个染成金发四十八九岁的女人和比她年纪更大的丈夫，一副遗老遗少故作高雅的神态。那老头龟裂的皮肤布满皱纹，眼皮重垂，活像福布斯-罗伯逊[⑦]——某个过分频繁出演《哈姆雷特》的人物。此时，他累了，累极了；他娶的那个庸俗女人在公共汽车上一刻不停地抱怨、欺辱、辱骂他，他也不辩白，只说"对，亲爱的"，"不，亲爱的"。

---

① Knightsbridge，英国伦敦市一安静住宅区。

② Chelsea，西伦敦一地名。

③ St John's Wood，英国伦敦一地名。

④ The Napoleon of Notting Hill，英国作家 G. K. Chesterton 1904 年所著。有中译本，董乐山译。

⑤ 指临时执行警察任务的防空人员。

⑥ Golders Green，英国伦敦北部一地区。

⑦ Forbes-Robertson，即 Sir Johnson Forbes-Robertson，1853—1937，英国演员，上演过莎士比亚等戏剧，以扮演苦行者著称。

他没有注意也不理解哑剧中的任何情节，这就是她侮弄他的借口。慢慢地，一幅完整的战时生活画卷展现在他们的眼前。他们住在一家饭店里，不买饮料连个坐的地方都没有。所以，看完哑剧，他们打算去看一个小时电影，电影结束后，吃晚餐，晚餐后，在钢筋混凝土建成的大饭店里上床睡觉。第二天，周而复始，同样的生活再来一遍。

那男人坐在伦敦图书馆的一个凹室里，他背对房间面朝窗户；他双手紧攥手帕，对着阳光，在面前撑开手帕，然后再弄皱它。他不断持续这个动作——有规律地弄皱手帕。我留意观察了他五分钟：他外表没有任何古怪之处：他也许一直注视着一个水印图案。

摘自《泰晤士报》私人广告栏

涂黑　抱着一只白色的哈巴狗。还有几只可爱的小狗，两几尼起。贝肯纳姆[1]区奥弗伯里大街23号，戈德（Bec. 1860）

《泰晤士报》风格依旧。

① Beckenham，英国伦敦一旧行政区名，现属Bromley。

舒心的话

周日夜晚，丘吉尔先生用阿瑟·休·克拉夫[①]一首诗歌的最后两句结束他的演讲。本期另一页上刊登了整首诗歌的拉丁译文，译文不仅展示了译者的高超译技，而且也说明克拉夫的英语诗歌成功经受住了译成拉丁文的严峻考验。

老克莱门茨是法国阿尔萨斯人，他在圣马丁巷上的索尔兹伯里酒馆里当服务员达三十年——期间只短暂中断，去凡尔登法国军队当兵，结果一条腿终生伤残。老板临死时，在临终床上嘱咐老克莱门茨照看一下酒馆和他的儿子——他的儿子目前在军队服役。一天晚上，住在基尔本[②]的老克莱门茨与另外三个服务员一起步行回家，一群飞机袭来，公交车停止运行。一辆卡车在他们身边停了下来，老克莱门茨举起手要求搭车。就在此时，卡车上一门炮响了。“哎呀！”老克莱门茨说，“你从来没有听见过那样的响声。轰——嘶——砰！我们被震得飞了起来。甚至我的那条老伤腿也一蹦三丈高。轰——嘶——砰！我们全都脸朝下趴在地上，随后，卡车继续沿着道路向前行驶，接着停了下来。嘶——轰——砰！啊，天哪，我们都吓坏了。我们以

① Arthur Hugh Clough，1819—1861，英国诗人，作品表现对维多利亚时代道德和宗教的怀疑，其作品以短诗著称。

② Kilburn，位于伦敦西北部，附近有车站、图书馆和公园，均以 Kilburn 命名。

为它是辆普通卡车，随后又是嘶——轰——砰！我又是一蹦三丈高。‘啊呀，孩子他妈，’我一进家门就说，‘家里有威士忌吗？’‘怎么啦，孩子他爹，’她说，‘你脸色很难看！’我告诉她——嘶——轰——砰！”他一边不停地哈哈大笑，一边穿上他那件破旧的棕色套装，戴上他那顶旧软帽，手臂下夹着一根拐杖，外出了。不过，屋外依然处于空袭警戒状态。

“如果我们埋怨疾病，那么上帝就不会赐予我们死亡。”——《战争与和平》

查利·威克斯是高尔街热带医学院空袭警报一号哨的故事大王。我想，他曾经当过服务员，不过，他的主要职业好像是在离婚案件中出庭作证。在绘声绘色讲述烈性炸药、定时炸弹和空袭警报哨长的粗俗趣闻时，他把自己称作“查利·威克斯”。“这时，查利·威克斯到了……”在长篇大论描述牛津街和托特纳姆法院路交叉口的一次地雷事件时，他的一个句子是这样的：“‘威克斯先生，’他说，‘你是如何处理那些尸体的？’”这下麻烦来了，因为尸体不是用救护车而是用一辆垃圾车运走的。

他还说到另一起事件：圣潘克拉斯一位空袭警报哨先行到达，现场一片混乱，人多嘴杂难办事(那是在里奇蒙特花园里)：“卢因先生不愿开口。他对这起事件感到恶心。”

说到风车街上的一名外国人："几乎说不出一个英语单词。外面有一枚'定炸'（定时炸弹），我得疏散屋里的人。于是，我就上楼。他躺在床上。'快出去！'他一动也不动，他不明白。'炸弹！'我说，'炸弹！''天哪！'他说着就往楼下一跳。"

在百货商店大街马拉德商店楼下，有一小帮夜间工作的人围着防空洞暖墙一端的煤油炉取暖——一名中年男子*，一个说话尖刻的苏格兰姑娘，说她在福特南·梅森公司[①]工作，总体上不喜欢空袭警报哨**——尤其不喜欢查利·威克斯——有时还有一名头戴圆顶高帽未刮胡须的男人。他们的炉火四周有一种类似吉卜赛人的效果。不管有没有空袭，他们总在那里。她在她床铺的下端支起一块烙花图形板："一条凶猛的苏格兰斗牛犬正在四处乱窜。空袭警报哨们要小心啦！"这使我想起第一次大空袭，卢因和威克斯正在马拉德商店外值勤，这时人行道上霹雳似的一声巨响。"榴霰弹！"卢因边说边拉威克斯躲避，结果发现是有人向他们投了一个沃特尼[②]一夸脱装酒瓶。

* （原注）补注。一天夜里，此人单独与那位姑娘在一起时突然死去。另一个空袭警报哨戴维·洛是旧书店的售货员，当时我本应该在检查防空洞，但因为一切都很平静，所以我们没有下防空洞。这起死亡案件让我们大为震惊。

** （原注）肤浅的憎恶。后来她请我们吃糖果，并随时准备让我们"感到宾至如归"。

① Fortnum & Mason，英国伦敦一家犬食品杂货公司。

② Watney，英国 Watney 家族等从 1837 年开始生产的一种啤酒。

警察神经格外紧张，大空袭期间，他们都从大街上消失了。科普特街嘈杂喧闹的夜晚，警察把一种新型重炮误认为是一种地雷。“就在我身后炸响，把我吓了一大跳。”他急忙钻进一家酒吧，几分钟后又走了出来，这时重炮又响了，他没法保持镇静。就在那天晚上几圈铁丝网——一种新型防卫武器的组成部分——突然卸在了拉塞尔大街99 号的海尼曼出版社里和百货商店大街上，百货商店大街禁止通行直至第二天早晨。*

有一位空袭警报哨名叫 L 君，他曾在军队服役。他 18 岁参军，那时他身高只有五英尺三英寸，于是就虚报了七英寸。他去了埃及。他父亲是英国半岛和东方轮船公司的船长，L 君已经两年没有见到他了，这时，他听说父亲将抵达亚丁[①]。他在苏伊士[②]有一周休假，但是搞不到任何交通工具，于是就沿着红海走了九十英里，到达目的地的时候，只剩一天休假了。他有点失望。他记得父亲是个熊腰虎背的男子。当他来到船上时，甲板上有一个身穿平民衣服的男子和一个少校倚靠在舷栏上。那个穿平民衣服的男子看着他说，“当然啰，我很可怜这些穷鬼，不过轮船应该有规矩，禁止他们进入一等舱。”这就是他的父亲。L 君的制服已经积了五天灰尘，离开苏伊士时，还在炮台一次事故中沾染了血迹。当少校了解到面前是何人时，坚持认为他们

* （原注）补注。许多这样的铁丝网卸在希尔的店里，铁丝网上标着希尔的名字：生产时就已标明卸货地点。

① Aden，也门共和国港市，临近亚丁湾。

② Suez，埃及东北部港城，位于苏伊士运河南端。

应该一起去酒吧喝一杯。L君以前从没喝过小杯烈酒，结果看到饮料单上第一种酒就点了——本尼迪克特甜酒[①]。他父亲和少校将威士忌酒一饮而尽，L君也试图将他的本尼迪克特甜酒一饮而尽……他顿时脸色苍白难看，鼻子好像拳击被打破了似的。

位于贝德福德广场[②] 25号的防空掩蔽所——一间房里有两个中国人，另一间房里有三个老太太。

地雷之夜：那具尸体，撂在托特纳姆法院路上，三辆消防车从上面碾过。为避开玻璃，另一个人被放在门板上搁在马路上，鲜血直流。威克斯从一家商店橱窗里拿了一件皮外套盖在他的身上。救护车里塞满了伤员，没法载他。过了一会儿，当威克斯转回来时，那伤员已经被挪到人行道上——“这种事只有警察会干”——一个小偷正在翻他的几个口袋。威克斯抢回了他的钱包，结果发现没人愿意来负责处理此事。终于在第二天，威克斯把伤员送进了大学学院医院。那人是个土耳其人，一整串名字。“某某—某某—某某先生在这里吗？”他问一个护士。“他曾经在这里，”护士说。“你要见他吗？他在停尸房。”

① Benedictine，一种由法国本笃会修女们首酿的酒，酒中含香草。
② Bedford Square，英国英格兰东南部城市，贝德福德郡首府。

一位胸前别着地方军[①]徽章的小个子男人与一个朋友在尤斯顿路[②]橘树餐厅吃午饭。他的盘子边放着一本韦奇伍德的笨重平庸的选集《永远的自由》。“年轻的某某人，”他说，“好像对他的那位姑娘非常倾心。”

“他在哪里找到她的？”他的朋友闷闷不乐地问。

“不知道。没机会单独找他去问。”

很显然，他是个火灾警戒员，那天夜里打算去他的办公室与老板们一起警戒火灾，老板们总是打桥牌。不过老板们的牌技远胜过他自己。“‘你玩卡伯特森[③]定约桥牌吗？’他们第一次开口问我。一下子把我问傻了。我从没听说过这种玩法。我总玩自己的玩法。”

愚人节那天从格拉夫顿公爵那里无意中听到的。履行空军合同的某防御工事的经理正在聊天。显然，那天早晨他与两个工人在地底下，这时电话打到地下工事：“你们没有听见警报吗？火灾警戒员应该到地面上来！”于是，那个火灾警戒员爬到了房顶上，在刺骨的东风中从九点一直待到十点，这时有人告诉他，今天是愚人节。“现在你可以说我们损失了一小时人工——不过，这件事干得值，因为它让大家笑声不断，使得一切工作进行得更加顺畅。”

① Home Guard，1940—1957 年间，英国一支在志愿基础上组织的地方军队。
② Euston Road，英国伦敦一条街名，1938—1939 年曾在此设立绘画学校，揭示后期印象写实派画风。
③ Culbertson，1891—1955，美国定约桥牌权威，曾创办《桥牌世界》杂志。

巴兹尔·迪安[1]带着欧内斯特·贝文[2]和我闪电般访问了奥尔德肖特[3]周围的ENSA[4]。贝文不谙世故，一下子得意忘形，对着ENSA的主要女宾中最愚钝的人激动地说："我是贝文先生！"非常可爱，非常率真。他给我们说了一段丘吉尔的趣闻：丘吉尔对内阁述说了罗弗顿偷袭[5]。"先生们，告诉你们一条有趣的新闻。我们进行了一次短途小旅行——去了罗弗顿群岛。我们带回相当多东西，包括一些吉斯林[6]。留心听着"——他转向达夫·库珀[7]——"一些吉斯林，情报部长先生。把他们称作吉斯林——不是吉斯林信徒，否则你将要发起一次宗教运动。"贝文在斯特兰德大饭店[8]里过夜了。

在利普胡克[9]的安克岛吃过晚饭(喝了香槟)后，我们在十二点和凌晨一点之间驾车回城。从城外看，伦敦火炮齐发，煞是好看。

四月十六日星期三的大空袭

这是伦敦中心市区所遭受过的最为惨烈的空袭。

---

① Basil Dean，1888—1978，英国演员、作家、电影导演和制作人。

② Ernest Bevin，1881—1951，英国工联主义者、工会领袖，曾任劳工大臣、外交大臣等。

③ Aldershot，英国汉普郡一城镇。

④ Entertainments National Service Association（娱乐界全国服务联合会），1939年由Basil Dean等人发起成立，主要在第二次世界大战期间为英国军队提供娱乐。

⑤ Lofoten Raid，也称Operation Claymore，1941年3月，英国突击队偷袭了挪威西北部的罗弗顿群岛，那里是纳粹德国鱼油和甘油的生产中心，战果丰硕，带回228个德国俘虏、314个挪威志愿者和傀儡政权的一批官员。

⑥ Quislings，Vidkun Quisling，1887—1945，挪威政客，第二次世界大战德国占领挪威期间任傀儡政府总理。这里喻意"卖国贼，内奸"等。

⑦ Alfred Duff Cooper，1890—1954，英国保守党政客、外交家、作家，写过六本书。

⑧ Strand Palace，可能指Strand Palace Hotel，位于英国伦敦斯特兰德北边的一家大饭店。

⑨ Liphook，英国汉普郡一地名，风景如画。

通常十点以前不会拉响警报，这天九点就鸣响了。我在“马蹄酒店”与多萝西·格洛弗一起喝酒。我们走出酒店，想去吃晚餐。“街角饭店”人满为患，“弗拉斯卡蒂饭店”关门了。“胜利者饭店”也关门了。“约克·明斯特饭店”的厨师正准备回家。最后进了迪安街的“恰尔达什饭店”。紧挨着平板玻璃窗户就座后，我们有点担忧。到了十点，显然这次是真的空袭。炸弹爆炸——也许是皮卡迪利大街[①]的那几声爆炸，把我们的餐馆震得摇摇晃晃。十点半离开餐馆，走回高尔皇家马厩。此刻希望头上戴着我的钢盔。更换衣服，与多萝西外出，她要警戒火灾。我们站在一个车库的房顶上，看见摇曳不定的火光正慢慢飘散，零星冒起一些火焰：火焰飘动，像黄色的大牡丹。

半夜，去哨位报到，外出去城北。一点三刻，区内没有发生任何情况，我打算在两点半结束警戒。这时，几枚炸弹的火光就在我们头顶上方再次落下来，波兰人（伯恩-霍灵斯沃斯的）S小姐和我站在阿尔弗雷德广场街角处的托特纳姆法院路上。一道白色的南极光：我们投下了长长的身影，炸弹的火光从西向东落下，飞过夏洛特大街；几分钟后，没听见一声警报哨声，便传来一声爆炸巨响。我们只有时间蹲下身来，商店橱窗玻璃像冰雹一般落到了我们的防护帽上。

沿着阿尔弗雷德广场奔跑。里奇蒙特花园街角处一顶层套房里亮

① Piccadilly，英国伦敦一条大街，以时髦商店、俱乐部、旅馆和住宅著称。

着灯光：我们朝着灯光高喊并继续往前奔跑——套房的玻璃窗户一定都被炸碎了。随后是一片混乱。高尔大街两侧似乎都遭到了劫掠。做梦也没想到那枚降落伞炸弹落在马利特街维多利亚俱乐部的后面，350 名加拿大士兵正在那里睡觉。女人们身穿晨衣，脸上的伤口流着鲜血，她们说皇家戏剧艺术学院顶楼有人受伤了。另外两个空袭警报哨和一个警察——我们奔上四段楼梯，阶梯上散落着各种杂物。那个姑娘躺在地板上，鲜血直流，睡衣上血迹斑斑。她的臀部受了伤。楼里只有一人抱起她的空间。非常沉重。接过她走了两段楼梯，但是得轮换三次。她忍着疼痛致歉，因为自己太重了。担架队来了，将她抬到底楼。高尔大街沿途，人们都走出屋子站在门道里——许多人没有受伤，但也有许多人表皮受伤，他们身穿邋遢的睡衣，睡衣沾着破瓦碎砾灰蒙蒙的。受伤者都是碎玻璃划的。

混乱。没有足够的担架队，回到哨位，灯火管制告示板被炸飞了，我们下到底楼。再次外出找点事干。说来也奇怪，干点事还挺难。

雅各布斯成了专案官员[①]，随身携带一盏蓝灯，站在高尔大街和凯佩尔街的街角处。这的确是一场地方和国内的战争，就像《诺丁山的拿破仑》一书中的某件事情。受差遣去维多利亚俱乐部。

全是担架队员，不见空袭警报哨。空袭警报哨的职责是什么？说

① Incident Officer，为处理突发事件而设立的官员。

教似乎不再那么清晰。士兵们依然穿着沾着血迹的灰色睡衣走上街头：人行道上四处散落着碎玻璃，有些人还赤着脚。每个人突然都好像刚从前线回来。一个士兵走出屋来说，有人卡在楼梯上了。我们取了一副担架，走进屋去。房子的一侧下陷二十英尺，那里好像是房子的地基。人们默默盼祷厄运到此为止吧：这是我们的突发事件，但是炮弹炸弹继续在炸响。遇见显然是一具尸体：只见其头和肩膀，还有头上的血块。气息全无，脑袋垂落，只是寂静无声的破碎瓦砾的一部分。“是他吗？”“不是。他已经完蛋了。”不过，另一组担架人员似乎正在我们看不见的楼梯上搜救。我的同伴无法找到他正在寻找的伤员，于是，我们不得不将就着处理这具尸体。（也许这不是具尸体。）时间过得很慢，我想出去：这整个地方似乎被某种意念维系着才没有坍塌。高声求助担架队员，终于把他们招呼来了：为他们朝屋外抬尸体照亮道路。屋外，商店四周似乎全是火焰。紧接着，又是一串三枚炸弹呼啸着落下来，我们躺在人行道上——一个水兵压在我身上：碎玻璃划破了我的手，流了许多血——于是，我回到热带医学院的哨位去包扎伤口。

街头不测事件是可怕的和偶发的，不过，所有这一切都是人的本性。

我在包扎手上的伤口时，又是一串三枚炸弹落了下来。又一次趴在哨位的地板上。一开始，玻璃窗被炸飞进来。你真的以为这下完了，但是，这还不是最吓人的——你不再相信今晚可能活下来。开始对上帝痛悔。祈祷完毕。再次外出。

里奇蒙特花园里的白色大工厂“达拉斯”火光冲天。每个楼层的每扇窗户的后面，一堵火墙熊熊燃烧。距第一枚炸弹击中我们地区才过去一小时稍多一点。时间似乎过得很慢。

人们好像忘记了一些小事故的进展情况。有个人带我去见达拉斯对面一所房子里的一位朋友——一位身材肥大的外国人。他的一只脚压碎了，鲜血淋淋；他是那天夜里我所见到的唯一一位吓破了胆的人。他抽泣着，叫喊人们把他送进医院。但是，他太重啦！我们双手交叉，将他抬到高尔大街的街角处。随后，我们不得不停下休息，不管他大哭大喊。这时，火光冲天，凌晨三点一刻就像大白天一样。雅各布斯和空袭警报哨副总长卢因来了。雅各布斯说，“你就此打住吧。还有比你受伤更严重的人！”但是，那人开始大叫大喊呻吟哭泣。他的朋友已经溜走了，于是，卢因开始帮我一起把他抬向情报部，那里成了临时包扎站。* 我们在凯佩尔大街又精疲力竭了，卢因找来一个士兵帮忙抬他。在我们等待的整段时间里，此人倾斜身体，将体重全压在我的身上，呻吟着要求把他送医院。进入情报部地下室是一段可怕的路程，过道里乱糟糟挤满了情报部的人。后来才知道此

---

* （原注）情报部也是一处标志，引导德国飞机飞向国王十字和圣潘克拉斯车站。几乎每个晚上他们都忽视灯火管制，在我的居住区内，人们因此吃了很多苦。我给《旁观者》写过一封信，标题是“布鲁姆斯伯里的灯塔”。我慎重地签下“空袭警报哨”，结果一名警察巡查了我们哨所并查问了作者的姓名。没人告发过我，后来布鲁姆斯伯里的灯变暗了，不过，我一直担心他们会根据何种条例、何种指控将我送上法庭。

人有内伤，医生试图给他用吗啡，他还与医生争吵。

在似乎很可爱很坚固安全的楼房里待了三分钟后再次外出。消防队依然没有前来抢救达拉斯(过了三小时还没有来)，雅各布斯派我向哨站送一封信。沿着铁制台阶往下走，顺着大楼绕行很长一段路后，我听见又一枚炸弹呼啸而下。我蹲伏下，听见炸弹落在很远的地方。

再次外出，一名士兵前来求助。高尔大街一处地下室有个老头。一垛后墙被炸飞了，达拉斯袒露无遗，火光冲天，但是他不想声张。他是负责人，不想引起慌乱。老头的一个女儿帮他穿好衣服。他老了，胡须全白了，很在乎西装背心。他刚出院，膀胱里还插着一根导管，医生说他永远不能再行走了。他很担忧那根导管——让人看见他拖着根导管不太雅观，不过，他忘却了这一切，步行穿过高尔大街。他非常高兴：这证明医院诊断是错误的。

被叫到高尔皇家马厩的防空洞里，多萝西在那里充当防空洞的空袭警报哨。她很乐观，不过看见我格外高兴。有位空袭警报哨曾告诉她，他在维多利亚俱乐部见到过我。“我想他没事。他浑身是血，不过我想那些都不是他的血。”

这些真的全都值得记忆：空袭渐渐过去，早晨五点，我在清点从沃里克宾馆抬出来的担架伤员数目时，忘了计算救护车运送的人数，这时“袭击者历史”号救护车开走了。结果发现布鲁姆斯伯里大街尽头也曾落下一枚降落伞炸弹，而且是在我巡视的区域内，当时没有报告一枚烈性炸弹击中了达拉斯后面阿尔弗雷德广场上的犹太女子俱乐部（许多天后，他们仍在往外搬运尸体——三十多人遇害）*，另一枚烈性炸弹炸去了托林顿广场上的大使馆影院。高尔大街《旁观者》杂志社对面的一栋房子被夷为平地，梅普尔商场的一部分烧毁了。

其他人的故事：有人告诉我所在哨位的一位姑娘，说有个男子陷在一栋楼房的顶层。她上了楼，发现他被卡住了，但受伤不严重。两名士兵站在房间里啥事不干——只是哈哈大笑。

杰维斯·马修神父是位拜占庭帝国历史学家。他曾两次应召外出——一次去杰明街开胃酒店，一次去海德公园炮台——炮台被一枚降落伞炸弹击中——替人有条件赦罪。当问及是否有天主教徒时，海德公园那位士兵说，"神父，我是个天主教徒。四十年没有去做弥撒，不过我是个天主教徒。"

一位年轻神父——杰维斯·马修的一个朋友——被叫到一家遭空袭损毁的酒馆，店主、他妻子和女儿都是天主教徒，三人都陷在店里。他清理了通向台球桌的道路，然后钻到台子底下，那样他可以足够靠近他们，听见他们的忏悔。突然，他脑袋上方有一个声音在问，"谁在桌子底下？"他听见自己在奇怪地声明，"我是个天主教神父，在台球桌底下听忏悔。""那你先在台底下待一会儿吧，神父。"那个声音说，"也听听我的忏悔。"他是一名营救队员。

---

*（原注）许多天后，百货商店大街上还有一股腐臭。

回想起来，那是一个肮脏邋遢的夜晚，炼狱似的一群群男男女女穿着肮脏破烂沾着斑斑血迹的睡衣站在幸存的门道里。这些是令人不安的景象，因为他们的窘况也许将来某一天也会发生在我们自己身上。

那天早晨晚些时候，我不得不乘火车去牛津，我曾答应给纽曼协会做个讲座，可是我没有时间刮胡子。到了牛津，我去药房[①]要求买一小盒剃刀。店主瞪眼看着我，火冒三丈。“难道你不知道正在打仗？”他问。

二

伊夫林·沃曾经写信给我说，他写《旧地重游》的唯一借口是“斯帕姆午餐肉、灯火管制以及尼生式活动房[②]”。我对写《事情的真相》也颇有同感，尽管我的借口也许不同——“沼泽、季雨以及疯子厨师”——因为我们所经历的两场战争截然不同。

在写完《权力与荣耀》和开始写《事情的真相》相隔的六年之中，因为不写或滥写(滥写包括从塞拉利昂的弗里敦发往伦敦总部的无数电报和报告)我对写作生疏了。1946 年第二次世界大战结束后不久，我就开动手写《事情的真相》，那是在我关闭了我的小办公室、

① 英国药房兼营化妆品。

② Nissen huts，由英国采矿工程师 Peter N. Nissen 设计的瓦楞铁皮半圆顶和水泥地面的活动房屋，用作士兵宿舍。

烧掉了我的档案和密码本三年之后。出于安全考虑，我在西非没能正常记日记，但是，看着那些幸存下来的少量凌乱笔记，在写电报和报告之间的空余时间里，我似乎已经玩味起写一部小说的想法——尽管最终我并没按那个念头写这部小说。

有一次我去内地出差，偶然遇见一位 B 神父。如今我已经完全忘记了这位神父，尽管在写《事情的真相》的克莱神父时，我一定在心里想着他。斯科比外出去班巴调查青年彭伯顿[①]自杀案时遇见了克莱神父。“可怜的红头发北方小伙被同事们遗忘了，”我在笔记本中写道。“他对黑尿热的描述。‘我在这里来回踱步。’”（这些是克莱神父的原话。）“他到来时在传教团总部拿了现金三十八英镑，但却有一张二十八英镑的欠账单。显然没有利息。六年任期——已经干了三年半。肮脏的白衬衣外面罩着一件旧雨衣。”

在那些日子里，我没想写斯科比少校。那个年轻的北方神父却在我的想象中逐渐丰满，于是，我找到了用褪色铅笔写的他故事的开头几行：

> “如果我是一个作家，我很想把这个人的故事写成一部小说。我想作家都有这种感受——某个人物萦绕于心头，他们希望理解这个人物。但是我既无时间也无才华去完成这样

① Pemberton，也称“迪基”，《事情的真相》中的督察，因欠债自杀。

一部著作，我能做的只是收集其他熟悉他的人们对他的各种印象，以某某神父为例，我好像收集了他的文件资料。从像这样收集来的资料中恐怕很难产生一个小说人物。在文学评论中，我读到小说家们因为塑造人物的成功或失败而受到褒扬或指摘，但是这样的小说人物与真实生活的关系通常就像你在这个国家看见的土著人棚屋泥墙上的绘画一样：一列火车用一排长方框表示，每个框子安在两个圆圈上。小说家就这样简化'人物'：你在人类身上发现的种种矛盾被裁剪了或者稀释了。其结果就是艺术——艺术就是为了表达某种思想状态而编排和简化。这本书没有佯装艺术，因为编撰者保留了所有的矛盾：它的唯一目的就是尽可能真实地表现一种神秘，尽管我敢说如果每个人都有他自己的卷宗的话，那么这种神秘对于我们多数人来说是司空见惯的。

我的名字叫……我是……公司的航线代理。"

人物和公司的名字一直没有填写，小说没有继续写下去。这只是在西非海岸丢弃的另一样东西，就像塞拉利昂河中邦斯岛上遗弃的旧炮一样。我很高兴能记录下这段小小的回忆，因为这段回忆或许能出一本比《事情的真相》更好的书。

翻阅我的旧笔记本，我还发现一些零星散乱的事件和人物，他们原本可以写入我的小说；他们是军情六处驻弗里敦代表日常生活的一个组成部分，他们中有些人也许可以在我日后创作的作品里找到一席之地或者一个角落——不过，现在我不想去寻找他们。

“德国间谍的信件。到港轮船的名单。某某人说这里不会有轮船靠港，告诉他这种估计过于乐观。不抵抗主义的表现：‘利文斯通[1]会说什么？’”

那个间谍是谁？和B神父一样，忘得一干二净。

“那个棕色皮肤的小孩死在几家商店之间的道路中间，兀鹫在尸体周围跳来跳去，汽车驶过时就跳到排水沟里。”

“嫌疑犯的手提箱——一个男人箱子的邋遢和淫秽。”

“外面街上，送葬的队伍正在回家——我还以为是婚礼队伍呢。队伍里的女人身穿色彩艳丽的本地服装，系着黑色围裙，罩着外套式衬衫。喇叭手嘟嘟嘟地边走边吹奏，女人们踏着舞蹈碎步，路过军营时，朝着士兵们做出各种姿势并

① 指David Livingstone，1813—1873，英国苏格兰传教士，深入非洲腹地从事传教等达30年，著有《南非考察和传教旅行》等。

大声呼喊。所有的人都有些微醉。酒馆前，一些年轻人正在踢足球。走在送葬队伍最后面的那些人拿着手帕，神情似乎比较肃穆忧伤。一个身穿白色欧洲服装的女人独自走着。”

“我男仆的哥哥快死了，得了淋病。我的男仆也得了淋病。‘现在痊愈了。’‘打了针？’‘不是。’他用双手做了个很生动的手势。‘医生把病抛到门外去了。’他走路好像踩高跷，撅着屁股，浑身酒气熏人。‘如果你看见你的兄弟——你自己的父亲，你自己的母亲——躺在床上，看不见你，那么你就要喝酒。为了不让眼睛流水，你就要喝酒。’他还不能把情况告诉他的嫂子。如果人们知道他马上就要死了，他们都会进屋来偷他的东西。整个晚上，他打算在他哥哥家里举行一次聚会，喝酒，那样眼睛就不会流出水来。他静静地清点他哥哥的财物，叫他弟弟作记录。第二天早晨，他颇为高兴地告诉我，哥哥有两台缝纫机——但是他哥哥还没有死。”

此人一定是我第一个不称心的“仆人”，一个门迪人[①]，我的疯厨师试图用小斧砍死的就是他。后来他犯伪证罪(他根本不知道什么叫伪证罪)进了监狱，我卸了这个包袱，真是谢天谢地！不过，我还是请

① Mende，西非塞拉利昂中部及东南部居民。

了弗里敦最好的黑人律师，在戴着假发荒唐可笑的英国法官面前为他辩护。我有点运气不佳，经常遇到官司：不久，我的厨师耍巫术不灵验，被人指控骗钱。一天晚上，我长途跋涉回到家里，发现屋里空无一人，连个做晚饭的人都没有。我从邻居处得悉，厨师进监狱了！我去监狱探望了他，不忍心见他蹲在恐怖的牢房里。我与边境对面法属几内亚维希区的专员取得联系，使他得以释放回到自己的村庄，战争期间能做到这点实属不易。厨师回到村里后，衣食无忧，自由自在，得以善终，不过，他的脚踝上带了个铁环，以示他曾受过上帝的惩罚。

“一封给非洲煽动分子的信，此人正在拘役中，而且再婚了。在英国，他似乎与一位英国女人有暧昧关系，她是个激进的人道主义者，在经济上接济过他。这封信是(格雷客栈区)高尔街一个非洲人发出的。信首先要他把衣领留在洗衣店，然后提及煽动分子的新恋情。‘啊，英国女人听到这个消息，她一定会嫉妒的。你真令人伤心。’档案里有这个令女人伤心的人的照片，信中巧妙罗列了一些人道主义者的名字——维克托·戈兰兹、埃塞尔·曼宁……”

“(金刚石矿总部)延盖马[①]的法庭传票员天生一张傻乎

① Yengema，塞拉利昂一地名，其周围盆地盛产金刚石。

乎的脸，因患‘祖祖病’[1]而两腿向外弯曲。（人们不得不将他送回家乡让巫医治疗。）”

“市场上，妇女们用秘书文档中的秘密电报纸包水果蔬菜。”

“警察局长勘查上吊现场刚回来，心情郁闷。‘每次看完上吊现场我总是一星期吃不下肉。’”

还有一件事我不能写进笔记本，此事让我感到恶心——审讯一名来自布宜诺斯艾利斯的斯堪的纳维亚年轻海员，他被怀疑充当德国间谍。我从一份报告里了解了他在布宜诺斯艾利斯所爱的那个姑娘——她也许是个妓女，不过他用他的浪漫方式深爱着她。我告诉他，如果他全盘招供，他就能回到她的身边；如果他不说实话，那么他就会被拘留，直至战争结束。“你认为她会对你忠贞多久？”这是警察干的活，军情五处的活，而我却被牵扯进去，我气死了！这是一种肮脏的活，我从没干过，还没审出结果我就罢手了，我恨自己。他甚至可能是无辜的。当时我想，军情五处见鬼去吧！

① ju-ju，可指西非土著人的一种巫术，比如将骷髅骨等神物放在“祖祖房（ju-ju house）”里施咒，传说可以让人因此得病。

我在塞拉利昂的经历是足够丰富多彩的,可是我自己利用这些素材的创作一直不令人满意。批评我的人说“我素材堆砌太厚”,也许是有道理的,是啊,素材是太厚了。不过,正如我说过的那样,真正的毛病是出在我长久不写作,笔头生锈了。在整个战争年代里,我所从事的不是真正的写作——它是一种逃避,逃避现实和责任。对于一个小说家来说,他的小说是唯一的现实,是他的唯一责任。就像那个患“祖祖病”的人,我必须回到自己原来的领域病才能治好。

1946年,我感到自己茫然不知所措。过去我写作是如何从一个情节进展到另一个情节的呢?如何只围绕一个或者最多两个观察角度展开叙述的呢?十多个这样的写作技巧问题折磨着我,战前从来没有遇到过这种苦恼,问题总能很快解决。写作没有以前那么容易,因为我在自己的私人生活中不经意埋下了不少地雷,它们一个接一个相继爆炸。我总认为,作为一种解决问题的方式,战争会用这种方式或那种方式带来死亡:在对伦敦的空袭中、在被潜艇击沉的轮船上,在黑尿病滋生的非洲,不过我还活着,操起雏妓的旧业,将不幸带给我热爱的人。所以,也许这本小说中我真正不喜欢的部分是对我个人极度痛苦的回忆。正如斯科特·菲茨杰拉德[1]所写的,“作家的性格总是不断驱使他做出许多他永远不能弥补的事情。”一天夜里,我甚至一生

① Scott Fitzgerald,1896—1940,美国二十年代文艺复兴代表作家,主要作品有《了不起的盖茨比》等。

中第一次动起自杀的念头，这时，晚上十点钟一份电报的突然到来（真没想到这么晚他们还发电报过来）打断了我的那种游戏，电报是某个我曾给他带来痛苦的人发的，此时他倒为我的安全焦虑不安。

但是，早在达到那种绝望程度之前，我就已经发觉自己下笔那么不顺，那么没有自信，以至于接连好几个月小说人物威尔逊仍在宾馆阳台上观望警察局长斯科比沿着宽阔的未铺砌的街道行走。要想让他走下阳台意味着要作出决断。在同一个阳台上同一个人物的身上展开了两部截然不同的小说，我必须选择写哪一部。

一部就是我写的《事情的真相》；另一部是想写成一本“消遣作品”。很久以来我经常在想是否可能写一部犯罪小说，故事中的罪犯读者心知肚明，但是侦探却被小心翼翼地隐蔽起来，用各种虚假的线索伪装起来，故意误导读者，直至真相大白。故事从罪犯的视觉叙述，侦探必须是某种密探。军情五处显然是个可以利用的组织，威尔逊这个人物是我所构思的“消遣作品”中不甚满意的遗物，因为当我将威尔逊留在宾馆阳台上，并与斯科比做伴的时候，我就下定决心写《事情的真相》了。

后来事实证明这部小说比我预想的更受读者的喜爱，甚至更受评论家的赞誉。在我看来，秤盘上放的东西过重，情节负荷过度，斯科比的宗教顾忌过于极端。我原本打算用斯科比的故事扩展我在《恐怖部》中涉及的一个主题：怜悯对于人类的灾难性影响，它有别于同情。我在《恐怖部》里写道：“怜悯是残酷的。怜悯极具破坏力。当怜悯在周围徘徊时，爱是不保险的。”斯科比这个人物旨在表明：怜悯能够是一种几近怪异自负的表现形式。但是我发现小说对于读者的影响却截然不同。在他们看来，斯科比是无罪的，斯科比是个“好人”，是他妻子的无情无义将他逼上了死路。

这是一个技巧上的而不是心理上的缺点。读者主要透过斯科比的眼睛去看露易丝·斯科比，我们没有机会修正我们对她的看法。斯科比所爱恋的姑娘海伦取得了不公正的有利地位。在小说的初稿中原先有一段斯科比夫人与威尔逊之间的场景：威尔逊这个军情五处的情报员热恋着斯科比夫人，一天傍晚，他们沿着山冈火车站下面废弃的铁轨散步。这一场景使斯科比夫人这个人物处于比较有利的地位，因为这一场景必须透过威尔逊的眼睛去表述，可是，这一场景——我在准备小说付印时是这样认为的——过早地打断了斯科比的观察角度；叙事的动力显得松弛。我以为，删去这一情节，小说就会显得紧凑刺激，但是我牺牲了基调。在以后几次再版中，我重新插入了删除的部分。

也许我对这部小说过于苛求了，因为一些天主教杂志对斯科比灵魂的得救或毁灭喋喋不休的争论使我感到厌倦。我还不至于愚蠢到相信这可以成为小说的一个议题。此外，我不太相信永世惩罚之类的教义(那是斯科比的信仰，不是我的)。自杀是斯科比不可避免的结局；他自杀的特殊缘由——牺牲自己，以拯救上帝——拧紧了他极度高傲的螺丝的最后一圈。也许，斯科比应该成为一部挖苦喜剧而不是悲剧的主题……

尽管如此，《事情的真相》中还是有一些章节（和一个人物，尤赛夫）是我在意的，对于弗里敦和塞拉利昂内陆的描写勾起我许多愉快的和一些不愉快的回忆。携带走私信件和钻石的葡萄牙班轮是我1942—1943年间在西非那段奇特生活不可分割的一部分。斯科比没有参照真实生活中的任何人，而是我自己潜意识的产物。他与我的上司警察局长毫无关联，在相当孤独的十五个月里，局长的友谊是我最珍惜的富有人情味的东西。威尔逊也没有——他固执地拒绝鲜活起来——参照任何军情五处的情报员，在那些日子里，这些情报人员的足迹遍及西非海岸，曾两度遭遇灾难性的损失。

“那些岁月”——我为有这样的经历而感到高兴；我对非洲的挚爱在那里加深，尤其是被全世界称为“非洲海岸”的地区：这个镀锡铁皮屋顶的世界，兀鹫尖叫俯冲的世界，暮色中红土小路变成玫瑰色的世界。我的厨师因耍巫术而锒铛入狱，我的管家被不公正地指控犯有伪证罪，那个来自丛林、没有任何人的推荐信的青年小伙像阿里服侍斯科比那样，忠心耿耿地照顾我，他拒绝接受另一个情报组织代表的贿赂，坚持留下侍候我——难道他们仅仅是“格林王国”里的人物？那你还不如对一位正在热恋一位女子的男人说：她只是他臆想中的女人！

第五章

一

我的电影故事《第三者》写了根本不是让人读的，而只是让人看的。这个故事像许多风流韵事一样始于餐桌，随后在一大堆让人头疼的地方继续——维也纳、威尼斯、拉维罗[①]、伦敦、圣莫尼卡[②]。

我认为，大多数小说家的头脑或笔记本里时常记着各种故事的灵感，但却永远不会成书。有时，他们可能会在许多年后翻阅这些笔记，颇感后悔，这些故事原本可以成为很好的选题，可现在已经过时了。就是在那样的许多年之前，在一个信封的封皮上，我写了如下一段开场白："一周前，当哈里的灵柩被放入冰冻的地穴时，我向他致以最后的哀悼。我带着怀疑的神色，看着他从我身边、从斯特兰德大街[③]上的许多陌生人中间经过，没有一点被人们认可的迹象。"我像我小说的主人公一样，一点儿也不想作出解释，所以，晚餐席间当亚历山大·科达约我给卡罗尔·里德写一部电影时——作为我们合作拍摄的《堕落的偶像》（一年前我根据我的短篇故事《地下室房间》改编）的续集——我除了上述这一段开场白之外，再也没有更多的东西可以向他奉献，尽管科达真正想要的是一部四强权霸占维也纳的电影。1948 年，维也纳依然被分割成美国、俄国、法国和英国占领区，内城由四个强权按月轮流执掌，从四强权抽调的四国士兵组成的巡逻队日夜在城内巡查。科达想把这种复杂的形势搬上银幕，不过他仍然准备让我继续哈里的故事轨迹。于是，我就去了维也纳。

对于我来说，不先写一部小说就去写电影剧本是不可能的。一部电影不仅仅依靠情节，它还取决于某种程度的人物塑造、取决于影片的基调和氛围。第一次就用枯燥简略的方式去写一部传统的电影脚本，似乎不可能获得上述效果。我必须体验到比创作电影剧本需要的还要多的素材(尽管长篇小说通常也需要很多素材)。因此，尽管《第三者》根本就没有打算出版，但是它不得不从写小说而不是电影脚本入手，然后开始似乎是没完没了的改编，将一个电影剧本改成另一个电影剧本。

我随卡罗尔·里德回到维也纳创作这部电影剧本，就电影的分镜头剧本和情节而言，我与里德密切合作，每天写出的脚本可以覆盖几英里地毯，我们还相互扮演剧情片断。(奇怪的是，作家没法在书桌上写出分镜头剧本——你必须与剧情中的人物一起变换位置。)没有第三个人参与我们的剧情讨论，甚至科达本人也没参加；因此，许多价值存在于两人争论之后故事情节的裁剪和添加。当然，对于小说家

① Ravello，意大利南部一小镇，旅游胜地，被称为“神赐的海岸宝石”。
② Santa Monica，美国加州一海滨城市，旅游胜地。
③ the Strand，位于英国伦敦的中西部，与泰晤士河平行，以其旅馆和戏院著称。

来说，他的小说是他对于一个特殊题材所能作出的最佳处理方式；为了将小说改编成电影剧本需要作出许多改变，对此他禁不住愤懑不已；不过，《第三者》本来就只打算成为一部电影的原始材料。读者会注意到小说和电影之间存在着许多差异，他们不应该认为这些改变是强加于很不情愿的作者的：很有可能这些改变是作者建议的。事实上，改编的电影胜过原来的小说，因为在这一案例中，电影是小说精致完美的终极形式。

这部电影剧本某些改编的理由明显肤浅。选择一个美国明星而不是英国明星需要进行一些改编——最重要的是，哈里也必须成为美国人。约瑟夫·科滕[1]反对我对故事中罗洛名字的选择很有道理：在他这个美国人听来，这个名字显然涉嫌同性恋。不过，我选用这个名字还是希望它显得滑稽可笑；我想到霍利[2]这个名字是因为我想起了那个有趣的人物——十九世纪的美国诗人托马斯·霍利·奇弗斯[3]。

我与卡罗尔·里德之间鲜有大的争论，有一次争论涉及影片结尾，结果证明他完全正确。当时，我认为这类消遣电影格调非常轻松，不应以悲情结局，那样过于沉重。里德则认为我的结局——尽管想象空间很大，尽管默默无语：霍利与姑娘一起静静离开墓地，墓地里埋葬着姑娘的恋人哈里——会令刚刚目睹哈里的死亡与葬礼的观众

① Joseph Cotton，1905—1994，美国电影和舞台著名演员。

② Holly，即影片《第三者》中的主角 Holly Martins，美国低级黄色书刊作家。

③ Thomas Holley Chivers，1809—1858，美国医生改行诗人，以与爱伦坡的关系而著称。

感觉是令人不快的愤世嫉俗。他的意见只能使我半信半疑：在姑娘从墓边走向霍利的漫长过程中，恐怕只有少数观众会在座位上等待，其他人离开影院的时候依然会以为结局就像我建议的那样，男主人公与女主人公最终走到了一起，司空见惯。我还不太信任里德导演电影的精通程度，当然那是在那个阶段，我俩谁也没有预料到里德发掘了齐特琴[①]演奏家安东 · 卡拉斯[②]。我在脚本中标示的只是一种与莱姆[③]有关的影片主题曲。

脚本中俄国人绑架安妮(在那些岁月里，维也纳很可能发生此类事件)的片断在较晚阶段被删除了。这一情节与电影剧本的联系不够紧密，可能会使电影变成一种宣传片。我们不想挑动人们的政治情感；我们想使人们愉快，稍许吓他们一下，甚至使他们开怀大笑。

事实上，现实是童话的唯一背景，尽管盘尼西林诈骗故事依据的是严酷的真相，而许多非法商贩不像莱姆，他们是无辜的，这就令真相更为严酷。我认识的一位外科医生带着两个朋友去看这部电影。他惊讶地发现他的两个朋友看了电影后心情沉重闷闷不乐，而他却非常欣赏这部电影。朋友告诉他，战争结束的时候，他们在维也纳英国皇家空军服役，他俩都曾贩售盘尼西林。他们根本没有想过他俩小偷小

---

① 欧洲一种扁形弦乐器，有弦线 30 至 40 条，用套在右手拇指上的拨子拨奏。

② Anton Karas，1906—1985，维也纳齐特琴演奏家，为格林改编的电影《第三者》创作演奏主题曲，一举成名，该曲成为 1950 年国际上最畅销的乐曲。

③ Lime，即 Harry Lime，电影《第三者》中男主人公 Holly Martins 的童年挚友，女主人公 Anna 的男友，遭谋杀。

摸的后果，直至看到这部电影中儿童医院里使用注水盘尼西林的场景。

当卡罗尔·里德与我一起回到维也纳去看我在电影脚本里描写的场景时，我尴尬地发现冬春之交，维也纳已经彻底变了。二月份，食客能在黑市餐馆里吃到几根被说成是牛尾的骨头已经算幸运的了；而如今这些餐馆却在供应合法的（如果说还是俭省的）饭菜了。莫扎特餐馆（我给它起名“旧维也纳”）前面的废墟被清除了。我发觉自己一次又一次地对卡罗尔·里德说，“可是，我向你保证维也纳真的像电影脚本中所描绘的那样——三个月以前。”

要想找到我故事中所描述的场景被证明是困难的——哈里的假葬礼是我不得不紧紧抓住的唯一情节片断。日子一天天飞速逝去，唯一值得拍摄的只有零零星星适宜上镜的背景画面；破破烂烂的东方夜总会，坐落在扎赫尔宾馆（科达设法为我在宾馆里租了一个房间，那些房间是为军官们预留的）的军官酒吧，一些在“老约瑟夫城剧院”[①]内形成一个室内村的小化妆室（安娜最终去那里工作），巨大的墓地——那年二月在墓地打穴需要用电钻。我给自己在维也纳最多两周时间，然后要去意大利见一个朋友，我还打算在那里写故事，可是写什么故事呢？还剩三天时间，而我还没有故事，甚至说书人卡洛韦上校[②]也

① the Old Josefstadt Theatre，位于奥地利维也纳第八区。
② Colonel Calloway，《第三者》中英国巡警 Paine 的上司。

没有故事可说，此时我脑海里总认为特雷弗·霍华德[1]的相貌正适合扮演卡洛韦上校。

临行前第二天，我福星高照，有幸与一位年轻的英国情报官员（未来的圣奥尔本斯公爵）共进午餐——在那些岁月里，我战时与军情六处的关系时常给我带来有用的收益。他讲述了当他开始接管维也纳的时候，他如何向奥地利当局索要一份维也纳警察名单。这份名单的一部分标明“地下警察”。

“把这些人处理掉，”他命令道，“现在情况已经发生了变化，”但是一个月后，他发现这些“地下”警察依然在名单上。他气冲冲地重申了他的命令，这时奥地利当局才向他解释“地下警察”不是秘密警察，而是确实在巨大的下水道系统里工作的警察。下水道里没有同盟国占领区，它们的出入口在整个维也纳城里星罗棋布，伪装成广告报刊亭，出于某种莫名其妙的理由，俄国人拒绝封闭这些出口。地下警察可以不受限制地从任何一国的占领区走到另一个占领区。午餐后，我们穿上沉重的靴子和马金托什雨衣，在维也纳城地下走了一走。维也纳城主要的下水道就像一条巨大的感潮河，无难闻的气味。午餐时，这位军官跟我说起了盘尼西林诈骗事件，就在此时，在沿着下水道散步的时候，整个故事成形了。我对四强权占领维也纳的目的和作用的调查研究，我对我母亲在俄国占领区的一个老用人的

① Trevor Howard，1913—1988，英国著名演员。

探访，我在东方夜总会独自喝酒度过一个个漫长的夜晚，所有这一切都没有浪费。我写成了我的电影剧本。

在维也纳的最后一晚，我请朋友伊丽莎白·鲍恩[1]吃晚餐，她受英国文化委员会邀请，来维也纳准备去英国学院演讲。晚餐后，我带她去了东方夜总会。我想她以前肯定没有去过这样肮脏下流的夜总会。我说，“警察将在半夜突击查抄这个地方。”

“你怎么知道的？”

“我有熟人。”

半夜十二点整（我事先请朋友作了安排），一个英国巡佐哐啷哐啷从楼梯上下来，后面跟着一个俄国、一个法国和一个美国军警。夜总会里灯光昏暗，英国巡佐毫不迟疑（此前我已经给朋友详细描述过伊丽莎白）大步穿过地下餐馆，要伊丽莎白出示护照。伊丽莎白钦佩地看着我——英国文化委员会不可能为她安排这样一个刺激的夜晚。第二天，我踏上去意大利的旅途。一切都已搞定，剩下的只是写作。

二

外人对于一次革命的看法是古怪和片面的，颇像一种故意摆设的摄影角度；有时他也许甚至一点儿也没有意识到周围正在发生任何事

① Elizabeth Bowen，1899—1973，英国女小说家，主要作品有《心之死》、《正午炎热》等。

情。记得三十年代，我从爱沙尼亚度假归来，去与我兄弟休一起待几天，休是《每日电讯报》驻纳粹柏林的记者，我不得不半夜在里加换火车。有两小时可供消遣，于是我就闲逛中央车站和邮局四周的街道：留着托尔斯泰式胡子、年迈的俄式敞篷四轮马车车夫趴在骨瘦如柴的马身上睡着了，旁边是一些妓女，她们简直就像是从维多利亚时代的伦敦街头走出来的一样。她们站在街角处，当年轻的外国人走过时，撩起裙子，其角度刚好足以露出线条优美的腿肚子；这些林林总总的景象，令我着迷。早餐时刻，我到达了柏林，我兄弟前来迎接我。“里加怎么样？”他问我，“革命怎么样？”

“革命？”

“半夜发生了军事政变。邮局被占领了，还有中央车站。每个街角都有机关枪。”

这是真的，一定是真的，后来我在《每日电讯报》上读到这则消息，可是我只看见年迈的俄式敞篷四轮马车车夫和维多利亚妓女。

1948 年，在罗马如期赴约并且着手创作我的电影剧本的唯一办法就是绕道布拉格。我想我要利用这个机会逗留几天，拜会我的两个出版商——一位是社会民主党人，出版我称之为我的“消遣作品”；另一位是天主教徒，出版我的《权力与荣耀》。我离开维也纳的当晚，谣传共产党接管了政权，但是，我更加关心大雪延误飞机起飞好几个小时。与我同机的有两位英国记者，一位隶属一家新闻机构，另一位是英国广播公司的。他们告诉我他们正要去报道这次革命。

“革命？”

我想起几年前在里加的情形……

“你预订房间了吗？”一位记者问。

“没有。一年中这个时节没有必要预订。”

“发生革命时，”另一位记者说——他颇具专业经验，“宾馆饭店总是客满为患。”

“别人推荐我下榻‘大使饭店’。”

“我们在该店合租了一个房间。那是他们最后一个房间。你最好随我们去。”

雪越下越大，飞机延误到很晚才起飞。飞机着陆时半夜已经过去很久，午餐后我们都没吃过东西。食物似乎甚至比睡觉更重要，不过，我想，在一家外国人聚居的饭店里找吃的东西总不会困难。我的盘算完全错误！饭店里没有房间，不过这个问题很快得以解决：记者房里有一个沙发——我可以睡沙发。现在，凌晨一点半，肯定会有一些简单的营养食品……“对不起，”服务生说，“餐厅关门了。布拉格所有餐馆都关门了。”

“一份三明治？”我绝望地提议。

“我很抱歉……”

随后，服务生的心软了。“也许，”他说，“有个办法。我们正在地下室里举行帮佣舞会。那里有些点心饮料。如果你愿意试一试的话……他们也许会允许你……”

在地下室里，我们发现我们不是唯一寻找食物的人。委内瑞拉大使正在那里与胖厨师笨拙地跳舞，还有一些外交使团的其他成员。一个好心的客房女服务员在她的餐桌上为我们腾出空间，还为我们指点那些达官贵人——“那位是乌拉圭大使馆的一等秘书——那位是约瑟夫——他负责糕点制作——那位是中央银行的，我不知道他干什么工作。”如果这真的是一场革命，那么在我看来似乎不算太糟糕。乐队在演奏，每个人都很开心，啤酒像水一样流淌。三杯啤酒下肚，我想到了华兹华斯——“幸福是在黎明时活着。”那位大使与胖厨师回到我们的桌边，他用手臂搂着她肥胖的腰，不住地轻轻挤压。我能勉强辨清他俩的对话大意是——不过我正开始认真地吃我的香肠和土豆——大使要她许诺，下次他去楼上餐厅，她一定要确保他得到真正超大的炸牛肉。他一只手紧搂着她，另一只手做着手势——“要这么厚！”

谁能料到，就在这个美好的晚上，发生了对斯朗斯基[①]的审判，随后，杜布切克[②]和斯姆尔科夫斯基[③]作为囚犯被解送莫斯科。二十一年后，1969 年 2 月，我重访布拉格：俄国军队占领着该城。一天早晨，早餐前，我与斯姆尔科夫斯基有个约会，他已经是个疲惫不堪的

① Rudolph Slansky，1901—1952，曾任捷共总书记，“布拉格之春”后，被起诉判罪，1952 年 12 月 3 日被处以绞刑。

② Alexander Dubcek，1921—1992，斯洛伐克政客，曾任捷共第一书记，任内发生“布拉格之春”，苏军进占后被解职。

③ Josef Smrkovsky，1911—1974，捷克斯洛伐克政客，“布拉格之春”改革派成员。

病人，患了骨癌。我问他，“在西方，我们有一种印象：也许柯西金[1]比勃列日涅夫[2]更同情你的案子。对吗？”他说，“这三个人：勃列日涅夫、柯西金和苏斯洛夫[3]一起走进房间，在我们对面坐下。我丝毫看不出勃列日涅夫和柯西金之间有任何差异。曾有一度，我认为我能从苏斯洛夫的眼睛里察觉一丝同情，可是，他说起话来与其他两人一模一样。”在我看来，我离开那个帮佣舞会似乎远不止二十一年。

1948年的那个夜晚，我没睡好。那倒不是沙发的过错，而是我急于观察那两名特派记者在一次革命中的实际采访。一大清早，街上就开始传来许多噪声和歌声；可是，都八点半了，那两个记者都纹丝不动。我不想唤醒他们，尽管我焦躁不安，急着想出去看看。最后大约九点半，一名记者自己醒了，他也只是去盥洗室；另一名记者睡眼蒙眬，睡衣索带拖在地上，穿过房间，来到电话跟前，拨了他的特约通讯员的电话号码。“有什么新闻吗？没有？那好，这样吧，稍后我进城看看。十一点左右？昨晚我睡得太晚了！”他看见我已经穿戴整齐，便露出有点疑惑不解的神色。“想外出？”他问。“如果你遇见任何有趣的事情，回来告诉我们。”原来，特派记者并不是一种充满活力的职业。

街上，游行队伍接连不断，红旗招展，喊声震天。我毫无目的地

① Aleksei Nikolaevich Kosygin，1904—1980，苏联部长会议主席。
② Leonid Ilich Brezhnev，1906—1982，苏联共产党总书记，最高苏维埃主席团主席。
③ Mikhail Andreyevich Suslov，1902—1982，曾任苏联共产党中央政治局委员、苏共中央书记等。

四处走走，捷克的街名让我感到困惑；走着走着，我看见一栋标着“英国情报处”的大楼，于是就走了进去，想去借一份地图。当我从楼里走出来时，我意识到自己被跟踪了。我拐入一条街，接着又拐进另一条街：一个身穿深色套装、头戴体面帽子、身材消瘦的男子尾随而来。最后，我停下脚步，让他超过我。他说，“请你先走。如果你要在这里左拐的话。”我们走进一条安静的小街，把游行队伍撇在身后。他鬼鬼祟祟的样子让我感到有点不安。

“你是英国人？”

“是的。”

“你能为我做点事吗？事情很重要。我可怜的祖国命在旦夕。”

他说话真的像这样，像蹩脚电影里的某人物。

“我能做什么呢？”

“你必须见你们的大使，把情况告诉他。我很难表达清楚我的意思。”说话间，有人出现在这条小巷里，他停止说话，让那个不知是谁的人走过身边，走出听力所及的范围，然后再继续说话。他说，“我必须告诉你。我是个发明家，我发明了一种降落伞，跳伞后可以操控降落伞五十公里。我想把我的发明交给国防部，但是现在这些掌权的家伙，他们会把我的计划交给俄国人。你看这对于你的国家和我的祖国有多重要！”

尽管非常离奇，但是他的话还是非常令人信服的。我开始想象一支军队将也许会操控着降落伞穿越天空……英吉利海峡不再是屏障……我问他叫什么名字，他在一张碎纸片上写下他的姓名。在我的脑海里，我已经在前往大使馆的途中，但是出于谨慎我又提了个问题。“你还发明过其他东西吗？”

他立刻满腔热情地回答，“我发明了一种造墙机器。我也会将其送给英国政府。这种机器每秒钟垒墙一英尺。”失望感油然而生，我决定最好别去大使馆了。

我在布拉格逗留的一周里没有任何事情可以与帮佣舞会的快乐相媲美，或者甚至与降落伞发明奇想相匹配。革命失败的苦涩幽默已经传开——主要是拿共产党领袖哥特瓦尔德[1]肥胖妻子的体重开涮。

我两次拜访了我的天主教出版商，第二次拜访时，他的楼梯脚下有个武装哨兵。在喝梅子白兰地[2]时，我们脑子里老惦着那个监视他的哨兵(我的出版商很快就销声匿迹，在监狱里待了十年)。

一位共产党文学代理商带我去了那座分配给作家协会的城堡。在那里，我只见到一位作家：他站在图书馆的一架梯子上，从书架上取下一卷《大英百科全书》。“他是我们的莎士比亚首席权威，”在挂着枝形吊灯金碧辉煌的客厅里喝茶的时候，有人告诉我。这位权威提到了《哈姆雷特》，文学代理在餐桌底下狠狠地踢了一下他的脚踝。

---

① Klement Gottwald，1896—1953，捷克共产党政客，曾任捷克总理。

② slivovitz，一种东欧人饮用的烈性酒。

“格林先生千里迢迢来到这里，不是来听你讲莎士比亚的，”他说。我开始明白：黎明时活着不一定是幸福。

在旧城的一家书店里，有人递给我一张便条。有人会领我去见一位躲藏着的天主教代表。我以为他需要有人帮他逃脱，于是就在口袋里揣了各种纸币，但是，他解释说他不需要这样的帮助——他只是认为他的处境可能会引起我的兴趣，因为我写过《权力与荣耀》。

一天，在外交部供职的小说家埃贡·霍斯托夫斯基[①]来访，坐在我的床上——此时，我已经租到一个房间——他告诉我，那天下午，外交部长马萨里克[②]如何与他的部下告别。他边说边流泪，我们边谈边喝完了我的威士忌酒。几天后，马萨里克死了。

我很高兴登上了飞往罗马的飞机。飞机上除了我和一对年轻夫妇外，没有其他乘客。那个丈夫是施瓦曾伯格亲王，他被前政府任命为驻梵蒂冈公使。我注意到夫妇俩携带许多行李，几周后听说施瓦曾伯格亲王叛逃了，我毫不惊讶。

飞机刚要起飞，扩音器里广播让我回到移民官员那里，他需要再次查验我的护照。我感到诧异，担心我到底还能不能到罗马如期赴约。我想起了我出版商办事处的武装监视哨、霍斯托夫斯基在我的床上哭泣、天主教代表躲藏在旧城一条弯弯曲曲的街道上期待暗示朋友

---

① Egon Hostovsky，1908—1973，捷克作家。

② Masavyk，1886—1948，第二次世界大战期间的捷克斯洛伐克流亡政府外交部长，战后留任外交部长，后自杀。

到来的约定门铃声次数。移民官仔细查验了我的护照。他说，“这张护照两次入境有效。这是你第一次到访。你可以再造访一次，”不过，我再次造访布拉格是二十一年以后的事情了，那时，俄国人来了，他们没有借助降落伞。

三

在意大利，我写了《第三者》的电影脚本，不过，对于未来更为重要的是，我在阿纳卡普里找到一栋小房子，我所有后来的作品中至少有一部分是在那里写成的。（现在，我很自豪，成了那个拥有五千居民小镇的荣誉公民。）

写小说不会因为实践而变得越来越容易。小说家慢慢发现自己独特的写作方法会很令人振奋，但是中年会有那么一个时刻，他感到再也无法控制自己的写法；他成了自己独特写法的囚徒。随之而来的便是很长一段时间的厌倦：他似乎觉得此前他已经写过一切题材。他比较害怕阅读赞誉他的而不是诋毁他的评论文章，因为赞誉文章非常耐心地在他的眼前展开地毯上毫无变化的图案。如果他非常依赖自己的潜意识，依赖忘却甚至是他自己作品（一旦这些作品放上公共书架之后）的能力，那么这些评论家就会提醒他——这个主题起源于十年前，几周前他不假思索写下的那个明喻大约二十年前在一段文章中已经用过，文章中……

我曾试图用写电影剧本的方法逃脱我的牢笼，但是《第三者》反而引诱我进入另一个牢笼，一个更加奢华的牢笼。在我回归自认为是我的正业之前，我阅读了《远大前程》。在这之前，我从来没有发现狄更斯是一个非常具有同情心的作家，但是现在我着迷了，很显然，他运用第一人称写作是那么的娴熟。这似乎是一种逃避原有写作模式的方法，一种我未曾试过的方法。运用第一人称写作总有一种明显的技巧优势——可以确保所选定的观察角度，不会因任何诱惑而游离，“我”只能观察“我”所观察到的东西(尽管普鲁斯特[①]不知羞耻地说谎)——不过，当我有时读到萨默塞特·毛姆[②]和他的模仿者们在一些小说中使用第一人称时，我总觉得有点过分随意和枯燥，过分接近人们粗俗的言语，平淡苍白……

萨默塞特·毛姆及其模仿者的第一人称写作法也许枯燥和平淡，但是要说随意，不！许多时候，我后悔沿着他阴郁沉闷的道路追随“我”的写法，考虑用我小说中的主人公本迪克斯[③]重写《爱到尽头》，从外面第三人称的视角来写。此前，我从来没有不得不如此努力地确保叙事的趣味性。比如，小说中只有一个人物总在发表意见，那么我如何变换这至关重要的“语调”呢？这一语调从第一页开始就已被本迪克斯设定——“这个故事讲述的与其说是爱还不如说是

① Marcel Proust，1871—1922，法国小说家，以长篇小说《追忆逝水年华》闻名。
② Somerset Maugham，1874—1965，英国小说家，著有《人性的枷锁》等。
③ 格林《爱到尽头》中的男主人公作家 Maurice Bendrix。

恨”——我不愿看到整部小说带着他的仇恨像一条鱼一样被熏干了。狄更斯不知用什么方式神奇地不断变换他的语调，但是，当我试图分析他的成功时，我的感觉就像一个色盲者试图理智地区分各种颜色。从我的小说来看，书中只有同一种颜色的深浅两种色调——过分的爱和过分的恨；私人侦探帕基斯先生和他的男佣是我试图引入的另外两种色调：幽默和爱怜。

这部小说是我在1948年12月搬进我的小屋之前在卡普里“帕尔马饭店”的卧室里开始动笔的。我总觉得这部小说受了当时我正在阅读的那部书的影响：冯·休格尔男爵[①]的一本选集，尤其是他研究热那亚的圣凯瑟琳的几个段落。我有个习惯：在我阅读的书上做标记；然而，在圣凯瑟琳的段落上我没有留下任何与之相关的标记。但是，在另一篇冯·休格尔的论文上我在这段话下面划了线：“通过实际因素、自然法则看似盲目的决定主义以及自然事件，个体净化并慢慢成为人……可以十分肯定的是，我们必须承认并将这种无法抗拒、越来越强加于人的因素和权力置于我们生活的某处：如果我们不能将之用作一种手段，那么它将作为我们的目的始终牵制我们。”

此时开始在我脑海里酝酿的这部小说最能体现冯·休格尔的意思——一系列自然发生的巧事逐渐积聚能量，逼迫和困扰着一个人，

① Baron von Hugel，原名 Friedrich von Hugel，1852—1925，天主教平信徒，宗教作家。

直至他精神崩溃，开始接受令人难以置信的事情——上帝存在的可能性。天哪！这是我无意中泄露的意图。这本书中有许多东西我是喜欢的——在我看来，这部小说比它前面几部作品写得更加简洁和清晰，结构巧妙，避免了时间顺序的单调乏味（我通过不断反复阅读福特·马多克斯·福特了不起的小说《好兵》，学到了一些东西），但是，直至写到最后一部分时，我才意识到我给自己设置了难以克服的困难。

主要人物萨拉死了，小说至少应该像前面一样在她死后很久仍继续提及她，然而，就像她的恋人本迪克斯一样，我发现我没有很大的胃口继续写她，因为她已经去了，召不回来了，尚未了结的只是一种哲理上的话题。我开始急忙赶底，尽管在小说最后一部分里有一些场景，尤其是那些描述本迪克斯和萨拉丈夫之间感情渐增的场景，这些场景在我看来是相当成功的。我很晚才意识到我如何一直在欺骗——欺骗自己、欺骗读者、欺骗冯·休格尔男爵。无神论者斯迈思的先天性血管瘤（显然是萨拉死后帮助治愈的）事件在书中不应占有位置；每个所谓的奇迹（比如治愈帕基斯的男佣）都应该有一个完全自然的解释。这些巧事应该再继续多年，不断困扰本迪克斯，迫使他不得不怀疑自己的无神论观点。最后几页应该尽量保持原样（的确，我非常喜欢最后几页），不过，最后我快马加鞭写得过快了。

所以，我是在后来的版本中试图回归比较接近我原来的创作意图。斯迈思的先天性血管瘤让位于皮肤病，皮肤病或许起源于神经紧张，因此也易于通过信仰治愈。

我的许多批评家都不喜欢小说中的一个片断，他们发现萨拉童年时，母亲偷偷为她施天主教洗礼。对于不可知论的读者——我越来越同情这些读者——来说，这似乎是在推销神力的观念。但是，如果我们要相信某种能力和知识远远超越我们的力量，那么神力的确不可避免地成为我们信仰的组成部分——或者说神力是我们用来解释神秘和费解事物的术语——这就像皮奥神父[①]的圣伤痕(一天清晨，我在意大利南部他的教堂里距离几英尺观察他)一样。

萨拉秘密洗礼的片断是我从罗杰·凯斯门特[②]的生平故事中汲取的素材。凯斯门特向他在狱中的天主教牧师申请加入教会，结果经过调查发现，他童年时已经秘密施过洗礼。在这里，我们并不一定处在“神力”或巧合的范畴之中——我们也许处在邓恩《试验时间》的范围之内。

《爱到尽头》比较受读者喜欢，但评论界的反应则不然。我对此深感疑惑，于是就将小说打字稿寄给我的朋友爱德华·萨克维尔-韦斯特[③]，征求他的意见。我是否应该将书放在抽屉里并且忘了它？他坦率答复了我：他不喜欢这部小说，不过我还是应该发表它——我们

① Padre Pio，1887—1968，意大利天主教神父，以身上有与耶稣受难近似的伤痕而著称，被天主教会尊为圣徒。

② Roger Casement，1864—1916，人权运动活动家、爱尔兰爱国者、诗人、革命家，曾任英国领事，后谋求德国支持爱尔兰共和军运动而遭逮捕，被英国政府以叛国罪处决。

③ Edward Charles Sackville-West，5th Baron Sackville，1901—1965，英国音乐批评家、小说家。

应该有维多利亚时代人们的那种活力，发表好的和坏的作品都从不犹豫。于是，我就发表了这部小说。威廉·福克纳[1]的赞誉使我颇感慰藉，后来我非常感激自己连续两年实践用第一人称写作，否则我也许不敢在《文静的美国人》中使用第一人称，这部小说必须使用第一人称，至少从写作技术上说，它也许是一部更加成功的作品。

① William Faulkner，1897—1962，美国小说家，1949 年获诺贝尔文学奖，代表作有《喧嚣与骚动》、《村子》等。

第六章

一

对于我来说，五十年代是一个动荡不安的时期。庇护十二世[①]凭直觉告诉希南主教[②]：他正在阅读《爱到尽头》（教皇读这本书真是很奇怪）并对他说，“我认为此人有麻烦。如果他碰巧来找你，你必须帮助他。”（不用说，我从来没去找过希南。）

当时，我正处于想逃避生活的心境，我想多数中年男子都遇到过这种情绪，尽管我的这种人生阶段来得早些，甚至在儿童时期也发生过——逃避厌倦，逃避消沉。如果我是个银行职员，那么我就会梦想背叛人们对我的信任，潜逃南美洲。

上帝保佑那些沉思的岛屿
逮捕令永远传不到那里；
上帝保佑那些仗义的共和国
它们给人们提供了一处安身之地。

吉卜林的诗歌总是那么感染我。可是，我没有可逃避的雇主——只可逃避我自己，我唯一能够背叛的信任是那些爱我的人们的信任。我请一位精神病专家朋友为我安排一次电震治疗，但是，他拒绝了。我仿佛正在寻找回归伯克姆斯特德公共绿地的漫长道路，青年时期我曾在那里玩过俄式轮盘赌[3]，以逃避一段不幸的恋情。

在《爱到尽头》中，我描写了一个恋人，他非常害怕爱情有一天会结束，于是就试图加速这种结局的到来，结束这种痛苦。不过，这次不必逃避不幸的恋情：我幸福地热恋着。当然，困难是有的，甚至恋爱中也有；但是，主要的困难是我自己躁狂阴郁的脾气。因此，就是在五十年代，我发现自己像本迪克斯一样希望恋情早点结束，不过我当时寻求的不是恋情的结束，而是生命的结束。我没有勇气自杀，但是造访扰攘不安的地区成了我的习惯，我的访问不是去寻找写小说的素材，而是去重新获得不安的感觉，伦敦三次空袭期间，我曾乐在其中——在 1951 年紧急状态时期[4]，我作为《生活》杂志的记者在马来亚旅行了三个月；1951—1955 年期间，我在越南度过四个冬天，为《星期日泰晤士报》和《费加罗报》[5]报道法国侵越战争；1953 年，

① Pius XII，1876—1958，意大利籍教皇，因对纳粹德国迫害犹太人持中立态度而遭指责。
② Bishop Heenan，1905—1975，英籍罗马天主教高级教士。
③ 指左轮手枪的六个枪膛内有一个装着子弹，持枪者拿枪指着自己脑袋，扣动扳机，不知哪一枪会要了自己的命。
④ Emergency，指 1948—1960 期间英联邦军队为在马来亚反叛乱而实施的军事管制状态。
⑤ Le Figaro，法国一份综合性、发行量最大的报纸。

我在肯尼亚为《星期日泰晤士报》报道“茅茅”暴动[1]；在斯大林控制下的波兰待了几个星期，尽管在那里我唯一一次忐忑不安发生在我不得不在一段楼梯的拐弯处将一块金表传递给一位音乐家，给他逃往西方的手段(但是，他不想逃跑，我还是把金表留给了他)；1958 年，逃避最遥远的一次(我不是说地理上的遥远)，逃到了比利时管辖的刚果。

马来亚是我数次逃避中的第一次。

1951 年，马来亚上空笼罩着一片道德争议的阴云——到底有多严重，我到了印度支那后才明白。对于英国人来说，战争背离正常，就像情感背离一样。对于法国人来说，战争只是人类生活的一部分：它可以是愉悦的也可以是不愉悦的，就像通奸一样。“*La vie sportive*”[2]——这就是一位法国指挥官在西贡南部三角洲一艘小型登陆艇上对我描绘他的生活时说的话，他在一条条狭窄的水道里追杀越盟游击队，两岸的迫击炮火力很容易击中他的小艇。

人说话要公正。在一定程度上，这是个地理问题。马来亚比较靠近赤道；这里几乎每天下雨，因而总是雾气蒙蒙；疲惫不堪、劳累过度的人们因此而更加精疲力竭，紧急法令时期所产生的工作鲜有人过问：管理劳工的人员太少，种植园主太少。除了隶属于马来亚文职机

① Mau Mau outbreak，二十世纪五十年代，肯尼亚吉库尤人秘密组织发动的旨在暴力驱逐白人的暴乱。

② 法语，意思是“体育的生活；运动的生活”等。

构的种植园主和官员之外，这里多数人干活都抱着临时观点：在他们的脑海里，他们已经登上回家的小船。如果紧急法令时期结束（就像印度支那的法国人那样，政府不正式称之为战争），宽松政策就会较快出笼。但是，战争（名副其实地说，应该这样称它）毫无快要结束的迹象。与此同时，整个世界都在激烈争论朝鲜战争是继续还是结束，马来亚那场被人遗忘的战争半死不活地拖着。每天零零星星都有人员死伤：1950 年的前十一个月有四百平民惨遭杀害，一个游击队营地被摧毁，三个游击队员被枪杀，六人逃跑。战争就像迷雾：它渗透一切；它消耗精力；它含糊不清。它当然不是 *la vie sportive*。

在马来亚所有平民中，橡胶种植园主的处境最危险。马共突击队的打击目标之一就是从经济上毁坏这个国家，使它成为一个不值得维系的地区，而马来亚的财富主要是锡和橡胶。与橡胶园相比，锡矿相对比较容易守护，因此马共突击队的主要袭击目标就是橡胶种植园主。那么谁是橡胶种植园主呢？

去马来亚之前我有一种想法，这种想法是从一份不同情马来亚状况的报刊那里偶然获得的：他们是隶属一帮资本主义大企业的冷酷无情的掌门人，他们从不妥协，对当地劳工实行消极剥削，在当地俱乐部里一杯接一杯地喝 *stengah*①，也许还用萨默塞特·毛姆的方式，相互换妻做爱。但是，在马来亚居住不久，我了解到根本就没有种植园

① 马来语，意思是“一半”，但此处指一种用一半威士忌酒一半苏打水再加冰块合成的饮料。

主这回事——只有 X 君或者 Y 君。

以 X 君为例。他与妻子生活在一栋两层小楼里，四周用带刺的铁丝网围住；夜间，小楼周围的场地用探照灯照亮，远至第一排树。他年纪五十多岁，曾经是日本人的囚徒，原本应该渴望比较轻松、比较富裕的晚年生活。他是个优秀的狩猎人，作为一名渔猎法执法官，原本应该将更多的时间花在他的本职工作上（因为大象与马共一样，必须与之斗争，他的种植园里有一片特拉法尔加广场大小的地方遭受大象蹂躏，就好像被炸弹炸过似的——没有一棵树木直立着）。

但是，他的余生与他渴望的生活截然不同——如果有人能把这种没完没了的无法避免的暴力称作生活的话。他没有助手，因为几个月前他的助手被谋杀在种植园里，而他却无法再雇佣一个……一天二十四小时，最靠近的村庄每隔半小时打一次电话过来，以确保电话线没被割断。有一次，他离开家宅仅一英里便遭到伏击，不过他开枪射击杀出一条血路，还救出几个受伤的同伴。在我来此暂住前不久，马共曾来过种植园，向园里采集橡胶树液的工人询问他的动向（他的助手生前曾不明智地在固定的时间按固定的顺序巡视种植园的几片作业区）。当他到铁丝网以外活动时（哪怕只是去几百码以外的种植园办公室），他手臂上挂着一支斯特恩式轻机枪，臀部别着一把自动手枪，皮带上拴着两个手榴弹。他是一个英勇无比、精力充沛的男子汉，既具有冒险精神又和蔼可亲，他不会考虑退休生活——他一生都在前线，预料的不是安宁而是死亡，最近似安宁的生活就是偶尔去一次相对安全、官僚化了的首都吉隆坡。

如果早餐时他不喝咖啡而是喝一杯白兰地和干姜水，那么你几乎不用惊讶。“酒后之勇，”他一边对我说一边按下防备不严实的小型装甲汽车的启动按钮，出发去巡视种植园，或者慢慢转过死角，驶上通向村庄的道路，在这条路上，说不定哪一天，从对面丛林里，斯特恩式轻机枪几乎肯定会开火。在村里，他与中国店主一起喝一杯不加冰的啤酒；中国店主立场暧昧，店里四周点着中国蜡烛，摆放着一箱箱茶叶；店主买下 X 君的廉价橡胶，充当他的钱庄(当场支付一万马来元)——也许也会把他的行动报告给游击队。随后，在军官下榻的客栈里喝上一两杯红杜松子酒，之后，便驾车沿着孤寂的两英里长的道路回种植园，在那片丛林围墙前面的拐弯处放慢车速，十秒钟神经极度紧张，随后进入橡胶园不堪一击的防卫体系，在那里，死亡照样可能发生，但是在那里你至少能够看清子弹来自灰色单调、千篇一律的树干间。一天早晨，我和他晚一个小时回家，他的妻子既生气又爱怜，焦急等候着汽车的引擎声响，直至他安全回到铁丝网围墙里边。那天晚上，广播里报道又有三个种植园主遭到谋杀。

或者以 B 君为例。他是另一位平民，在紧急法令情况下干着他和平时期的工作。他不是种植园主，而是一条重要铁路枢纽的交通主管，在这里，东海岸铁路与吉隆坡—新加坡铁路相衔接：他是个熊腰虎背的男子汉，读书的品位让人意想不到，在人际关系方面相当敏感(他的所有助手都是印度人)，我从未见过如此完美无缺的耐心。他的外貌像个军士长，但行为却像个医生。

东海岸铁路终止于彭亨州[1]。日本人毁坏了这条铁路的延伸段，而B君管辖的这一段铁路正在重新铺设——他们对此事的感情相当复杂，因为要维持现存铁路的安全运行已经不可能了。南新加坡线路上的夜间邮政列车已经完全放弃；东海岸铁路线上，八台机车已经无法正常使用，我不知道还有多少货车不能正常使用。一年之中，整个铁路系统发生了四十九起火车脱轨事故。至于种植园主中的伤亡人数，他们的伤亡率是如此之高，多数军队都会觉得很难在这样的伤亡率下维系士气。每节车厢里的铁路告示用英语、马来语、泰米尔语和中文表达：

告示：恐怖主义

一旦铁路两侧发生交火

建议旅客们趴在车厢地板上

在任何情况下都不应离开火车

一月份，我与B君一起在火车上度过好几天。他的住宅前面一百码开外就是无法避开的丛林；带刺的铁丝网、警察哨位、一种受约束的感觉。随后，雨季来临，为二十五年来降雨量之最。因此，除强盗

① Panhang，马来西亚马来亚地区州名。

土匪外，又增添了洪水、冲溃、塌方等问题。人们会有一种老天不公的感觉，就像纳粹德国空袭伦敦期间，在自己的民防区内发生一起严重事故时的感觉，另外，暴力袭击就是持续不断，没完没了。人们觉得上帝应当每次只给每人制造一个麻烦。

下面是“两个盟军”——马共和自然灾害——两天的作孽时间表。自然灾害打头阵：

星期五，上午十点。新加坡方向的南线铁路发生一起塌方。不过，发自吉隆坡的早班邮政车刚好已经通过，所以自然灾害不得不再次采取行动。下午两点。南线又发生两起塌方。此前，救险火车已载着一队士兵出发，试图去清理铁道，为第二天早晨的火车开辟道路。

整个晚上，我能听见电话铃不时作响——这使我想起种植园主的住宅。星期六凌晨一点，发电厂遭水淹，于是就停电。凌晨两点一刻，马共走出丛林，使救险火车出轨。凌晨四点，通往铁路枢纽的陆路完全被切断，东海岸铁路被洪水冲断。早餐时刻，供水中断——在倾盆大雨中，这可是一桩令人不爽的怪事。甚至四分之一英里外的车站也必须靠蹚水抵达。北边又发生一起塌方事故。

傍晚，我们蹚水前往车站，借着烛光坐在小吃部里，与此同时，各种信息纷至沓来。甚至铁路信号匣也只能用油灯昏暗照明；人影消失在长长月台的黑暗之中，整个朦胧的车站和它潮湿的场地有一种奇怪的维多利亚时代的气息，仿佛电还没有运用。傍晚六点，南边发生一起冲溃，北边又发生一起塌方。晚上八点三刻，一列东海岸列车脱轨——这次是洪水造成的，不是马共干的。必须动员小镇上所有的劳力，借着油灯的光亮，给货车车厢装载道砟，但是有足够的劳力，足够的道砟，足够的货车车厢吗？这位个子高大耐心十足的男子汉不时放轻脚步走回到他的酒杯跟前，对着雨天、寒冷和敌人放声大笑，平静地等待下一份灾难电报。人们常常谈起士兵与平民，但是没有比B君更好的士兵了。这场战役与在丛林中跋涉搜寻一样非常危险，他的军队遭到洪水以及突击队的埋伏，他像一个优秀的指挥官一样，得到部下的爱戴。因此，我在吉隆坡经常发现自己在思考：如果政府官员像这些人——X君和B君——那样工作该有多好！不过，在没有危险的地方，你也许找不到勇气，而且爱戴也许也是战时的产物。

这场战争的性质国外几乎无人明白。它不是一场民族主义战争；参战人员中的百分之九十五来自外国，在丛林中参战的少量马来亚人中，较大一部分人是印度尼西亚恐怖分子。我访问过吉兰丹州[①]，在这个州里，马来亚人占绝大多数，去那里就像到访异国他乡。这里平静安宁：你可以不带武器随意走动；公路上不需要护送车队；四周有一种幸福美满的气氛；人们的服饰比较艳丽；甚至太阳也似乎更加灿烂，因为丛林几乎已经渐渐远去。我已经多么厌倦那片昏暗敌意的绿色围墙：丛林不再是中立的了！

我们英国人的良知可以很清晰——我们不会在违背马来亚人意愿

---

① Kelantan，马来西亚马来亚地区州名。

的情况下强行控制他们；我们与他们一起反对一种意识形态以及这种意识形态的追随者们，这是一场更加重大的战争，远不止报界使用“土匪”一词的含义。土匪不可能像这些人那样年复一年在艰苦的丛林中幸存下来：几千名土匪不可能坚持与几十万武装马来亚警察、两万五千名英国、廓尔喀[①]和马来亚军队作战。这些人是共产主义突击队，按俄国师的编制组建，有他们的政治机构，他们的教育机构，他们的政治委员，他们不知疲倦勤奋努力的情报机构。没人知道他们的总司令部在那里——也许在某个城市里：新加坡，吉隆坡，甚至在古老、相对安宁的马六甲城——但是，它的领导人却是路人皆知的。他曾在第二次世界大战中与日本人英勇战斗，曾行进在伦敦胜利大游行的队伍之中。

你必须在马来亚丛林中至少生活过几天才能理解它的艰难困苦和单调乏味。它比缅甸的丛林稠密得多，它妨碍行动，在丛林中一小时还走不到一英里。林中的能见度有时只有二十英尺。几乎每天大雨如注灌浇丛林，这使得无数山冈陡峭溜滑的山坡极难攀登。人们的身上没有一刻是干燥的，夜晚也没有一刻是安宁的——各种昆虫难听嘈杂的叫声不时打扰着初到乍来者和他的美梦。行军时暂时停下歇一歇，你就能看见许多蚂蟥朝你的靴子爬去——细火柴杆似的虫子，伸屈着身子在一片片潮湿的叶子上盲目地蠕动，稍后如果在你的衣服上找到开口处，

① Gurkha，西方国家对尼泊尔人的统称。

它们就会膨胀成一条条肥肥的灰色鼻涕虫。还有那种永远不会散去的丛林恶臭——腐烂植物发出的浓重气味。这种气味会粘在你的衣服上久久不散。当你走出丛林时，你的朋友们会躲避你，直至你沐浴更衣。

在马来亚作战的英国部队很多——皇家燧发枪团、皇家海军陆战队、伍斯特郡军团、奥尔巴尼公爵团，仅举几个为例——如果列举我所在的廓尔喀步枪团为例，那只是因为他们非常好客，允许我随他们一起在彭亨州进行一次最小规模的作战行动。然而，敌人的确区分廓尔喀步枪团和他们的其他对手。一份缴获的情报显示，敌人相当不公正地鄙视马来亚团，说英国军队非常勇敢，但非常喧闹——很远就能听见英国军队来了——不过，廓尔喀步枪团非常凶猛而且非常安静。

廓尔喀步枪团是一支雇佣军。这支部队的职业就是消灭它正式的敌人，也许因为它有一份真正的职业，所以它特别驯服。廓尔喀步枪团没有女人的麻烦——他们把一种妻子儿女的幸福家庭生活随军带到驻地。廓尔喀士兵领取薪酬，作为回报，他们对英国军官绝对忠诚，他们的长官报以爱兵如子，这在其他任何部队都是没有的。英国兵团的军官们抱怨说，他们在廓尔喀步枪团的同事们喋喋不休地谈论他们的士兵，他们的士兵是他们的激情。

廓尔喀巡逻兵行动靠罗盘不靠道路。他们按直线运动。皇家空军轰炸了某个地区，据悉二百名马共突击队员在那些特定地图方块内的某个地方来回乱窜。一个由十四名士兵组成的廓尔喀排在一名英国军官的带领下，被认为足以完成侦察任务。巡逻队从营地径直出发，穿过炊事区，穿过狭窄的橡胶林区，进入热带密林。我们的目的地是这片丛林另一边的主干道，离我们仅九英里，但是我们走了两天半，过了两夜才到达那里。我们出发比较晚，五小时行军后，我们就开始宿营。当确定我们方位的时候，我们已经在丛林中穿行了三英里多。面前是重重叠叠漫无尽头的五百英尺高的山冈，溜滑的红土山坡几乎成四十五度斜角。廓尔喀士兵即便试图借助树枝攀登，但有时也难免滑倒，他们丛林靴的橡胶鞋底在烂泥和树叶黏液里无法支撑。

经验证明这种靠罗盘走陡峭山间小路的方法是正确的。如果像英国军队那样沿着小路巡逻，你可以避开最难攀登的山冈（在这一地区，山冈有时高达两千英尺），也永远不必在灌木丛中披荆斩棘开辟道路，但是，当你在巡逻的那一条小路上寻找敌人踪迹时，你是在拿全体将士的性命冒险。廓尔喀兵团的战术意味着，在一天时间之内，在寻找敌人踪迹的时候，你穿越了许多条小路；一根刚折断的竹子，竹液还是湿的，这也许是唯一的敌情。

四点半停止行军，给部队时间在天黑以前安营扎寨。首先选好几处哨位，然后用 *kukris*[①]（那种神奇的多用途武器）砍伐树枝，每两人搭建一间棚屋，一张铺地防湿布撑开遮在棚顶上，以防夜间下雨；另一张防湿布铺在用树枝和树叶建成的卧床上；在用砍刀开辟出一片空地

---

① 印度廓尔喀人用的阔头弯刀。

架设无线电收发机，收发机的天线被投掷到一百英尺的高处。夜幕开始降临，这时*kukri*成了开罐器。在一只大约9 × 4 × 3英寸的罐头里装着廓尔喀士兵们的口粮——米饭、葡萄干、咖喱粉、茶叶、糖以及一盏小酒精灯和固体燃料，用以烹调。黑夜中，那一盏盏酒精灯微弱的火焰就像保育院里的夜明灯。我的同伴奇尔斯少校直挺着身子倾听，但不是在听马共的动静。他低声说，"我总在倾听一种鸟——黄昏和黎明都在听。听，那声音就是！像铃声。你听见了吗？"除了丛林营地的嘈杂声，我啥也没听见。早晨六点，少校站在我们卧床边夜间暴雨造成的新泥浆里。"就在那里！你听见了吗？"他低声说。"像铃声！"

经过一天半强行军和艰难攀爬，除发现两处被遗弃的营地外，一无所得。我们在离开出发地九英里的地方走出丛林——在作战指挥室的地图上可以添上两个纽扣，仅此而已；除一枚空炮弹壳外，甚至没有空袭的迹象，还有一处塌方，那也许是大雨造成的；例行的巡逻，常见的蚂蟥，常遇的疲劳，还有常闻的恶臭。

不过，我们可以沐浴和更衣，而马共军队始终生活在他们潮湿的绿色樊笼里。

因此，为了提振士气，他们讲课，开设马克思主义课程，用胶版誊写机印刷《列宁新闻》和《红星报》，召开自我批评会。与不知悔改的恐怖主义相比，这显得多么奇特幼稚！人们可以用缴获的文件勾画出这种生活的景象：人们获悉李庆"不太卫生"，阿蔡"具有友善的团队精神”，刘奔有点懒惰，学习拖沓，“行为不太讨人喜欢”（他有时“担心形势”，他的同志们认为他“相当不成熟”）。

对待爱情，他们既严格又同情（丛林军队中有许多妇女）。从缴获的《列宁新闻》中，人们了解到未婚男女同志禁止待在一起，除非获得高一级长官的特准。“我们不禁止任何人做爱。但是，这种性爱必须是符合规定的。一旦爱情确立，当事人应该向组织报告此事和确切情况。此事必须经过组织调查，然后根据组织决定通知双方。”下面是事先确定的讨论题：

1. 共产党人的爱情为什么是一种严肃的本能？
2. 什么是正确的爱情观？
3. 目前我们这个地区是否还存在少数几种不正确的恋爱观？
4. 它们是在什么情况下出现的？
5. 原因是什么？
6. 我们对待爱情的态度是什么？
7. 我们如何克服不正确的恋爱观？如何对待不正确的爱情？

想到这些问题是用漂亮的正楷从右到左的倒着书写出来的，人们心中就会感到非常奇怪，在外行人看来，自从两千多年前诗人枚乘用毛笔作诗以来，这种书法几乎没有变化，下面是枚乘写的爱情诗（埃兹拉·庞德译）：

青青河畔草，
郁郁园中柳。
盈盈楼上女，
皎皎当窗牖。
纤纤出素手，
……

我一想到这场缓慢耗时令人生厌的马来亚冲突，就会想起这首诗歌，多么不可思议的对比！有位巡逻兵发现了一个孤身一人的游击队员，他显然沉浸在一种文学练习之中——他必须从用胶版誊写机印刷的一些句子中发现并纠正错误。一个种植园主与他的妻子驾车前往吉隆坡俱乐部出席一次苏格兰晚宴，晚宴菜单是“苏格兰肉汤、迪河鲑鱼、羊肉杂碎布丁、土豆泥、碎萝卜、迪内高地特色菜、糖豌豆、烤土豆、巴尔莫勒尔圣代。”当他们2岁的女儿被马共近距离平射致死的消息传来时，他们吃到了那道羊肉杂碎布丁吗？“马共解决了爱情问题。”

这就是马共突击队干的事，但是你不能仅用从丛林中钻出来袭击一辆汽车或一支巡逻队、谋杀一个种植园主、颠覆一列火车的士兵人数来估计敌人的力量。据估计，他们的战斗力在三千到五千人之间。在这个丛林茂密的国度里，人们用手指计算伤亡人数——死亡十个马共就是一个巨大的胜利——招募新成员他们没有困难。他们真正的力量在于名叫“民运”[①]的基层组织的非武装战斗人员。不过，这个组织的人数少于六位数是不大可能的。它的主要责任是供应，但也收集情报、开展宣传和联络工作，它还要为——也许这是它的主要成就——无处不在的怀疑负责，怀疑就像湿透的马来亚土壤里升起的薄雾。别在电话里说你打算何时离开——接线员可能是民运分子。别在服务员或房间男佣面前谈论你的活动。还记得上个月他们杀害了重新安置办公室的年轻官员吗？他对年轻的出租车华裔女司机说了第二天的去向。

在马来亚，真正的成功也许永远不会得到认可，失败始终萦绕在人们的脑海之中。你不可能用军事力量赢得马来亚战争：丛林与你作对，你只能遏制敌人，直至其他办法奏效。

最重要的武器是饥饿。没人能够靠丛林生存，空中侦察迟早会发现任何大片的耕作区域。恐怖分子食品供应的主要来源是华人擅自占地区域——丛林边缘非法耕种的一块块田地。擅自占地者不一定是马共同情分子，尽管很难看清马共胜利后他们可能会失去什么东西。但是，我们中谁能面对刺刀拒绝给恐怖分子食品呢？这些擅自占地者被一起带到新建的村庄里，四周可能围着铁丝网并且有警察戒严。他们旧的棚屋被烧毁了，随后获得一些建筑材料或者房屋、一小笔钱以及

---

① Min Yuen，1948—1960年间，英国颁行反共“紧急法令”期间马共地下供应组织“民众运动”的简称。

他们新宅地的合法保有权。

这是一件令人望而生畏的任务。大约有四十万擅自占地者需要安置；缺乏铁丝网和运输工具，缺乏警戒安置区的警察，警察缺乏适当的武器。有时，部分欧洲军官有失败主义思想。有一次，凌晨两点，一支马共武装巡逻队穿过铁丝网围住的村庄，未受到挑战，两扇大门敞开。此事报告到欧洲军官那里，他耸耸肩膀，不了了之。这有什么关系？你没法用一点铁丝网限制住马共。这就是失败主义思想。

不管怎样，重新定居是将折磨游击队的螺丝又拧了一圈。有时我有点同情这些人，他们遭受空袭、被巡逻队四处追捕（不管这种追捕如何无效），遭蚂蟥吸血，食品药物短缺，他们的成功在于杀死负责重新定居的军官或种植园主、烧毁公共汽车、伏击巡逻队、缴获斯特恩轻机枪。丛林中的夜晚非常漫长。六点钟天色已经一片漆黑，只有发光的树叶在闪亮：半夜里，大雨会从天而降，浇在昨天已经湿透的树叶上，暴风雨过去很久，雨水会继续从一个个树叶储存的水库里滴落下来。丛林里近十二个小时漆黑一片，甚至马克思也一定会感到腻烦。

二

我爱上印度支那相当偶然；我第一次访问那里时只想有朝一日我将用印度支那作为一部小说的背景。战时的一位老朋友特雷弗·威尔逊当时是英国驻河内领事。河内正进行着另一场持久的战争，而英国报刊几乎不采访报道，他们采用路透社的报道，或者像《泰晤士报》那样从巴黎转发消息。所以，访问马来亚之后，我在越南中途停留，去探望我的朋友，没想到接下来几年我所有的冬天都在那里度过。我发现马来亚除了紧急法令之外，像漂亮女人一样有时会令人感到非常枯燥乏味。人们常对我说，“你应该在和平时期访问这个国家，”我想回答，“可是这里能吸引我的只有你们的战争。”和平时期的马来亚肯定不再有趣，只有一些英国俱乐部、红杜松子酒和一些等待毛姆一类作家来记叙的小丑闻。

但是，在印度支那，我干了一杯魔饮，与许多退休 *colons*① 和外国志愿军的军官们共享这一个爱杯②，一提到西贡和河内，这些人的眼睛就会闪闪发亮。

我想，我第一次着魔是因为那些身穿白色绸裤、高挑苗条的姑娘；因为肥沃稻田上那片青灰色的夜光，水牛在水田里四肢深陷，用远古缓慢的步法艰难移动；因为卡蒂纳路③上的法国香水、堤岸市④的华人赌场；尤其是因为那种令人兴奋的感觉，这种感觉是某种程度的危险造成的，它诱惑客人再次光临：一家家餐馆安上了金属网，以防手榴弹，南部三角洲的一条条道路上瞭望塔跨路而建，塔上张贴着他

① 尤指法属殖民地的殖民移民、农场主、种植园主等。
② 宴席上供客人们轮饮用的有两个或数个柄的大酒杯。
③ rue Catina，越南胡志明市一街名。
④ Cholon，越南南部城市，现同西贡、嘉定市合称胡志明市。

们奇怪的风险警示："*Si vous etes arrêtes ou attaques en cours de route, prevenez de chef du premier poste important.*"[①]（这使人想起那份悬挂在新加坡至吉隆坡铁路上缓慢行驶的小火车车厢里的告示，典型的英国铁路风格，冷静沉着。）

那次访问我只短暂住了两周多一点，我把"无情的每分钟"都利用到了极限。河内离西贡很遥远，就像伦敦远离罗马；不过，除了短暂居住在这两座城里，我还成功地首次（后来又多次）访问了南部三角洲奇怪的教派：高台教[②]，该教的圣人包括维克多·雨果、基督、佛陀和孙中山；访问了由年轻混血儿勒罗伊上校在槟知[③]沼泽地里建立的仿中世纪小国，他读过托克维尔[④]的著作并留下深刻印象，他用老虎的迅猛和残酷对付他区域内的越共。在不太遥远的过去，他还是个小孩，在稻田里骑着水牛——现在他几乎是个国王。几年后，我很高兴为他的自传写了序言，在书中，他没有试图用微笑掩饰其老虎的面容——一点相当微小的回报，因为他也许救了我的命。那是1955年，法国人从北方撤离，我在西贡等候获准进入河内，此时河内已落入越盟之手。为了消磨时间，我想去拜访那些原创教派中的一位"将军"，他们在南方进行着私人战争。我接到勒罗伊的一个电话，邀请

① 法语，大意是"如果你们在路上受到阻碍或攻击，请通知最重要哨所的首长"。

② the Caodaists，二十世纪二十年代起源于越南，内含佛教、基督教、孔学、道教以及雨果、孙中山、克里蒙梭等人的哲学思想。

③ Bentre，应该是Ben Tre，越南南部湄公河三角洲地区一省名或城市名。

④ Alex de Tocqueville，1805—1859，法国政治学家、历史学家，著有《美国的民主》等。

我去他在西贡的办公室。办公室里有个法国人，自我介绍是“将军”的公共关系联络官。他告诉我，将军接到了我的信息，很乐意在他的司令部接见我并共进午餐。不过，我本不应该接受这邀请的。因为将军曾调阅档案，发现三年前我曾在《巴黎竞赛》[①]上说他当过脚踏三轮车车夫。这是诽谤。他从来没有当过三轮车车夫。他当过公共汽车售票员。法国人知道我是勒罗伊的朋友，于是就前来告诫我，尽管在午餐上将军会对我彬彬有礼殷勤周到，但他一定会确保我在回西贡的途中遭遇不测事件。

1951 年这次首访，我急于访问发艳，它是北方两大主教公国之一（另一个是裴朱；几年后，我了解到，如果事先没有侦查出在我吉普车即将经过的道路上埋设的一枚地雷，那么我有可能在那里走到生命的尽头）。那两个主教像高台教的教皇一样，是法国人的同盟者，不是臣民，他们拥有小规模的私人军队。在这首次访问中，我依然享受着德拉特[②]将军的款待，他派遣一架小型“莫拉纳”飞机由我随意支配。他希望我乘坐这架飞机四处走走，飞往他自己位于被误称为“河内防线”的前哨基地：可我却与特雷弗 · 威尔逊一起去看了发艳主教的小规模军队。回程中，飞机就在那些虚拟的防线之内遭到炮击；那天晚宴上我做了不该做的事情：对将军提起了飞机遭到意外炮击的事

① Paris-Match，世界著名杂志，1949 年创刊于法国，是法国发行量最大的杂志。

② Jean Joseph Marie de Lattre de Tassigny，1889—1952，第二次世界大战法国军事英雄，第一次印度支那战争法军司令。

件。将军没觉得好笑。从那晚开始我们之间的关系开始冷却——这对我是一种不便，但对我的朋友却是一场灾难。

这种情感的变化不是立刻能够察觉的。我是将军在河内的座上宾；他送给我一个法国第一军的臂章，他曾率领第一军攻陷斯特拉斯堡[①]，他带我去参加他的老战友联欢会。几个月前，所有的法国随军家属都从河内撤出，人们认为该城随时可能陷落，城里弥漫着失败的混乱气氛。德拉特改变了所有这一切。在那些岁月里，将军有能力施展魔力；我听见他对他的老战友说，“现在我要回西贡了，但是我把我的妻子留在你们这里，这象征着法国永远永远不会离开河内。”这是他成功的全盛期。那时很难想象过了一年多一点时间，他会在巴黎身患癌症生命垂危，在失败的伤感中死去；也很难想象不到四年时间，我会在河内与胡志明主席一起喝茶。

我回到英国，决意再访越南，不过依然没有意识到我会在越南找到一部小说的主题。《生活》杂志对我写马来亚的文章很满意，所以他们同意来年秋季派我去越南（他们不喜欢我在越南写的文章，但是他们很慷慨，允许我把文章发表在《巴黎竞赛》上：我猜想我对这场战争含糊不清的态度已经为人察觉——我赞赏法国军队，赞赏他们的敌人，我怀疑这场战争的任何最终价值）。

大约八个月后，1951 年 10 月，当我重访越南时，那里的各种变

① Strasbourg，法国东北部城市，第二次世界大战中曾被德军占领。

化令人惊讶。在发艳地区的一个越南营遭到了伏击，德拉特失去了他的独子，他完全变了。他充满希望、慷慨激昂的言辞正在痛苦地消磨殆尽；他的上校们公开地批评他，甚至当着外国人的面。校官们厌倦他喋喋不休提及他的自我牺牲——其他军官也牺牲了他们的儿子，也不能将他们的遗体空运回巴黎安葬。将军总有某种仇英心理，尽管他的妻子十分虔诚，但是他却高度怀疑天主教徒的教义。此时，他用奇怪病态的方式，将他儿子的死与我对发艳的访问、与我和特雷弗·威尔逊都是天主教徒的事实联系在一起。在他可怜的负罪感深重的头脑里，他把他儿子死亡的责任转移到了我俩的身上(他把儿子送进越南营是为了让儿子断绝与一个越南姑娘的恋情，那姑娘曾是皇帝的一个妃子)。他报告英国外交部，特雷弗·威尔逊(他曾因对法国的贡献而受勋)是不受欢迎的人。特雷弗被赶出印度支那，英国外交部失去了一位出色的领事，法国失去了一位伟大的朋友。我回到河内时特雷弗已经离开，不过，他被允许回河内两周整理他的财物。

与此同时，我发现自己处于 *Sûreté* [①] 的监控之下，让一个我习惯叫他杜邦先生的绅士监控。唉，可怜的杜邦先生，当我们两个再次暂时在一起时，我们给他制造了多少麻烦！我们常常夜间在河内“和平咖啡馆”见他，告诉他我们次日的行动和计划，喝 *vermouth-cassis*[②]，

① 法国内政部领导的保安局。

② 法语，意思是“味美思黑茶藨子鸡尾酒”，一种味美思酒、黑茶藨子甜酒与苏打水或矿泉水的混合饮料。

玩 *quatre cent vingt-et-un*[①]，在玩这种游戏的时候，特雷弗·威尔逊掷骰子经常赢。

杜邦先生智力比较低下。他回家见妻子时总是醉醺醺的，因此家庭的麻烦更增添了他公务上的麻烦，因为他妻子绝不相信他少量无害饮酒完全是为了公务。有一次很不幸，他陪特雷弗·威尔逊去海防[②]，特雷弗想在那里与几位朋友道别。特雷弗嗜好去陌生的澡堂洗澡，他把杜邦先生的公务车停在城市入口处，一张华人澡堂的海报吸引了他。杜邦先生选了特雷弗隔壁那间浴室，因为他的职责要求他这样做，但是中式浴包括亲昵的中式按摩，杜邦先生的心脏过于虚弱，无法承受如此按摩。他晕了过去，不得不灌下许多威士忌酒让他苏醒，喝那么多威士忌酒他同样无法承受。第二天早晨，他的饮酒过度不得不用菲奈特·布兰卡[③]治疗，这种酒他以前从没喝过。（我敢断言，他一定认为这种可恶的烈酒是间谍阴谋的一部分。）除此之外，让他更加着急的是，他不知我去了何处。我去了禁地发艳，与武装主教在一起。

我到处宣扬我在写一部有关印度支那的 *roman policier*[④]，我选用的法语名字是《杜邦先生》。于是，我写道：一天傍晚，坐在“和平

① 法语，意思是“421 点”，一种骰子戏。
② Haiphong，越南北部港市。
③ Fernet Branca，一种意大利著名苦味酒，有解酒功效。
④ 法语，意思是“长篇侦探小说或影片”。

咖啡馆”外面的人行道上，军队从面前经过，耳边飘过令人愉快的东京[①]喧哗声，我看着杜邦先生慢慢走近，神经紧张毕恭毕敬，他像狗一样举目盯着我的眼睛，等候下一次“逗弄”。

监视在特雷弗到来之前就已经开始。我到达河内几天后，杜邦先生前来拜访。他随身携带我的两本法文版小说，我在两本书上签了名，与他一起喝了一杯柠檬汽水。第二天，他带着另一本书又来了——要求给他的妻子题词——第三天，他又带来其他几本书，要求为他的几个朋友题词。当我自己想买几本送人时，我发现他已经“扫荡了”河内所有的书店。之后，我们撇开各种托词，干脆安排晚上频频见面；但是，奇怪的是在我每天散步的时候，杜邦先生会经常意外出现：在我喝酒的咖啡店里，在我买肥皂的商店里，在我只为锻炼身体而散步的乏味的长街上。我们开始真的相互喜欢了，特雷弗离开后，他开始感到对我有一种父亲般的责任。那时，我每周两三次抽一点鸦片，他会真诚地恳求我，至少今晚玩了“421 点”后，我回家安安静静地上床睡觉，别再抽鸦片了。

当一份无署名的电报送到我面前，特雷弗在电报上说他即将从巴黎到达河内时，怀疑的危机出现了。特雷弗古怪节俭，但还不至于电报不署名，不过对于审查方来说，这显然是图谋欺骗。当我通过法国驻越南保安局局长接到命令去与将军共进午餐时，我猜事情即将达到

---

① Tonkin，越南北部一地区。

高潮。德拉特次日将离开越南前往巴黎。

午餐时刻，什么话也没说。午餐的贵宾是红十字会的一名瑞士代表，他正在努力协调交换俘虏；我坐在谭先生身边，他是越南警察局长，以凶残著称，因为在对敌斗争中，他失去了妻子、儿子和一个手指。午餐结束后(这是我第一次看见德拉特沉默寡言坐在自己的席位上)，将军走到我跟前。“啊，可怜的格雷厄姆·格林！”他未能跟我说上话，那天夜里我得再出席他的鸡尾酒会，然后留下吃晚餐。所以我又去了。

鸡尾酒会持续不断地进行——这是德拉特告别河内的酒会：谣传他不会再回越南，最近毫无意义的和平[①]捷报是他用昂贵代价买来带回巴黎的礼物。最后除了众将军和上校们留下参加晚宴外，其他客人都走了。席间，战士合唱团演唱了一些歌曲，德拉特将军坐在沙发上，握着妻子的手。要是我知道他快要死了，也许我会再次把他视作一年前我遇见他时那样的英雄。而此时，他似乎只是发言冗长的将军，他的魅力已经消退，他的校官们不时批评他——即将熄灭的火焰看上去好像它从来都只是一缕青烟。

晚上十点，歌唱停止了，将军转过身来对着我。“嗨，格雷厄姆·格林，你为什么在这里？”他结结巴巴的英语中有一种生硬高傲的特质，他不是故意这样的。我说，“我已经对你说过，我正在给

① Hoa Binh，越南一省名，曾在那里发现东南亚地区中石器或新石器时代的“和平文化”。

《生活》杂志写一篇文章。"

"我知道，"他说（此时，两星将军利纳雷斯、萨朗和科尼坐在他们椅子的边缘，假装不在倾听），"你是英国特工。"

我哈哈大笑。

"我知道二战时你在英国特工处工作。干了三年。"

我给将军解释，服兵役时我们无法选择工作——战争结束时也不能继续工作。

"我知道没人能脱离英国特工处。"

"二处[①]也许真是这样，"我说，"我们不是这样。"服务员宣布晚宴开始。

我坐在将军身边，我们客气地闲聊。德拉特夫人冷冰冰地看着我——这是她所爱的病人在河内的最后一晚，我打扰了他的平静，河内是他成功和失败的地方。尽管我不知道他病得多么严重，我的内心却有一种羞愧的感觉。他应该由更优秀的人陪宴。

我们从餐桌边站起身来时，我问我是否可以单独见他。他让我留下，等待其他客人离开。凌晨一点半，他派人把我请到他的书房。德拉特夫人冷冰冰地与我道晚安。她丈夫难道还不够烦恼吗？

我思想上作了准备，自认为想说的事情思路清晰，其中甚至包括《生活》正在付给我的文章酬金数额。他听我把话说完，然后有些夸张

① Deuxième Bureau，法国国防部二处，即情报处。

地(不过这是他的说话方式)表示满意。“我已经告诉保安局，格雷厄姆·格林是我的朋友。我不相信你们对他的评价。随后，他们又来告诉我你到过这里或去过那里，我说我不相信。格雷厄姆·格林是我的朋友。随后他们又来……”他与我热情地握手，说了解到一切都是误会后他有多么高兴；但是，第二天，在他回巴黎之前，他又疑心重重。我又收到一份含糊不清的电报，又没人署名——这次的电报是我在巴黎的文学代理商发的。“你的朋友周四到达。多萝西听从菲利普指示。”

电报中的最后一句话是指我的朋友、我的儿童书籍的插图画家多萝西·格洛弗，他决定皈依天主教；菲利普是指菲利普·卡拉曼神父，著名的伦敦耶稣会会士，但是电报显然是法国保安局伪造的。“我知道他是个间谍，”登机前，德拉特对他的一名随员说。“为什么有人愿意为了400美元而亲临这场战争呢？”我忘了他的英语多么不靠谱——他漏了一个零。

我根本没有写《杜邦先生》；在与勒罗伊上校共度夜晚之后驾车回西贡的路上，我突然想到要写《文静的美国人》。不到一年之前，我俩一起巡察他水汪汪的王国时，乘坐一艘武装小艇，船上的枪炮瞄准着两岸；但当夜幕降临时，我们乘坐没有武装的大型平底船沿河缓缓荡漾，船上配备留声机，还有舞女。他在槟知造了一个湖，湖里建了个宝塔，模仿河内的一个塔式寺庙；夜空中充盈着各种奇怪的叫声，那是从他为臣民创建的动物园里传来的。我们在湖中一个岛屿上进晚餐，为了让晚会持续进行下去，上校朝舞女们的喉咙里直灌白兰地，为了向我表示敬意，还让留声机播放哈里·莱姆创作的《第三者》主题曲。

那天晚上，我与一个美国人共住一个房间，他是一个经济援助代表团的成员——据法国人推测（也许很正确），该代表团成员隶属美国中央情报局。我的室友一点儿也不像我小说《文静的美国人》中的派尔[①]——他是个比较聪明、不太单纯的人，在回西贡的漫长旅途上，他一路对我说教，说有必要寻找“一股越南的第三势力”。在这之前，我从来没有如此近距离接触伟大的美国梦，这种梦将把东方的事情搞得一塌糊涂，而且也将搞乱阿尔及利亚。

“第三势力”唯一看得清的领导人是自封的泰将军。我第一次访问高台教教徒时，他在高台教皇军队中任上校——这支军队有两万士兵，从理论上讲，是法国人的盟军。他们在西宁[②]高台庙有自己的军火工厂；他们尽量促使法国人提供轻武器，同时用旧汽车的排气管制造迫击炮作为补充。他们是心灵手巧的民族——第二年，西贡连续发生自行车爆炸事件，让人们很难不怀疑他们具有的是哪一种聪明才智。定时炸弹藏在塑料容器中，做成自行车打气筒的形状，然后将这些自行车留在政府各部办公楼外面的公园里，靠墙停放……在西贡，自行车不会引起人们的注意。西贡跟哥本哈根差不多，是座自行车城市。

① Pyle，格林小说《文静的美国人》中那个文静的美国人，父亲是教授，哈佛大学毕业生，力图成为“第三势力”的成员。

② Tay Ninh，越南西南部一省名，也可指该省的省会西宁。

在我两次访问的间隔期内，泰将军(他已经给自己升了军衔)带了几百士兵背弃了高台教军队，现在驻守在西宁城外的圣山上。他同时向法国人和越共宣战。当《纽约客》[1]杂志最终注意到我的小说时，评论家抨击我污蔑我“最好的朋友”(美国人)犯有谋杀罪，因为我把西贡主要广场上大爆炸的责任归咎于美国人，许多人在爆炸中失去了生命——比起微不足道的自行车炸弹，大爆炸的危害大得多。但是，事实如何呢？毋庸置疑，评论家对此全然不知。爆炸时刻，《生活》杂志摄影记者所处的位置得天独厚，他能拍到惊人可怕的照片：三轮车夫的双腿被炸掉以后，他的躯体依然挺直！一家在马尼拉出版的美国宣传杂志复制了这张照片，用了“胡志明的杰作”的标题，尽管泰将军立刻自豪地宣称这是他下令安置的炸弹。但是，是谁向与法国人、高台教和越共为敌的土匪提供了原料？

确有证据表明美国情报机构和泰将军之间有种种联系。一个法国橡胶种植园主发现在通往“圣山”的道路上有一辆吉普车上装着两具美国女人的尸体——她们也许是被越盟杀害的，但是，这两具尸体放在种植园目的何在？美国大使馆立刻接收了尸体，此后再也没有此事的消息。新闻界只字不提。一名美国领事深夜在通往达可[2]的桥上被捕(我小说中的派尔在这座桥上失去了他的生命)，他的轿车里携带着塑料炸弹。此事件出于外交原因，被掩盖了起来。

---

① the New Yorker，美国综合文艺类周刊，1925 年创刊。

② Dakow，越南一地名。

就这样，在穿越红河三角洲的路上谈论“第三势力”的时候，我想到了《文静的美国人》的主题，我的小说人物很快从潜意识中全部浮现出来，只有一人例外。这个例外就是美国报纸记者格兰杰。他在河内记者招待会上的言谈举止我在当时的日记中几乎一字不差地记录了下来。

比起我写过的任何一部其他小说，《文静的美国人》中也许更具直接报道的文学特色。我决定再次运用我在创作《爱到尽头》时使用第一人称和时间平移的经验；在我看来，我选择一位记者为“我”是为了证明运用报告文学的好处。记者招待会不是直接报道的唯一实例：我上了去袭击越盟驻地的俯冲轰炸机（飞行员违反了德拉特将军的命令，把我带上飞机）；我随发艳城外的法国外籍伞兵团一起巡逻。壕沟里死去的孩子依偎在他死去的母亲身边，这种撕心裂肺的惨景迄今依然留在我的脑海里。他们身上干净利索的枪弹伤口使他们的死亡比起在运河四周狂轰滥炸的大屠杀更加让人揪心。

1955年，法国人在越南北方战败后，我第四次也是最后一次回到印度支那，经过一番周折，我抵达了河内——一个悲哀的城市，被法国人遗弃；我在那里喝了咖啡馆里剩下的最后一瓶啤酒，而在过去，我与杜邦先生是这里的常客。我感觉自己病了，疲惫不堪，情绪低落。我同情那些胜利者，但是我也同情法国人。法国经典作品在一家小旧书店里依然放在显眼的地方，几年前，杜邦先生曾大肆抢购；现在，一百年的法国文明随着天主教农民一起逃到南方去了。过去我习惯下榻的“大都市酒店”交予国际托管。越盟哨兵站在大楼外面，德拉特曾在那里许下诺言，“我把我的妻子留给你，这象征着法国永远永远不会……”

日子一天天消逝，在这期间，我试图用讹诈的方式见到胡志明。这是 *crachin*[①] 季节，我的情绪也随着温暖的蒙蒙细雨整天下个不停而消沉。我告诉我的联络人：我不能再等了——明天我就回到北方留存的法国领地去。我不知道为什么我的讹诈会成功，因为我突然接到通知，去与胡志明喝茶！可是此时我感觉自己病得太重，无法赴会。只有一件事情可以解决此种困境。我重访“帆船路”上一家历史悠久的华人药铺，我前年去过那里。据说该药店的老板是“世界上最快乐的人”。在那里，我能够抽上几筒鸦片，与此同时麻将牌沙沙作响，就像海滩上的砂砾。我强烈地渴望不可能得到的东西——一瓶“伊诺”[②]。派人外出寻找，几筒鸦片还没抽完，我就得到了不可能得到的东西。我曾喝了河内的最后一瓶啤酒。这是最后一瓶“伊诺”吗？不管怎么说，一瓶“伊诺”和几筒鸦片驱除了我的疾病和懒散，给了我会见胡志明一起喝茶的精力。

在印度支那度过的那四个冬天给我留下最愉快记忆的是鸦片，因为鸦片在我《文静的美国人》中的人物福勒[③]的生活中起着重要作

① 法语，意思是“绵绵细雨，毛毛雨”等。

② 一种肠胃药物。

③ Thomas Fowler，格林小说《文静的美国人》中的主人公、英国记者。

用；下面，我从日记中摘录几段有关这件事的回忆，因为我很不愿意永远离开印度支那，只剩一本小说借以怀旧：

1953 年 12 月 31 日，西贡

遥远的地方令人感兴趣的事情之一就是“朋友们的朋友”：某种品质吸引着某个你认识的人，这种品质也会吸引你自己吗？今晚这样一个人前来见我，他是一名海军医生。在我房间里喝了一杯威士忌之后，我坐在他的摩托车后面，与他一起在西贡城里兜风，前往两个鸦片 *fumeries*[①]。第一家是个廉价烟馆，开在一个很小的学校二楼，学生准备报考“合格证书”。业主自己也抽鸦片：一个 *malade imaginaire*[②]，一天抽六十筒鸦片，身体都抽干了。一个年轻的姑娘睡着了，还有一个小男孩。年轻人不适宜抽鸦片，但是，华人相信中年人和老人可以抽。在这里，鸦片的价格是每筒 10 皮阿斯特[③]（相当于 2 先令）。随后，我们去了一家比较高雅的鸦片馆——普拉烟馆。这里可以预订房间，可以带伴侣。一张圆形大床的上方罩着一顶中国大伞。床边的一个书架上摆满了书籍——在烟馆里发现了我自己的两本小说，觉得怪怪

① 法语，意思是“（鸦片）烟馆”。
② 法语，意思是“自认为有病的人”。
③ piastres，1955 年至 1975 年越南南方货币单位，1 皮阿斯特 = 100 分。

的：*Le Ministere de la Peur*[①] 和 *Rocher de Bighton*[②]。两部小说里都有我写的献词。这里的鸦片每筒30皮阿斯特。

我对鸦片的体验从1951年10月开始，当时我在海防，准备前往下龙湾[③]。晚餐后，一个法国官员带我去了一条后街的一个小套房——上楼的时候，我闻到了鸦片味。这就像第一次看见一个漂亮姑娘，你心中明白有可能会跟她发生某种关系：对她的记忆不会睡一晚就变得模糊不清。

女老板一看就知道我是个 *debutant*[④]，我只能抽四筒；因此，我非常感激她，因为我的第一次体验是非常愉快的，没有因抽烟过度产生恶心，坏了兴致。周围的环境立刻赢得了我的心——硬长榻、砖头似的皮枕头——这些摆设代表着某种质朴无华，某种追求快感的矫健，与此同时，制作鸦片的人在小油灯的火焰上揉捏着他手中棕色的鸦片小胶球，直至鸦片冒泡，像梦幻一般改变形状，油灯映在他的脸上泛起红光；一盏盏昏暗的灯光、一个个朴素的茶杯盛着不加糖的绿茶，这些都代表着“*luxe et volupte*[⑤]”。

每筒鸦片从针头扎进那个小球，烟斗在灯火上倒置算

① 法语，《恐怖部》。

② 法语，《布赖顿棒糖》。

③ the Baie d'Along，可能是作者的笔误，应该是 the Baie of d'Halong，位于北部湾西部，隶属越南广宁省，离河内一百五十公里。

④ 法语，意思是“首次进入社交界的人；首次抽烟片的人”等。

⑤ 法语，意思是“奢华和快感”。

起，持续时间不到20秒钟——真正的鸦片吸食者长吸一口气就能把整筒鸦片吸入他的肺里。吸了两筒鸦片，我就感到有点昏昏欲睡；吸了四筒鸦片，我感到头脑敏捷心情平静——郁郁不乐和恐惧未来成了某种模糊的记忆，而那种东西我曾经认为是重要的。我一向羞于表露自己蹩脚的法语，这时却突然对我的同伴朗诵起波德莱尔[①]的一首诗歌，那首优美的逃避诗歌《旅行邀请》。那天夜里当我回到家里时，我第一次经历了吸食鸦片的不眠之夜：人躺着身心舒展，不能入睡，毫无睡意。当我们思想紊乱的时候，我们害怕不能入睡，但是在吸食鸦片的状态下，人是平静的——甚至说快活也是错误的——快活会打乱脉搏跳动。随后，突然，在毫无征兆的情况下，你睡着了。你从来没有睡得这么深沉，睡了整整一夜；随后，人醒了，发亮的时钟刻盘显示：二十分钟所谓的“实时”过去了。人再次平静地躺着苏醒着，再次深沉地入睡短暂的一整夜。一回到西贡，吸食鸦片后，我凌晨一点半上床，不得不四点起床，去赶一架轰炸机去河内，不过，在那不到三小时的睡眠中，我睡去了所有的疲惫。

不仅那天夜晚，而且后来许多夜晚，我做了个奇怪生动的梦。一般说来，吸了鸦片，人就不会做梦，尽管人有时会

① Charles Baudelaire，1821—1867，法国诗人，法国象征主义诗歌的先驱，主要作品有《恶之花》。

惊醒；他们说，在戒毒的过程中，人会像德·昆西[1]一样，思想与身体发生激烈冲突。我梦见自己在某次学术讨论时说，“如果我主诞生之时，在场的某人竟然什么也没看到，这一定有趣，”随后，在梦中，我成了那个人。牧羊人都跪着祈祷，贤者们正在献礼（记忆中我仍能看见其中一位贤者的肩膀和棕红色礼袍——埃塞俄比亚人），但是，他们正在向虚无——一堵空白的墙壁——祷告、献礼。我疑惑了，不安了。我想，“如果他们正在向虚无献礼，那么他们知道他们在干什么，所以我也要向虚无作奉献，”我把手伸进口袋，找到一枚金币，我原来打算用它在伯利恒[2]为自己买一个女人。许多年后，我读一本《福音书》时认出了我作为一个旁观者的这一场景。“原来他们在向圣母奉献礼物，”我想。“好啊，我把那枚金币带到伯利恒去给一个女人，现在看来我毕竟还是把金币给了一个女人！”

1954年1月10日，河内

与几位法国朋友一起去河内的华人区。我们先拜访了我们的华人朋友，他住在自己仓库的楼上，仓库里储存着从香

① Thomas de Quincey，1785—1859，英国散文作家和评论家，吸鸦片成瘾，以作品《一个英国鸦片服用者的自白》而闻名。

② Bethlehem，西南亚巴勒斯坦地区著名古城，犹太教、基督教圣地。

港批发来的晒干了的中草药——一大包一大包一碰就碎的江湖草药。他全家与宠物狗和宠物猫一起全部挤在楼上一个房间里——丈夫、妻子、女儿、祖父母、远房亲属。喝了一杯茶之后，我们访问了他的一个亲戚——他有各种称呼，比如“蛇头”、“世界上最幸福的人”等。所有这些华人住宅都有小小的临街屋面，但是内屋幽深，离街道有很长一段距离。“世界上最幸福的人”坐在隧道似的两堵狭窄墙壁之间，身着单薄的睡衣——他从不愿意穿着打扮。他很有钱，在需要他工作之前，他已经从父亲那里继承了生意，而这时他的儿子们已经长大成人，可以为他工作了。他自己像一棵晒干了的草药，抽鸦片抽得骨瘦如柴。他的身后，玩麻将的人们垒麻将、拆麻将、洗牌。他们甚至不必看抽出的麻将牌，仅用手指触摸就知道手中的牌是什么花纹。玩麻将牌发出的响声宛如风暴的海潮搅动着海滨上的砂石。我抽了两筒鸦片权当开胃酒，在“新宝塔”吃过晚餐后，回到烟馆又抽了五筒。

1954 年 1 月 11 日，河内

与一些法国朋友共进晚餐，饭后抽了六筒鸦片。屋顶上传来炮火声和直升机低空盘旋的隆隆巨响，把伤员从“某处”运回来。离战争越近，越不知道正在发生什么事情。

《河内日报》报道的消息比《西贡日报》少，《西贡日报》报道的消息比《巴黎日报》少。直升机的轰鸣给吸食鸦片增添了一种奇特的效果，它淹没了鸦片蜡球在火焰上冒泡时发出的轻柔噗噗声，因为烟筒的声音被淹没了，鸦片似乎失去了很多香味，就像在户外抽烟一样，香烟失去了它的特有味道。

1954 年 1 月 12 日，万象[①]

大清早起床去赶一架飞往万象（老挝的行政首都）的军用飞机。这是一架运输机，没有座位。我坐在一个打包箱上，很高兴赶上了飞机。

午餐后，我急匆匆逛了一下万象。除了一座宝塔和湄公河长长的沙滩，万象是个乏味的城市；它只有两条真正的街道、一家欧洲餐馆、一个俱乐部、司空见惯的肮脏破烂的市场，市场内除了食品，剩下的只有文明世界的垃圾——干萎了的牙膏软管、在商店里陈列旧了的肥皂、廉价的盆盆罐罐茶壶碟子。各种鱼既小又贵，鱼上叮满了苍蝇。还有小袋的染色糖果、染成紫色和粉红色的有碍健康的米糕。万象的暴发户是个拥有一块小地皮的人，他将之辟为自行车停放

① Vientiane，或译永珍，老挝首都，位于湄公河中游北岸。

场——几百辆自行车，每停一次2个皮阿斯特（相当于20分）。付过土地特许使用费后，他可能一天获利600皮阿斯特（大约6 000法郎）。但是，在东方国家里，情况总是错综复杂，也许土地特许使用费只是许多苛捐杂税中的一种。

人们有时会感到疑惑不解：人为什么要自找麻烦去旅行？行程八千英里，结果发现路的尽头只是万象；不过，我后来得到了一种奇怪的满足，因为当你在英国读到《战争公报》，报纸上开始出现那些熟悉的名字——南定[①]、万象、琅勃拉邦[②]——时，这些名字在报纸上一时显得那么重要，好像它们是历史的一部分，记住它们就像记住紫色米糕，记住老鼠窜过餐馆地板，就像今天晚上一样，直至被人撵到柜台后面。人们发现，历史上的地名并不是那么重要的。

晚餐后去X先生家，他是个欧亚混血儿，瘾君子。吸食鸦片使他变得骨瘦如柴，皮包骨头的手腕、脚踝和手臂活像个小孩。X先生是个讨人喜欢、郁郁寡欢的朋友。他法语说得漂亮清晰，低着头眯缝着眼睛透过钢框眼镜瞅着他的针头。他的住宅肮脏杂乱，窄小得没有他妻子和孩子的生活空间，他把妻子儿女留在了金边[③]。晚上无事可做——电影院

① Nam Dinh，越南东北部城市。
② Luang Prabang，老挝西北部城市，作王都历史长达1 000多年。
③ Phnom Penh，柬埔寨首都。

只播放老掉牙的电影，整个白天也无事可做，只能等在政府办公楼外，受雇干些跑腿的差事。一棵棕榈树是他的书橱，应召入内时，他把他的书或报纸塞进树干的裂缝里。有一次，我需要一些报纸包裹东西，他就走到那棵棕榈树前，看看他有没有留着一些报纸。他的鸦片非常棒，纯老挝鸦片，他调制的烟筒也是绝妙的。不久，他的法国雇主就要了结在老挝的业务，他将去法国，没法再抽鸦片了——生活所有的安逸都将消失，但是他没有能力考虑未来。他那张忧伤有趣的亚洲脸垂目注视着烟筒，他骨瘦嶙峋的手指揉捏着温暖着那能使人满足的棕色种子；他像西班牙贵族那样悦耳精确地述说鸦片的种类和年份——老挝、云南、四川、伊斯坦布尔、贝拿勒斯[①]的鸦片——啊，瓦腊纳西，那种鸦片值得多年回味。*

1954年1月13日

再次前往琅勃拉邦。万象拥有两条街道，而琅勃拉邦只有一条街道、一些商店、一个朴素无华的小王宫（国王与这个国家一样贫穷），王宫对面耸立着一座陡峭的小山，山顶

* （原著）提起这个国家最好的鸦片时，行家会说“老挝的川圹鸦片数第一”。（就像，比如，马来亚的橡胶被认为是一等的。）川圹是万象东北部的一个省份，那里生长最好的鸦片。

① Benares，印度东北部城市瓦腊纳西（Varanasi）的旧称。

上有一座宝塔，据说宝塔里保存着佛陀的巨大脚印。一条条窄小的支路直通湄公河，这里的湄公河河水充盈，给人的感觉是：绿树、寺院、宁静的小院落、河流和静谧。步行半小时你就能游遍整个小城，你会觉得，如果不是因为越盟正从山上下来的话，你会觉得你可以在这里生活数周：工作、散步、睡觉。我们决定，明天在回去之前，弄一条船逆湄公河而上，前去探寻佛陀的岩洞和雕像，佛陀保佑琅勃拉邦免遭敌人的侵袭。比起大部分教堂，宝塔里的祷告气氛更加浓厚。佛陀的相貌不能像基督那样能被赋予伤感浪漫的色彩；墙上没有可怕的图画，没有苦路14处[①]，不用竭力追求没有感受过的痛苦。我发觉自己每踏入一座宝塔总要对着佛陀祈祷，因为现在他肯定也是我们的圣人之一，他代人祈求上帝的威力与圣华[②]一样巨大——在这里，在与他自己有血缘关系的同类中间，也许威力更加巨大。

晚餐后，我感到非常疲惫，但是在汽车司机的住所里抽了五筒劣质鸦片——因含有杂质而味苦——后，我又感到精神焕发。这是一栋建在桩上的高脚屋，位于一条狭窄游廊的尽头，房子装有纱窗纱门，遮蔽黑夜和蚊子。他的一个小儿

① stations of the Cross，指天主教顺序排列于教堂或道旁供人膜拜的14个十字架，各配有介绍耶稣受难经历的图画或塑像。

② 可能指天主教圣人Therese de Lisieux（也称the Little Flower），1873—1897，她15岁成为修女，25岁去世，是二十世纪天主教最具影响的人物之一。

子跪在餐桌边做功课，他妻子蹲在儿子的身边。儿子轻轻的背书声伴随着咕咕噗噗的烟筒声。

1954年1月16日，西贡

老挝直到最后仍是随意淡然的老挝。汽车晚到了，我心中煞是担心，不过刚好赶上夜间七点起飞的飞机。前往西贡的途中停了两次。大约十二点半，我进了西贡城。为什么回到西贡的感觉总是那么美好？记得第一次在非洲旅行，我步行穿越利比里亚，当时常常梦见一次温水浴、一顿好饭菜、一张舒适卧床的种种好处。我真想从夜间老鼠在墙上乱窜的非洲屋棚径直走入欧洲某个奢华的宾馆，享受这种巨大的反差。事实上，我从来没有满意地感受到这种反差——在利比里亚或后来的墨西哥都没发现。文明总是慢慢地呈现：大巴萨商人的住所要比丛林好很多，蒙罗维亚的领事馆要胜过商人的住所，货船是通向文明的途径，当我到达英格兰的时候，这种反差已经完全消失。在这里，在印度支那，我的确捕捉到了这种反差：万象与西贡相差一个世纪。

1954年1月18日

与法国保安局的M君和D君喝完酒、与公使馆的一些人共进晚餐后，我早早回到宾馆，为的是会见一位警察局长

(混血儿)和两名越南便衣，他们将带我去体验西贡的夜生活。我们的第一个*fumerie*位于*paillote*[①]区——区内尽是些破烂不堪的茅草屋。在离开大路的一个小院落里，人们可以发现一种完全的居民村生活——那里有一家咖啡馆、一家餐馆、一家妓院、一家烟馆。我们爬上一架木梯，来到一个紧贴茅草屋顶的阁楼。倾斜的屋顶太低，人无法站直身子，所以我们只能经梯子爬上两个双人床垫中的一个，床垫搁在地板上，上面铺着干净的白色床单。我们请来了一个鸦片调制师和一个姑娘，姑娘妩媚动人，只是有点肮脏，眼睛稍有点斜视，显然她是被召来供我个人享乐的。警察局长说，“有一种说法：女人调制的鸦片味道更佳。”事实上，那姑娘只是将鸦片球暖了一下，然后就将它递给熟练的调制师。因为我不知道今晚要光顾多少家烟馆，所以只抽了两筒，抽完第一筒后，那个越南警察小心翼翼地从梯子上爬了下去，那样我就可以使用双人床。不过，我没有那种雅兴。即便没有其他缘故，我依然很难集中精力淫乐，因为梯子底下三名越南警官离我只有几英尺，他们正在倾听和喝茶呢！越南语我只会说“不要”，英语姑娘只会说“没事”，于是，这就成了两个短语之间一场文雅的博弈。

① 法语，意思是“（热带地区的）茅舍”。

在梯子底部，我与三个警官和那个非常漂亮、长着一张文静修女脸蛋的姑娘一起喝了杯茶。我试图对越南警察局长解释，今晚我的兴趣只是*ambiance*[①]。这扫了这帮人的兴致。

我问他们是否能带我去一家比较雅致的妓院，他们立刻开车朝城市的郊外驶去。这时大约凌晨一点。我们在一家路边小咖啡馆前停车并走了进去。进门就是一张大床，床上杂乱地坐着一堆姑娘，慌乱中闪现一名男子。我只瞥见一张脸、一个袖套、一只脚。我们穿过这个房间，来到咖啡厅喝橘子水。这里的鸨母使我想起《南太平洋》一书中爪哇妓院的老板。当我们离开时，床上那个男人已经离开，两个美国人坐在了姑娘的中间，等待他们的烟筒。一个美国人留着胡子戴着金丝眼镜，看上去像个教授；另一个身着宽松运动短裤，这晚蚊子特别多，他一定被咬得难以忍受。也许这使他的脾气暴躁起来，他以为我们是来封闭这家妓院的，因而非常恨我。

遭遇了美国人愤怒的高声嚷嚷，见过了那张胡子拉碴的脸和那对肥肥的膝盖之后，我们进入堤岸一家华人烟馆，随即感到了环境的变化。这里，在这个摆着空木头架子的地方，环境安静谦恭。鸦片烟筒的价格——小烟筒一个价格，

① 法语，意思是“环境，气氛”。

大烟筒另一个价格——挂在墙上。以前我从没在烟馆里见过这种情景。我只抽了两筒，华人老板坚决不要我付钱。他说我是来这家烟馆抽鸦片的第一个欧洲人，他不收我的钱。这时已经两点半，我回家睡觉。我让我的越南陪同大失所望。夜晚，我醒了过来，我正在创作的剧本《盆栽小屋》的缺陷使我感到沮丧，我试图在脑海里加以修改，但没有成功。

1954 年 1 月 20 日，金边

晚餐后，我的东道主和我一起驾车前往金边市中心，随后把车泊好。我对一个黄包车车夫做了个手势，把我的大拇指塞进我的嘴巴，做了一个很像长鼻子的示意动作。这个手势总能被人理解，意思是我想抽鸦片。他把我们带到一个离开阿 × 路的相当沉闷的院子。院子里有许多垃圾箱，一只老鼠在垃圾箱之间窜来窜去，一些人躺在破破烂烂的蚊帐里。上了二楼，离开阳台，就是烟馆。烟馆里几乎人满为患，一条条长裤挂着，就像大教堂中殿的旗子。我抽了八筒，一个身穿内裤、相貌堂堂的男子帮助翻译我的要求。他显然是个英语教师。

1954 年 2 月 9 日，西贡

在“天穹”吃过晚餐后，去了卡西诺赌场对面的那个学校楼上的那家烟馆。我只抽了五筒，但是那天晚上感到昏昏沉沉。首先，我做了个噩梦，随后许多方形物缠绕着我——先是建筑学上的方形，这些方形使我想起吴哥、等距离等等，然后是数学上的方形图——人们的收入等等，方形接着方形接着方形，整个晚上似乎持续不断地出现。最后，我醒了，当我再度入睡的时候，我做了一个奇怪完整的梦，只有吸食鸦片之后我才经历这样的梦境。我正沿着圣詹姆斯宫大街上一家俱乐部的台阶往下走，在台阶上，我遇见了魔王，他穿着一件花呢驾驶服，头戴一顶猎鹿帽。他留着长长的爱德华七世时代的黑色八字须。在街上，一个姑娘（显然正在与我同居）在一辆汽车里等我。魔王挡住我的去路，问我愿意重活一年还是跳过一年，问我是否想知道从现在起两年之内我会遭遇什么事情。我告诉他我不希望重活任何一年，我希望看看两年后的前景。魔王立刻消失了，这时我手里捧着一封信。我打开这封信——信来自某个我只是稍许熟悉的姑娘。这是一封柔情似水的信，一封告别信。很显然，在那跳过的一年里，我俩的关系达到了一定程度，而此刻她正在结束那种关系。低头望着车里那个女人，我想，“我一定不要把这封信给她看，因为如果她嫉妒那个我还不太熟悉的姑娘，那该多么荒唐！”我走进我的房间（我已经不在俱乐部里），把信撕个粉碎，但是，在信封底部有一些珠子，它们一定有某种情感的含义，我不愿意毁掉它们，于是就打开一个抽屉，将珠子放了进去，然后锁好抽屉。正在这时，我突然想到，“两年后我将做这件事，打开抽屉，放进珠子，但是发现珠子已经在抽屉里了。”于是我就醒了。

我脑海里还有另一桩记忆我发觉很难驱散：1954 年 1 月，我在奠边府[①]度过预示着厄运的二十四小时。九年后，《星期日泰晤士报》请我写一篇“我选择的一次大战役”，直接映入我脑海的就是奠边府战役。

《世界十五大战役》——1851 年，爱德华 · 克里西爵士[②]给他的书起了这个经典的书名，不过，书中罗列的任何一场战役是否比 1954 年的奠边府战役更具决定意义值得令人怀疑。色当[③]战役对于克里西来说发生得太晚了，甚至这场战役也只是法德关系中的一个插曲，只在一次地方性争端中起短暂的决定性作用，而且，这一决战的结果在 1918 年出现逆转，1940 年再次逆转。

然而，奠边府战役不仅仅是法国军队的失败。这场战役几乎标志着西方强权以为他们能够统治东方的任何希望的破灭。法国人用笛卡

① 越南西北部城镇，1954 年法军在此大败。

② Sir Edward Creasy，1812—1878，英国历史学家、历史学教授，主要著作有《世界十五大战役》。

③ Sedan，或译塞当，法国东北部城市，国防要塞，历史上曾发生过几次有名战役，1870 年一役普鲁士军在此大败法军。

儿清晰的方法接受了这种裁定。于是，英国人在较小的程度上也接受了这种结果：马来亚的独立（不管马来亚人是否愿意这样考虑）是河内大学前地理学教授武元甲将军[①]领导的越共军队在奠边府打败了前骑兵军官、前二局局长纳瓦拉将军[②]而为他们赢来的。（年轻的美国人还将在越南战死，这只能表明甚至一次彻底失败的余波也需要时间才能波及全球。）

此次战役本身，卡斯特里上校[③]的英勇阻击，以及在战役进行的同时，日内瓦列强会议却缓慢地拖延着，先辩论完朝鲜战争，然后再面对议事日程上的第二个议题——印度支那——而东京那个山谷里传来的死讯不时打断瑞士的每场发言——这一切都已被反复讲述。勇敢的行为总会有人记叙，但是，迄今为止依然令人迷惑不解的是到底为什么要打这场战役，法军的十二个营为什么要坚守一个在地形上毫无胜算希望的军营——防守毫无胜算希望，实现第二个战略目标也毫无胜算希望，因为这个军营原打算用作进攻战役的基地。（为实现这一战略目标，一个十辆坦克组成的中队集中在这里，坦克配件用降落伞投送。）

奠边府战役失败后，巴黎组成了一个调查委员会，但是没有调查出任何结果。大屠杀之后就是一场口水仗。决定发动奠边府战役的时

---

① General Giap，1912— ，越南知名将领，奠边府战役击败法国的功臣，曾任越南国防部长。

② General Navarre，即 Henri Eugene Navarre，1898—1983，法国将军，参加过第一次世界大战和第二次世界大战，1954 年在奠边府战败。

③ Colonel de Castries，1902—1991，1954 年奠边府战役法军指挥官。

候总理是拉涅尔[1]先生，他发表了他的回忆录，书中抨击了纳瓦拉将军的战略和指挥；纳瓦拉将军发表了他的回忆录，抨击拉涅尔先生和巴黎的政客们。拉涅尔先生的书名叫《印度支那的悲剧》，纳瓦拉将军的书名叫《印度支那的末日》，不同的书名代表了巴黎和河内对这场战役的不同看法。

对于未来的历史学家来说，书名的不同比起两部著作本身的不同似乎要小很多。政客与将军相互嘲弄恶意非议，政客从未亲临战场，而将军知道此次战役仅几个月时间大错就已酿成。

这场战争从 1946 年 9 月开始，到 1953 年已经进入了这样一个阶段：军队与其说已经精疲力竭，还不如说是心灰意冷地顽固自负——他们不相信任何解决办法，但是也不准备用任何形式投降。在西贡周围的南部三角洲，一场伏击战与消耗战已经进行了很长时间——西贡本身频频受到手榴弹和爆炸装置的突然袭击；在北方，在东京，法国军队依靠由德拉特将军建立的所谓的河内防线抵御越盟的进攻。这些防线不是真正的防线；越盟军团可以从稻田里出现，突然抵近袭击河内本城，然后再次消失在泥地里。我亲眼目睹了对发艳的这样一次进攻，还有对裴朱进攻，深入河内防线，迫击炮轰鸣直至黎明，搅乱了人们的睡梦。最高统帅部发誓要对越盟采取重大行动，但是，随着法军撤出和平地区——人们普遍相信之前德拉特将军只损失了一人就占

① Joseph Laniel，1889—1975，法国第四共和国保守党政治家，1953—1954 年间任法国总理。

领了该区——情况变得显而易见：武元甲将军也同样急于按照他自己选择的战场对法军采取重大行动。

萨朗[①]接替了德拉特，纳瓦拉接替了萨朗，每年战死的军官人数相当于圣西尔[②]整整一个班级(这场战争消耗的主要是法国军官，因为在印度支那没有使用兵役制部队，借口这不是一场战争，它只是一次警察行动)。某些地方某些东西是不得不付出的，所付出的是法国的*intelligence*[③]，这个词的两种含义都有。

情报官有点像中小学教师；他接收二手情报，过分经常地把它当做无可置疑的真实情报传递上去。武元甲曾经是个教授，所以人们认为让他来对付另一个教师也许非常合适；但是武元甲比较熟悉他的学科——他自己国家北部的地理。

多年来，法国人对越共之于其侧翼老挝王国的威胁非常敏感。湄公河畔小小的绿树成荫的琅勃拉邦王都主要由许多佛教寺庙组成，每次战役期间，它都会受到越盟游击队军团的威胁；但是，我怀疑这种威胁是否正如法国人所假设的那样严重。胡志明不太会急于给北方的天主教问题再增添一个佛教问题，因此，琅勃拉邦不会受到侵犯。但是这种威胁达到了它的目的。法国人离开了他们的“防线”。

1953 年 11 月，六个伞兵营空降奠边府。奠边府是一个长十英

① Raoul Albin Louis Salan，1899—1984，法国将军，曾任第一次印度支那战争法军统帅。

② Saint-Cyr，即 The Ecole Speciale Militaire de Saint-Cyr，法国一所军事专科学校，1802 年由拿破仑创建，位于巴黎郊外凡尔赛宫附近。

③ 这个词主要有两层意思，才智和情报。

里、宽五英里的高原，四周群山环绕，山上森林茂密，这一切都在敌人掌控之中。1954 年 1 月，我对法军兵营进行了二十四小时访问，巨大的后勤保障任务已经完成；简易飞机跑道由几座小山上的要塞守护，还有深沟、地下掩体、延绵数英里的铁丝网。(纳瓦拉将军在书中自豪地把他的铁丝网比作马其诺防线[①]。)空降伞兵营的数目也翻了倍，坦克车调集了起来；如果对琅勃拉邦的威胁确实存在，那么这种威胁也已经得到遏制，但是付出的代价多大啊!

当事后诸葛亮很容易，但是当我乘坐一架运输机飞离河内，飞向三千公里以外，飞越机械化部队无法翻越的高山峻岭时，给我留下深刻印象的是法军兵营易受攻击和孤立无援的窘境。这个兵营除绕道老挝以外，只能通过空运进行增援或者撤离；当飞机朝着简易跑道降落时，我不安地感觉到我们的飞机离下方看不见的敌人只有几百英尺。

纳瓦拉将军天真伤感地写道，“访问过这个军营的文职或军事当权者(法国或外国部长、法国参谋长、美国将军)没有一个人不为其防御力量所震撼……就我所知，战前没有一个人对其抵抗能力表示过任何怀疑。”还有比一个总司令更脱离实际的人吗?

我不禁回想起一个不祥之兆。午餐时，我们在军人食堂一起喝德 · 卡斯特里上校的美酒；上校有老资格演员那种易激动爱炫耀的特点，他无意中听到他的炮兵司令在与另一个军官议论上次战役期间撤

① Maginot，第二次世界大战前法国在东部国境线上所筑的防御阵地。

离纳汕[1]法军要塞之事。德·卡斯特里用拳头猛击餐桌，用一种莎士比亚式的歇斯底里高声叫喊："安静！我不允许在这个食堂里提及纳汕！纳汕是个防御性要塞。这里是进攻性要塞。"食堂里一阵不安的肃静，直至德·卡斯特里上校的副司令问我路过巴黎时是否看过克洛岱尔[2]的《哥伦布》[3]。（那位提及纳汕的军官在围攻期间将开枪自杀。）

午餐后，我沿着错综复杂的战壕散步。我问一名军官，"上校的话什么意思？进攻性要塞？"军官朝四周的山冈挥了挥手："进攻，我们应该需要一千头骡子——不是坦克连。"

拉涅尔先生写到了战前不现实的乐观情绪。在河内，乐观主义情绪也许已经蔓延开了，但是，在军营里情况并非这样。尽管防御工事处在四周高地的迫击炮射程之外，但是，没有一个军官怀疑重炮正从中国边境运来（重炮被巧妙地伪装了起来，成千上万的苦力用自行车沿着不可逾越的道路艰难地运送——一项比法国军营建设更了不起的成就）。任何一个夜晚，法军都在预计炮击可能将要开始。小说家的想象无法感受军营里在劫难逃的沉重气氛，因为这些士兵意识到他们像什么——活靶子。

与此同时，在炮击开始以前，军官们的妻子和情人乘坐运输机前来军营探望他们，在白天逗留几个小时：激情燃烧的一幕幕小场景在

① Na-San，越南、老挝地名。

② Paul Claudel，1868—1955，法国外交官、诗人、剧作家，主要作品有《给玛丽报信》、《缎子鞋》等。

③ Christophe Colombe，克洛岱尔 1929 年创作的歌剧。

战壕里上演——可怜可悲，情有可原，尽管这不是战争。当地人组成的连队也把他们的妻子——更多是永久性夫妻——弄到身边，在随时可能发起进攻的群山底下，目睹女人在哨兵身旁给婴儿喂奶，着实令人动容。这不是战争，这不是乐观主义——这是生离死别。

越盟选择这块地方作为他们的战场，因为这样他们可以威胁老挝。拉涅尔先生写道，宁可一时失去老挝，也不要同时丧失老挝和法国军队；他把责任归咎于军事指挥官。纳瓦拉将军予以反驳，指责法国政府顽固坚持不惜一切代价守住老挝。

在这场辩论中，建立这个军营的所有理由似乎都消失了——某个地方某个人似乎误解了，战后推卸责任成了新的后勤形式。只有越盟的军事部署才是合情合理的，尽管甚至这其中也有不可思议的地方。越共原本只需火炮就能迫使奠边府投降。士兵不可能用降落伞撤退，强攻开始几天后，简易飞机跑道就没法使用了。

奇怪的是，纳瓦拉将军或拉涅尔先生都没有提及每晚十点左右笼罩这块山间杯状盆地的浓雾，早晨十一点前浓雾都不会散去。（我在战壕里过夜后，等待浓雾散去有多么不耐烦！）起雾期间，根本不可能用降落伞空投物资，河内的飞机也不可能发现敌人的重炮。那么在这种情况下，为什么要直接强攻给自己的军队造成两万伤亡呢？

但是，几个大国已决定谈判。四月的最后一周，日内瓦会议开幕，朝鲜在议程上列为首要议题，士兵的生命被认为无足轻重。对武元甲将军来说，最好能在日内瓦会议期间正面攻陷法军要塞，那将是很好的宣传。1954 年 3 月 13 日，强攻开始，5 月 7 日奠边府陷落，在这前一天代表们终于从朝鲜问题转向讨论印度支那问题。

当西方政客耗费如此长时间讨论朝鲜问题的时候，他们流露出对奠边府守卫者的某种内疚；但是，武元甲将军还拿不准西方政客会不会继续长时间讨论，给他足够时间只用炮火捣毁奠边府。

于是，这场战役不得不用造成人间最大痛苦和损失的方式进行厮杀。接替拉涅尔先生的孟戴斯-弗朗斯先生[①]需要放弃北越的借口；同样，武元甲将军需要正面强攻的辉煌的胜利，以便在列强讨论会上迫使英国和美国同意让越南分治。

邪恶的幽灵冷笑：
“事情必须这样！”
怜悯的幽灵再次
低语，“为什么要这样？”

三

1953 年——在我连续几年冬季访问越南的间隙——我是从我写茅

① M. Mendes-France，1907—1982，1954—1955 年任法国总理，任内同意结束印度支那战争。

茅暴动报道的那个房间的窗户才第一次（在肯尼亚总有这种感觉）意识到天穹的浩瀚和云彩的层次。地球上没有一片土地如此云遮雾绕；因为在吉库尤[①]，人们生活在山顶上，内罗毕[②]建在五千多英尺的高山上，而这个教区则在还要高出两千英尺的吉库尤保留地。

在我前面两英里，穿过哈尼亚河[③]就是茅茅分子为主的“霍尔要塞保留地”，前年袭击教区者就来自那里；我身后十五英里是拉列大屠杀[④]现场，吉库尤地方军[⑤]的150个妻子和儿童被乱砍乱劈致死；六英里以外，我能看见阿伯德尔山脉[⑥]森林覆盖的山坡，那是主要敌人德丹·基马蒂“将军”经常出没的地方。屋外，红色的尘土飞扬，形成一股股小旋风，玉米像持续不断的小雨一样发出淅淅沥沥的声响。

情绪忧郁的时候，我有时想我为什么要自找麻烦千里迢迢过来，结果离冲突中心依然如此遥远。在印度支那，甚至在马来亚，有某种东西正在接近前线，我能感觉到自己在微小程度上参与了战斗。而在这里，战争是秘密的：它会在我离开后的第一天或者我抵达的前一天发生。这是一场非洲部落之间的私斗，很容易蒙蔽白人的眼睛，正如十七具被勒死的尸体躺在内罗毕郊外擅自占地者的村子里数周没人注

---

① Kikuyuland，东非肯尼亚中部一地区。

② Nairobi，肯尼亚首都。

③ the Chania River，位于非洲肯尼亚境内。

④ the Lari massacre，1953年茅茅暴动中发生的一起死亡人数最多的大屠杀。

⑤ Home Guard，在志愿基础上组建的军队。

⑥ Aberdares，也称the Aberdare Range，位于肯尼亚首都内罗毕以北，是一片一百六十公里长的森林高地，海拔11 480英尺。

意，那里离开交通干道和官员住宅只有一英里。

但是，如果我依然远离真正的舞台，那么我也远离了伦敦剧院的廊台，在那里，我只能听见同一剧院“顶层楼座观众”的说话声，他们在议论戏剧会如何结局，它应该如何创作才好等等。在那里貌似有理的说法却在这里显得自命不凡，而且愚昧无知。

“勇敢的人哪里去啦？他将确保只要像肯雅塔[①]和基马蒂那样有能力的人被逐出政治实权……”伦敦剧院廊台的说话声继续低沉单调地嗡嗡作响。在那里，你无法看见烧毁的棚屋群、烧焦的女尸、内脏被挖空的尸体、拦腰剁成两截的孩子、被削去下巴剁去手脚躺在路边依然活着的军官。因为，在这里，那就是基马蒂的政治权力，非洲大砍刀的权力。

我最多只能走下剧院廊台，来到剧场弧形阶梯座位，这样就能稍许多看到一点——不只是了解剧情的来龙去脉，而是多观摩演员们的动作和喜怒哀乐；我能开始理解：在肯尼亚这个小小的地区内，要想期待人们说话合情合理是不切实际的。这里有太多的困惑和太多的恐惧。

五十年代见证了游击队战术的胜利：在印度支那、马来亚以及肯尼亚中央省。在当时，战争的武器在威力和有效性方面得到了极大的增强，但武器低劣的游击队却倚靠奇袭，机动性和对自己乡土的熟悉

① Jomo Kenyatta，1891—1978，肯尼亚“民族主义之父”，曾任肯尼亚总统、武装部队总司令等职。

凸显了军械工厂的局限性。李-恩菲尔德式步枪[1]和马克沁式重机枪时代比俯冲轰炸机和布伦式轻机枪时代对欧洲人更有利。（在我们自己扰攘不安的未来，我们也许会发现这是一种吉兆。）

出西贡后，我在沿途看到瞭望塔和边界要塞又恢复了；肯尼亚也回归竹子要塞、棘尖护墙、斜竹桩壕沟；我们称之为文明的东西——它缺少一个更加精确的名称——已经处于守势。攻势在土制枪炮和钢铁砍刀的手里。维多利亚时代的人们教给了我们进步的思想，我们发现这种时间的轮回令人感到不安。世界曾经沿着一条特别的道路前进，而现在它正沿着另一条道路前进。预言家被证明比巫医还要错误——甚至伦敦经济学院的预言家也是错误的。

开明的行政管理人员——从总督到农业官员——曾经一直在诚实地规划一片土地，在这片土地上，非洲的地位会慢慢地、非常缓慢地改善，土壤侵蚀会得到遏制，新的行业会建立起来，土地占有欲会得到缓解。种族偏见会自然结束：老一代保守的殖民者正在消亡，确保欧洲人、非洲人和亚洲人之间公平正义的任务正变得有点儿容易。当然，一份普通选举人名册和普选权依旧是一种不切实际的梦想——开明人士向来不着急——不过，也许有朝一日，唯一的障碍大概只是文化的障碍。行政管理者们本会相当愉快地让自己销声匿迹。

至于殖民者，他们已经实现了那种奇怪的英国梦——“远离家园

① 一种英军使用的连发短步枪。

的家园”——不管这个家园是老殖民者简陋粗糙的农舍(尽管农舍四周有六万英亩他们自己的大农场),依然靠油灯照明,还是精工细雕、具有摄政时期风格的传统乡间别墅。

在那些日子里,英国人对非洲人喜欢感情用事:他们欣赏马萨人[①],因为他们体格健美、他们对文明漠然处之(这就消除了一个竞争对手),因为像威尼斯一样,他们注定会消亡(“注定会开花和凋谢”)。但是,吉库尤人也许离我们太近。他们天然是一种民主政体(是政府强行用酋长取代了长者会),他们相信上帝,甚至他们的不满情绪也有对应的欧洲感情,他们对霍尔要塞周围他们失去的少量土地的悲痛之情,与1870年后欧洲人对阿尔萨斯[②]失地的痛惜有着某种相似之处。带有亲昵色彩的绰号“库克人”[③]是我们有限接受吉库尤人的一种表现。他们有时被比作犹太人,因为他们做生意非常精明,犹太人笃信宗教,吉库尤人也是这样。

起义发生时,对于英国殖民者来说,那就好像是国内雇员的一次违抗。吉库尤人不野蛮,他们会成为好职员和仆人。这就好像吉夫斯[④]逃进了丛林。更加糟糕的是,有人看见吉夫斯爬过一个拱门,跪着喝一个香蕉形水槽里的血:吉夫斯用七根南非大风尾[⑤]的棘刺贯穿

① the Masai,肯尼亚和坦桑尼亚的游牧狩猎民族。
② Alsace,法国东北部一地区。
③ 是吉库尤人(the Kikuyu)的昵称。
④ Jeeves,美国作家P. G. Wodehouse所著小说中的人物,现用来指理想的男仆。
⑤ 原文为kie-apple,可能是打印错误,应该是kei-apple,也称the Umkokola,产于南非,味美,似小苹果。

了一只羊的眼睛；吉夫斯与一只山羊发生了性关系；吉夫斯发过誓（不管如何不情愿），他要杀死伯蒂·伍斯特[1]，“否则这个毒誓会杀了我自己，我会断子绝孙”。

暴乱发生前两年，只有传教士发出警告，但未引起人们的注意；也许爱情真的不如优越感盲目。信仰上帝使你更接近异教的怪异，而不是对清除松弛的颏下皮或者人工受精感兴趣；保留地一个孤单传教机构里的独身传教士每天对着圣母马利亚祷告，他更加接近那个裸体女人和死山羊周围的那些黑色的聚会。

当意外的惊人消息传来时，有一点歇斯底里也十分自然。马球运动员带着球杆骑着马跑进森林去寻找茅茅分子的躲藏处；一家人被杀害后，游行示威者在政府大厦前推开非洲警察；有人提出了过分的要求：所有吉库尤人都应该遣送回保留地，之后六万擅自占地者陆陆续续从“断陷谷”回去了（两万人被强制遣送回去），这使农场主没了劳力，保留地人满为患食品短缺。当吉库尤人数百数百地死去，欧洲人只死亡数十人的时候，便出现了“把他们遣送回去，让忠诚的人证明他们的忠诚，不忠的人回森林去与茅茅分子同住”的呼声。

在我这个了解马来亚的人看来，刚开始白人移民对暴力致死的看

---

① Bertie Wooster，美国作家 P. G. Wodehouse 吉夫斯系列小说中的虚拟人物，一位英国绅士，懒散的富人。

法似乎过于敏感。(不仅仅白人移民是这样：我亲眼目睹一位法官在警署的一间镀锡铁皮棚屋里审理一个案子，警署四周围设置带刺铁丝网和瞭望塔，法庭上坐着两名全副武装的土著士兵；法官觉得还有必要在他面前的桌子上放一把左轮手枪，枪上盖着他的法官假发套——那天天气很热。)在马来亚，政府大厦前没有游行示威，而死亡的危险却严重得多——仅彭亨一个州，十分之一的种植园主在头三年里丢了性命。

但是，我只要在乡间待上一段时间，就会意识到这种较小规模的冲突如何更让人心惊肉跳。对涅里[1]宾馆广告栏里那个鳄鱼皮小手枪套(“12 号口径霰弹枪，女士可换成 16 号口径的”)的广告，我也许会淡然一笑，就像对迪奥[2]时尚秀上的漂亮姑娘一样；但是，在阿伯德尔山脉边缘一个孤零零的农庄或者肯尼亚森林里待上一段时间，你就会意识到问题的另外一面。

人类的本性不仅怕子弹更怕钢刀(几幅砍去脑袋的躯干的照片久久留在了记忆之中)，而且晚上比白天更容易丧失理智。在马来亚，是白天比较危险——早晨巡察种植园、在高墙似的丛林间驾车进城：但是，到了夜间，你睡在带刺的铁丝网围墙里面；你的马来亚男仆也睡在里面；还有马来亚卫兵，他至少会发出警报。你的敌人武器比较

① Nyeri，肯尼亚中央省一区名，是吉库尤人集中居住的区域。
② Dior，在香水、彩妆和护肤领域是法国高贵典雅风格的代表产品。

精良，训练比较有素。但是他比较可以理解。在肯尼亚，白人移民经常只能自己保卫自己，他清醒地意识到他的男仆可能已经跟茅茅分子发过誓，随便哪一天都可能受命帮助杀死他的雇主，雇主不得不依靠卧室脆弱的门锁、床边的左轮手枪和看家犬的警惕来保障自己的安全；夜晚似乎不可避免地要比白天漫长，柴火堆不时嘎吱作响，拾荒者快步疾走。记得一天晚上我住在海兰兹①一位好客的白人移民家里。他找不到我房间的钥匙，因为这个房间与住宅的其他房间是隔离的。他担心钥匙也许已被茅茅分子偷走，因此，因为我没有左轮手枪，他借给我一只拳师犬②。夜里响起了枪声，那只狗整夜都警惕地盯着房门，随时准备跃起。

从另一方面看，马来亚种植园主艰难困苦的命运倒令人觉得较有可取之处。他在马来亚的赌注是三十年服务，服务结束后有一笔养老金。他是个拿薪水的雇员，将来某一天能够回英国安家（也许因为这个原因，马来亚比较没有那种可怕的思乡情绪）。而肯尼亚种植园主把他的资本全投到土地里去了。许多人几乎不认为他们是英国人：第二代移民的言谈中甚至隐含着一种苦涩："英国不是我的家。这里是我的家。"

不是所有人都是富人：幸福谷、聪明的年轻人和可自由交换的爱

---

① Highlands，津巴布韦一地名。

② 一种德国种短毛狗。

这些异乎寻常的日子早已成为往事——只有一些形容枯槁的幸福谷遗物依然残留着。

即便没有茅茅分子，多数农场主的日子也过得相当艰苦。从阿比西尼亚[①]飞来的蝗虫毁了玉米；还有牛瘟、舌坏死、黑腿病、金针虫、吸虫等灾祸。口蹄疫也很常见，而且无法控制，在牧群迅速蔓延，削弱了牲畜的抵抗力；甚至鼓腹巨蝰每年也会突然吞噬一些牲畜。现在，微薄的利润又受到了不测事件的威胁。茅茅分子偷窃砍杀，最棒的劳力消失了。

对于大多数农场主来说，恐惧破产胜于恐惧死亡，因为他们一生不得不在这里生活。这里是他们的埋葬之地。在肯尼亚的某些地区，他们的定居时间相当于吉库尤人的三分之一。而在英国，他们已是被流放者。

1953 年长期干旱，是个坏年；剩下的劳力常常不够收割除虫菊——除虫菊的收割不能拖延——或者不够经常给牛洗药浴。在有些地区，政府下令毁掉森林三英里之内的所有玉米，以防止玉米落入茅茅分子之手(政府许诺给农场主补偿，但是农场主有理由担心给什么补偿、何时补偿)。在靠近肯尼亚山附近的一些牧区里，茅茅暴动三名领导人之一的“中国将军”[②]在那里进行着他的食品战争，他命令农场主把他们的牲畜用围栏圈在自家附近，但是，这也许意味着牲畜

① Abyssinia，东非国家埃塞俄比亚的旧称。

② 这个肯尼亚的暴动首领自封“中国将军”，并非因为他和中国有任何联系。

会在已耗尽牧草的牧场上饿死。

在这种情况下，我有时感到很惊讶——开明的白人移民居然像我看到的那样平凡：这位年轻人意识到这片白人居住的高地不可能永久属于白人，未开垦的土地有朝一日将不得不被没收；那个老兵说："那些不热爱非洲人的家伙最好离开这里。这里不是他们的国家。"

我写过农场主，不过还是有另一种移民白人，他们给他们的新国家带来了一些不太好的东西。你能看见他们在内罗毕"新斯坦利饭店"的休息厅里摆出布赖顿[①]码头所有的傲气喝啤酒：这一日游旅客发觉自己离开家乡四千英里，有黑皮肤佣人可供使唤。也许他们在某家大商店工作，但是下班之后，转而变本加厉要别人伺候。他帮忙给肯尼亚警察预备队起了个含义模糊不清的名字；毫无疑问，在爱乱开枪的"警察和强盗"的浪漫主义情感中，他捐献了460支左轮手枪和步枪中的部分枪支，这些枪支在暴乱中遗失和被偷了。

在这里，很多大问题中的一个问题是要使非洲人相信：白人也是由个体组成的——欧洲人可能是异教徒或者基督教徒。

这是一个多么奇怪分裂的国家，甚至肯尼亚这片小小的地区（你可以称之为"吉库尤王国"）也在地理上和心理上分裂了。北边平坦干裂的大片牧场与绵延起伏的威尔特郡的地貌和二十英里以外两千英尺下方的肯特郡的乡间小路没什么差异，白人之间的想法也没什么差

① Brighton，英国英格兰东南部临英吉利海峡的旅游城市。

异。无论何处，农场主都会对你谈起政府办事拖沓、“紧急法令”时期的管理规定躺在白厅[①]的办公桌上，而生活节奏依然与户外公共汽车的服务一样安步当车不紧不慢。每天晚上，当地广播电台播送内罗毕恶性犯罪事件冗长的名单，对警察的批评意见与日俱增。偶尔会传来更多采用简易程序进行审判的呼吁。

对肯雅塔审判的多次长期拖延（这个案子很难结案，通过迷宫般的法律程序至少需要两年），对“拉列大屠杀”涉案人员冗长乏味的集体审讯对于精疲力竭提心吊胆的人们来说是一种刺激。生活在危险地区的男男女女认为：收集证据效率差（拉列大屠杀发生后，警察几乎没有挖掘出一件沾满血迹的大砍刀或衬衣）、内罗毕缺乏紧迫感和缺乏想象力拖延了司法审判的速度。（举行拉列大屠杀案审判的小木屋里有股迂腐和荒唐的味道，就像吉森古利[②]外面的厕所，木屋上面用粉笔标明“法官议事室”。）

有些人争辩说，既然茅茅分子对他们自己部落的人宣战，那么也应该允许他们自己部落的人审判他们；他们可以辩称，宁愿让原始的非洲司法占据上风，也不要让英国司法改变其严格的证据规定。有时，彼拉多[③]的姿态也许值得模仿。

但是，如果说移民们对英国殖民部政府的恼怒是众口一词的，那

---

① Whitehall，喻指英国政府。
② Githenguri，肯尼亚一地名。
③ Pilate，？—36？，罗马犹太巡抚，主持对耶稣的审判并下令把耶稣钉死在十字架上。

么这种恼怒也是双向的。尽管极端保守的农场主正在逐渐消亡，但是对于所发生的事情他们无法避免所有的责任。你很有可能从其他农场主那里听到有关这些早期移民的情况，但不太可能见到他们，但是，干裂的高原上或树木茂盛的山谷里一定还生活着那种典型的殖民者，如果他的仆人用英语答话，他就会扇仆人的耳光。

如果“紧急法令”时期的管理规定在白厅耽搁太久，那么这些规定在发布的时候很有可能无人理睬。比如，农场主被要求自己保护自己、保护他们的邻居、把他们的擅自占地的劳力集中到村里，但是，在一个区里，一个主要农场主不理睬这个规定，当地的警察预备队拿他没办法。“我们不能对老资格的某某人强制执行那种规定”，这就是对一项规定司空见惯的意见。

双方都对某些奇怪的不实之词半信半疑——政府以为，在某些情况下，农场主也许会发动武装叛乱；农场主以为，政府和军队私下商定了有关茅茅分子抗争的某种政治解决办法、某种形式的自治政府，让欧洲人、非洲人、亚洲人享有同等权利。

普通选民名册的噩梦搅乱了已被茅茅分子萦绕的睡眠。因为这是个谣言和分裂之地——谣言随着三十英里外邻居的汽车传了进来，谣言沿着红色油滑的大路悄悄地传播，然后陷进了那些辟谣永不出现的地区：大批人投降的谣言、森林里有白皮肤茅茅暴动领袖的谣言、欧洲人开小差的谣言。如果欧洲人都相信这样的谣言，那么非洲人该是生活在何种荒诞的异想天开的世界里？“我们迷惑了”，一个操英语的吉库尤人对我说，“我们怕了。夜间一下敲门声。是茅茅分子，地方军，还是警察？他们都把我们当作敌人。”欧洲好像已经来到了吉库尤保留地，因为1933年以来，几乎所有欧洲人都有过这样的经历：一听到刹车声、脚步声或敲门声，他们的心脏就会瞬间停止跳动。

有时候，你会诧异于吉库尤部落竟没有全部进入森林，因为那个自称忠诚的吉库尤男人常常没有一个朋友，而如果他成为一个茅茅分子，那么他就少一个敌人。只有在森林里，在三个将军——德丹·基马蒂、斯坦利·梅森基和“中国将军”——的领导下，他才知道自己站在哪一方，不论是凶是吉。

德丹·基马蒂是国王非洲步枪队的前职员，据认为他是森林匪徒的首领。他在阿伯德尔山脉竹林里工作；“中国将军”在肯尼亚山的山坡上工作。对匪徒的总人数有各种不同的估算，不过很可能核心战士不到五百人。除这些骨干分子外，还有运送食品的人员和随军杂役，还有那些担惊受怕的边缘人群，他们对茅茅分子发过誓言，他们自己只要活着将终身受其约束——男仆、农工，甚至职员——需要时，这些人能够被召来帮助进行清除行动。

也许，吉库尤部落中百分之九十的人都立过初次誓言，但是发誓的程度各不相同，可以直至复杂详尽、几近喜性的不堪阶段。欧洲人认为，这些最后阶段的毒誓是为了使新入会成员永远劫数难逃，无法洗清罪孽，不为部落接纳，就像奥斯威辛和贝尔森的暴行那样使某些德国人永远为社会所不容。很难想象这些毒誓不是由博学、复杂、受过人类学专业训练的人想出来的。森林战争的领袖是比较简单的人。

我们对基马蒂“将军”和他的天真自负有所了解。他喜欢写信，给警官写，给地区官员写，甚至给新闻界写（有时署名“解放阵线的土著士兵”）。这些信形式多样，从荒唐自称是涵盖整个非洲的“国防委员会主席”、从他提及自己游历非洲和巴勒斯坦时那种可怜巴巴的虚荣（当他和他的追随者蜷缩在阿伯德尔山脉的山洞里和藏身之处时，谁知道他能从这种无法实现的梦想中获得什么满足？），到瞬间感人的纯朴坦诚，这使人想起萨柯[①]和万泽蒂[②]临刑前写的信。“我要清楚地说明：没有什么茅茅分子，但是穷人就是茅茅分子，如果事实果真如此，那么只有茅茅分子才能消灭茅茅分子，不是炸弹和其他武器。”

当你考虑到这个非洲职员现在发觉自己面对着三个英国将军、五个英国正规营、六个国王非洲步枪队、肯尼亚团的一个营、一个中队的轰炸机、一万两千名正规和预备警察，更不用说一万八千名他自己部落的地方军时，谁能说他没有理由自负？（当然，地形地势有利于他：海拔一万英尺，很难持续进行军事行动，竹林的纵深和茂密，甚

① Nicola Sacco，1891—1927，美国意大利移民工人，与 Vanzetti 一起被指控杀人抢劫，电刑处死，引起世界各地抗议，被认为判决系出于政治偏见。

② Bartolomeo Vanzetti，1888—1927，美国 Sacco-Vanzetti 案中被告人之一，被处死刑。

至野生动物也助他一臂之力——大象、豹子、犀牛——这些野兽吓坏了刚从马加特[①]或福克斯通[②]电影院出来的年轻服役士兵。)

如果我们不考虑那些野蛮荒淫的仪式(活绵羊、死山羊和裸体女人),或者不考虑那些四肢残缺不全的尸体照片、白人农场主躺在澡盆里身体被开了膛、那个拉克小男孩在床上玩具火车轨道边被切割成碎片,那么就比较容易把基马蒂描绘成一个英雄人物。英雄应该像英雄那样举止端庄,那样他们就容易赢得我们的拥戴。我们一次又一次被这位野蛮敌人的纯朴和伤感所打动。

下面是被捕时一位年轻茅茅分子的盒子里装的东西。这些东西似乎距离他三次宣誓的那个世界,那个对他看守的18岁姑娘实行强制阴蒂环切的世界是那么遥远:一本英语散文,内有粉笔绘制的图画,画的是直鸟嘴和弯鸟嘴的不同;一篇植物传粉论文;第三本书论述鸵鸟和鹰脚爪的不同;一把*simi*——茅茅分子经常使用的双刃刀;一本苏格兰赞美诗集;一根童子军皮带;听写的五十个词,有四十九个错误;积攒三年的一位吉库尤姑娘的来信,仔细抄写的哈姆雷特的独白,“生存还是死亡”。

压迫者的羞辱,高傲者的侮辱,

① Margate,英国地名。
② Folkestone,英国地名。

遭蔑视的爱情的痛苦，正义的迟到，

官吏的横暴……

将这段抄写解读为课堂作业以外的东西将是浪漫的，然而，谁知道呢？一位传教士告诉我，他发现莎士比亚的著作和比格斯[①]系列的著作是唯一能够吸引他学生的想象文学形式。

如果从过分英勇和纯朴的角度去描绘茅茅领导人及其追随者很容易，那么抹黑他们的对手也会很容易；因为以开枪为乐的东非步枪队、欧洲警察或者地方军在争斗中手上都不是干净的。我想，也许将来最棘手的问题是种族血仇在热战之后延续下去。在这一案例中，茅茅领导人显示出一种野蛮的政治手腕，因为只要有可能，他们就试图连累犯罪活动中被谋杀者的亲属。詹姆士酋长在霍尔要塞保留地伏击中被杀，他的妹妹和母亲都遭到牵连。盟誓的恐怖打破了血脉的纽带。

地方军——有时武器只有长矛或者弓箭——对他们的部落有着长远的记忆，他们偶尔表现出来的英勇行为比他们偶尔流露出的懦夫行为更引人注目。谨慎小心使他们起初不采取行动，不过一旦他们采取了立场，他们的长矛涂上了毒药，那么他们不得不竭尽全力，在所不辞。即便在这场冲突中他们很可能最后站在胜利的一方，但在以后的

① Biggles，英国飞行员、作家 W. E. Johns（1893—1968）创作的面对青年读者的系列冒险丛书中主要人物和英雄 James Bigglesworth 的绰号。

所谓和平岁月里，当他们的武器被收缴以后，谁会保证他们的安全？

怪不得恐惧有时会驱使他们不分青红皂白地使用暴力，有时使他们胆小怯懦。发生过几起这样的案例：没放一枪，隔壁邻居家围栏里的一些牛就被赶到一个地方军的营地里去了。“我们只要你的牛，不要你的命。”

因为他们和他们的家族处在死亡的威胁之下，所以一时营私自肥也很自然。那个悔悟的茅茅盟誓者，那个逃进保留地的陌生人给了他们这个机会。这个新来者曾被迫发过毒誓；现在他希望在一次部落仪式上将其净化，像旧时那样，再次与死者和被埋葬的人一起安居，放牛，种玉米和香蕉，在和平中渐渐衰老，但是，他很快发现这段过去将永远不会消失。

净化仪式花去了他两个先令，不过仪式之后还需要他忏悔（如果他无事可忏悔，那么最好捏造一些事情——盟誓主持者的姓名、棚屋门外站岗的土著士兵的姓名；如果几个捏造的姓名正好与现实中的人名相吻合，那么这些人中的某些人将遭遇不幸）。地方军将忏悔记录下来，交给长老会，他必须款待长老会，这也许需要花费他二十先令。

更加糟糕的是，此时他的名字已经上了黑名单，他会成为在他那个区内所发生的任何罪行的替罪羊。下一次，地方军夜间巡逻来到他的 *shamba*①，也许需要一百先令才能打发他们。如果他被忠诚的地方

① 东非的一个农场或种植园。

军殴打，谁会保护一个前茅茅分子呢？

地方军每强征勒索一次，他自己的危险就增加一层，始终萦绕在他思想深处的是对未来的恐惧。他也像四级违誓者那样把自己孤立了起来；他得到了白人、官方首长和头人们的赞誉，但是白人的记忆是短暂的，他们不会庇护血仇，而且官员是经常更换的。

他收听印度电台。印度来源的传单告诉他：伟大的印度尼赫鲁[①]曾经身陷英国监狱，而现在却统治着他的国家。在森林里，茅茅战士们梦想弥赛亚[②]的归来；在保留地里，地方军在可怕的噩梦中见到了那个人——肯雅塔。

当乔莫·肯雅塔技术性地赢得第一次上诉时，吉库尤保留地里一片沮丧；除了那个茅茅战士外，没有一个人不惧怕肯雅塔的归来。当时我想，最好肯尼亚政府宣布，不管肯雅塔上诉的结果如何，最妥当的办法就是规定永远不许他在肯尼亚生活，这胜过几个营的英国军队。

这不涉及肯雅塔是否有罪。世界足够广阔，肯雅塔应该在他国家的边界以外结束他的生命，这有益于肯尼亚。我想，一个果断和惊人的决断也许能结束肯尼亚因优柔寡断而遭受的最大苦难。

“紧急法令”之前政府经常优柔寡断，“紧急法令”时期政府也

---

① Jawaharlal Nehru，1889—1964，印度独立后首任总理、国大党主席。

② Messiah，犹太人盼望的复国救主，或者基督教徒心目中的救世主耶稣，喻意“救星；解放者”等。

优柔寡断，因为这是现代思维的一部分。我们已经失去办事干脆利落的动力，因为我们失去了相信的能力。

甚至对匪徒头目开出的投降条件也是优柔寡断，几乎可以被解释成毫无意义。时机的选择很糟糕——因为投降条件无疑应该在成功之后开出而不是相反——这就好像在说，“来吧，挥动你的绿树枝，如果你与谋杀有牵连，那么你将受到所有常规法律程序的审判，然后被处以绞刑；不然，你就相信我们的司法，只要进入我们人满为患的监狱。”这不是意图，但是，在思想和行动之间笼罩着优柔寡断的阴影——那些失去妻子儿女的忠诚的吉库尤人会如何看待赦免呢？那些对拉克一家惨遭杀害记忆犹新的白人移民会如何看待赦免呢？

非洲人的头脑不能理解这种优柔寡断，优柔寡断使他们在生活的最小细节上颇感烦恼。吉库尤人不是经常抱怨吗：第一年他被告知非洲双翼豆的种植间距必须九英尺，第二年是十七英尺，随后又是九英尺；第一年他坡地上的梯田必须按一种方式耕作，第二年耕作的方式又变了。通过试错真相会慢慢显现的理念对非洲人来说是陌生的——人们也许会说，他们的信仰寄托离天主教比离科学探索更接近。他们自己的部落体系有其复杂的习俗，这给了他们一种永恒不变的感觉；欧洲人打破了这种体系，而且迄今为止几乎没有任何回报。

新教的传教士们给吉库尤人提供了一些宗教礼仪，可以随每个不同的传教士而变化，就像农业政策可以随每个不同的农业官员而变化一样。政府提供学校，学校没有理想主义者所认为的那种宗教说教的累赘；在新教传教士决不允许他们学校里的女孩按部落习俗遭环割阴蒂之后，是非洲人用一种奇怪和歪曲的形式，在乔莫·肯雅塔创建的独立学校里恢复了宗教说教。

因为吉库尤人——即便在盟誓那严酷悲哀的礼仪中你也能看得出——非常虔诚。不是欧洲人将上帝带到非洲；经常是欧洲人把上帝赶出非洲。“当然，我们相信上帝，”一个吉库尤人对一位我熟悉的神父说。“每个人都相信。割破手指时，我们不是说：‘上帝啊？’”

在霍尔要塞保留地里，一位年轻的吉库尤人(一位被茅茅分子判处死刑的酋长的儿子)领我前往一个地方军哨所。“你的左轮手枪呢？”他问我。我告诉他我没有左轮手枪。“啊，”他说，“我看得出你相信上帝的仁慈。”

一位神父对我说：“他们提出一些无法回答的问题。他们对我说：‘上帝不是为每一个民族都创造了一片土地吗，黑人和白人，他将大海置于我们之间不是为了我们互不干扰吗？’”

当你不再害怕他们时，不爱这些人是不可能的。他们具有一种活泼和率直的想象力；他们谈起灵魂时就像见过它一样——灵魂这样升起，那样落下，他们能够报告灵魂的动向。

一名吉库尤人因私藏葛里炸药而被判死刑。他说，他拥有这些炸药已有许多年头，为了治疗疾病；法官相信他的解释，一方面正式给他判刑，另一方面暗示可以缓期执行。一位神父探望了他的妻子，给她带去丈夫可能不会被处死的消息安慰她。“我希望你是对的，神父，”她说，“我的灵魂就像一台时钟不停地转动，但是如果他死了，时钟就会永远停在那里，”她让神父看时针指在十二点。

被判处死刑的茅茅分子有一件怪事：生的希望破灭后，死牢里的死囚百分之九十皈依天主教。也许这是一位爱尔兰神父的个人魅力，这些人一判处死刑，他就开始对他们进行开导，在死牢里与他们一起度过最后一晚。有一天晚上，检察总长巡视涅里的一座监狱，看见一个白人蹲在死牢的地板上，周围坐着三个非洲人。他就是这位神父。

涅里发生过一起死囚越狱未遂事件；军队封锁了死牢：使用了催泪瓦斯，最后死囚们提出了最后的条件。如果那位神父能够到死牢来与他们在一起，那么他们会安静地死去：他们需要啤酒和洗礼。

“他们像天使一样死去，”这位神父对我说。“我不是经常看到欧洲人死得这样安详。”许多时候你不得不下到绞架底下的坑里去，给躺在那里断了脖子的尸体做最后的仪式，每具尸体都成了一具独特的尸体。进了吉森古利法庭，你就来到一个不同的世界，那里有一排排编了号的黑人；法官——经常运用不够充分的手段——尽力从我们称之为无罪的人中间区分出我们称之为有罪的人。

英国的司法正义不足以当作一种给吉库尤人民的礼物，去为他们赢得未来。英语中有一句格言：正义不仅应该实施，而且应该让人亲眼目睹实施。在“紧急法令”时期，这种理想状态几乎不可能实现。

进步的农业政策不可能实行，世俗教育也不可能开展。为了取代消亡的部落行为体系，吉库尤人寻找另一种行为体系，另一种圣礼来代替他们自己的部落献祭。

在我看来，不管是好是坏，吉库尤人的未来似乎取决于宗教——要么用行刑坑里神父的基督教教义赢得他们，要么用肯雅塔独立学校的奇怪信仰赢得他们；肯雅塔的独立学校教导吉库尤人：世界上存在着一个白人的上帝和一本白人的《圣经》，每篇经文都隐藏着不希望非洲人注意的含义。“眼睛你有，但视而不见”——这句话的意思是，他们的老师说，你看不见这些白人和他们的白人上帝对你和你的儿女的图谋，而黑人的上帝像茅茅分子那样躲藏在竹林里。

四

我在肯尼亚逗留期间意外联系上一位朋友，离开牛津后我一直没有他的音信。我们俩几乎没有变化！一生中我们只有自己的影子始终相随，那可笑地模仿我们的影子，只有我们的朋友会注意到这一点。我们离影子太近，不会注意到它，即便它相当夸张地扮演小丑，傍晚拉长我们的身高，正午缩短我们的身长。当然还有左手上的那些掌纹……我在想，以上帝的视角，我们在地球上四处走动是否一眼就能看清，我们的行迹不会像掌纹那样有着相同的纹路。就我而言，也许非洲的河流就在大拇指底下奔流，印度支那的小规模冲突就在维纳斯山下十字形成的地方[1]发生。

每当想起我的老朋友罗伯特·斯科特[2]，这些思绪就如泉喷涌。他是我在牛津最好的朋友之一，但是近三十年来我与他完全失去联系。有一天，我到内罗毕报道茅茅暴动事件，四十八小时后，饭店里有一份给我的留言：东非高级专员希望在他的办公室会见我。专员派了他的汽车和秘书。

在汽车里，我向秘书打听这位高级专员的姓名。“罗伯特·斯科特爵士。”上一次我听到罗伯特时，他是巴勒斯坦的一名殖民秘书。斯科特是个普通名字。看来此人不太可能就是我的老朋友。

“罗伯特爵士要我把你直接领进去。”

真是罗伯特！他坐在宽敞明亮的房间里，人完全变了：一个苏格兰盖尔人，皮肤黝黑，忧思多想，不知怎的有点神经质，坐在宽大空空的书桌后面，用手指玩弄着烟斗。在牛津时，他也总是用手指抚弄烟斗，好像烟斗能使他与现实保持一指之遥。这个粗壮率直的家伙有种怪毛病：说话似乎总是有点犹豫，总要深思熟虑，总带着低沉沙哑的苏格兰口音而且随时都可能浮想联翩，进入毫不相干、不合逻辑的幻想世界。

---

① 西方的掌纹学将大拇指根下的那块脂肪堆积区域称为“维纳斯山”，如果这块区域有十字纹路，会将其解读为一种与爱情、婚姻等有关的命运暗示。

② Robert Scott，1903—1968，英国殖民官员。

“罗伯特！”我大声招呼。

我俩似乎同时时光倒流，一下子回到了昔时的牛津。在贝利奥尔[①]，我有时无情地取笑他。他来自一所苏格兰大学，年纪比我似乎大许多；在我眼里，他的烟斗给了他一种虚假的聪慧神态，对他这种神态我曾作出反抗。吸一口烟就是长时间沉默寡言的借口。如果不嘲弄他，我在生活上就有可能受他支配，那可就不爽了。

比如，圣基拉斯酒店[②]曾经发生过“兰姆与旗帜酒馆”[③]年轻女招待的恋爱风波，我们都认为她奇特的美貌很像埃及王后奈费尔提蒂[④]。为了跟她说几句话，我们不知道喝了多少啤酒！我们太年轻，都害怕进一步追求。一年夏天，一个多月过去后，我才意识到这个慢吞吞抽着烟斗、自以为无所不知的罗伯特已经成功超越了我们所有的人。女招待休假时，他经常在“伊希斯”[⑤]上用篙撑方头浅平底船载她外出，给她朗读英译龙萨[⑥]诗歌。都是他自己的译作；在那些岁月里，他也像我一样创作诗歌——都是些非常传统的诗歌，但不像我的是，他非常幸运没有找到出版商。诗歌对他在殖民部的前程没什么益

① Balliol，指英国牛津大学的贝利奥尔学院，是该校最著名、最古老的学院之一，曾培养出多名英国首相和其他政要、名人。

② St Giles's，英国伦敦靠近牛津街一家国际著名酒店。

③ Lamb and Flag，英国牛津圣基拉斯酒店内一家酒馆的名字，隶属圣约翰学院，其利润用于资助学生奖学金。

④ Nefertiti，公元前十四世纪埃及王后。

⑤ the Isis，古代埃及司生育和繁殖的女神，这里指流经牛津城的那一部分泰晤士河，在河上划方头浅平底船是牛津一大特色。

⑥ Ronsard，1524—1585，法国诗人，“七星诗社”的中心人物。

处，不管怎么说，有奈费尔提蒂作为听众，谁还需要出版商?

一天傍晚，他来看我。他比平时更加沉默寡言，并且大量吸烟。他说，他需要听听我的意见，这让我吃了一惊，因为通常总是他劝告别人。原来，奈费尔提蒂威胁要给贝利奥尔的院长写信，投诉他的行为。

“你对她干了什么？”

“什么也没干。”

“也许这就是她抱怨的原因。”

不过，情况很危险。贝利奥尔的院长人称“娘娘腔”，他不会同情一个异性恋者的困境。我茫然了，不知该出什么主意。

“我想到一个计划，”罗伯特说。

“什么计划？”

“我邀请她喝茶，她上楼时，我倚靠在楼梯栏杆上，把一杯水全倒在她身上。”

“可是，罗伯特……那样做肯定会把事情搞得更加糟糕。”

“我实在是没招了，”他伤心地说。

几周后，他再次登门拜访。“它奏效了！”他说。

“什么奏效了？”

“那杯水。”

我惊诧地看着他。一杯凉水倒下去……不再朗读龙萨诗歌……在我看来，他一定开发了凯尔特人智慧的某种深层源泉。“兰姆和旗帜酒馆”失去了一批顾客，不过，院长不会收到投诉信了。

我还记得他另一件奇怪荒谬的事情（他在牛津辅导课上大声朗读一些相当乏味的论文，这时他的怪异行为还不很明显；我俩的辅导老师是同一个人：肯尼思·贝尔，老师对斯科特散文的逻辑经常感到无法忍受，因为他的散文要么再次抨击亨利八世的各种错误，要么批判幼僭王[①]的轻浮，其逻辑死气沉沉又有无可挑剔。）：我们中一些躁狂的学生决定让沃灵福德[②]小镇活跃起来。我选择去集市场充当艺术家，为人画画，一次六便士。下议院未来的元老罗宾·特顿[③]也是我们中的一员，但是我记不清他扮演什么角色了，尽管我想他是穿了某个外国强权的军官制服。罗伯特已经有花白的头发可以炫耀，所以装扮成一个中年神职人员，正在寻找离家出走的妻子。他拜访了教区首席神父的家，首席神父不在家，神父的妻子出于同情与他一起喝了茶。她鼓励他要慷慨和宽容，茶点之后，他们一起祷告。我们回牛津的时候，他补充了他这次经历的一个细节。“她走出房间去寻找她的祈祷书时，我在大钢琴上留了一串香蕉。”

“香蕉？这究竟是为了什么？”

“好像应该这么做。”

此刻，在内罗毕，这位高级专员越过空空的大办公桌桌面神经质

---

① Young Pretender，即 Charles Edward Stuart。

② Wallingford，英国牛津郡一小镇。

③ Robin Turton，1903—1994，英国保守党政治家，在议会中长时间供职，直至退休，被称为“众议院之父”。

地看着我。他是否也在回忆那段荒唐的历史？他邀请我去他家住。他在内罗毕市郊有一栋寓所。“苏格兰角塔式大宅，”他腼腆地说，也许是怕我嘲笑。

不过，我已经雇了一辆轿车，还有一个非洲司机，第二天要去吉库尤人保留地。“我一两周就回来，”我许诺。

我回到内罗毕时已经近一个月过去了，我给高级专员办公室打电话。

“罗伯特爵士不在办公室，”我被告知。“他身体不好。”

“但愿病不重。”

“几天之内他不会回来工作，”对方小心提防着说。但是一小时后，他的秘书打电话到我住的宾馆，说罗伯特爵士邀请我吃晚饭，并且派车接我。

罗伯特的住宅——我吃不准它是不是叫“艾博茨德福”——的确是苏格兰角塔式大宅，在非洲非常独特，显得格格不入，尽管在内罗毕也许不会那么显眼。我大声喊道“好家伙！”我的嗓音在恢宏的石头大厅里显得那么微不足道，消失得无影无踪，而且没有人来迎接！这就像一部哈默电影[①]的开场。终于，我听见大厅上方传来罗伯特微弱的声音，叫我上楼去。一扇门敞开着，我走了进去。罗伯特用两个

① Hammer Films，1934 年成立的一家英国电影公司，以“哈默恐怖系列片（Hammer horrors）”著称。

枕头支撑着躺在床上。他神经质地用手指抚弄烟斗。

“怎么啦，罗伯特？”

“我发生了意外。”

他脸上再次露出那种忧虑的神色，好像在等我哈哈大笑。

“发生什么事啦？”

“我洗澡时滑了一跤。”

“股骨没有碎裂？”

“我一屁股坐在了肥皂盘上，”他说。

我希望我能够转达他那种慢吞吞的苏格兰腔调，这种腔调能够使把香蕉放在大钢琴上显得合情合理，甚至平淡无奇。他说，“肥皂盘碎了！我皮肤割破得很厉害，我大声召唤我的男仆。他走进浴室，一看见鲜血，就以为发生了茅茅分子的暴行，于是就逃跑了。”

他停顿了一下，也许是在等我嘲笑，不过现在我很会克制自己，因为我不再年轻了。

“我走到一部电话跟前，”他说，“叫了医生。但是医生到来的时候，断电了——换句话说，这也许是茅茅分子干的。医生不得不借着电棒的光亮缝了十二针。”讲完故事，他轻松地看着我——我没有笑。

“可怜的罗伯特，”我说，不过我脑海里正想着年轻时代的罗伯特倚着楼梯栏杆，将水倒在奈费尔提蒂的头上，在沃灵福德与首席神父的妻子一起祈祷——以荒唐开始的人生将一直荒唐到人生的结束。

掌纹是不会改变的。

这是我最后一次与他共度时光。几年后，我收到一张从毛里求斯寄来的圣诞卡，他被任命为该国总督，住在一栋漂亮的旧殖民时代的别墅里，我想象草坪上一定会有十八世纪的大炮。他邀请我去小住，但是我根本没有去，现在我后悔了，因为谁知道那里会发生什么荒唐奇怪的事情。

罗伯特·斯科特已经去世多年。我也已经到达这种年纪：朋友们一个个先我而去，而我对他们的记忆却长久留存；在写这段回忆的时候，我又想起另一件事——那一次在伯克姆斯特德市政厅外面，当时罗伯特戴着浓密的假八字须，装扮成拉迪亚德·吉卜林，呼吁为童子军募捐，一位名叫洛德-西蒙兹的退役海军上将自告奋勇主持募捐，直到他发现事情好像有点不对劲……我不知道英国殖民部是否曾意识到他们雇佣了一个多么奇怪的公务员！

第七章

一

我想，我是在1954年从波多黎各被驱逐出境的，我将永远怀着愉快的心情牢记这一时刻。人生并不能经常遇到喜剧性事件，我们得珍惜这种喜剧所带来的乐趣，在倒霉的日子里细细品味。

根据《麦卡伦法》[1]，我成了一个被禁止进入美国的外国人。19岁时，出于好玩，我在牛津加入了共产党，成了一名预备党员；在我短暂与他们在一起的期间，我每月给党的基金捐献四张六便士邮票。事情并不像人们想象的那样，是美国中央情报局灵敏地发现了这样一些细节，而是我自己相当天真地透露了这些信息，因为我信任美国驻布鲁塞尔大使馆的一等秘书，我碰巧将在布鲁塞尔与弗朗索瓦·莫里亚克进行一场辩论，那位一秘告诉我美国国务院急需一些能揭露《麦卡伦法》荒唐的案例。所以，我就对《时代周刊》的记者提到了我的过去。

塑料帷幕立刻落了下来，直至约翰·肯尼迪当上总统后才重新开启。如果我希望访问美国，我不得不向华盛顿司法部长申请特别许可——通常这需要约三周时间，我的逗留时间被限制在四周。我必须通知美国当局我乘坐哪班飞机到达哪班飞机离开，神秘的字母和数字印在了我的临时签证上，有了这些符号，在通关时肯定总要耽搁很长时间。我相当喜欢这种游戏——如果我想拒绝出版商的邀请，那么这是绝妙的借口。第一次我发觉这种限制有点不方便是在 1954 年。

我与我的朋友彼得 · 布鲁克[②]和卡波特[③]暂住在海地（当时是一个相对幸福的国家），我想走最快捷的航线回英国，也就是乘达美航空到波多黎各的圣胡安，然后转乘泛美航空的飞机去纽约，再从那里乘英国海外航空公司去伦敦。我去见了在太子港的美国大使，说明我的问题，问他能否给我签发一份过境签证，以避免我向司法部长申请的所有耽搁？他很同情，但告诉我不行。不过，我能做的是——他向我保证那样做是相当合法的——不持签证过境，如果我不反对被锁在圣胡安和纽约机场的一个房间里。

我不反对，但是我有一种强烈的直觉：他的计划实施起来没那么容易。

晚上九点半，我的飞机抵达圣胡安，我的转航飞机两小时以后起飞。一个身穿卡其黄制服个子高大满面红光的男子带着敌意地看了一眼我的护照和那些神秘的符号。

---

① the McCarran Act，也称 McCarran Internal Security Act 或 Subversive Activities Control Act，1950 年由美国国会通过，主要为了防止被怀疑可能从事颠覆破坏活动的外国人进入美国。

② Peter Brook，1925— ，英国戏剧和电影导演。

③ Truman Capote，1924—1984，美国小说家、剧作家，主要作品有《冷血残杀》等。

“当过共产党员？”

“是的。18岁时当过四周。”这是我漫不经心的套话。

他叫我走出队列，等他有时间再来处理我的事情。他的语气不友好，此刻我真切地感到我的这次旅行将会不同寻常。我一阵兴奋，坐下阅读起吉夫斯和伯蒂·伍斯特的一次冒险活动。如果造成航班延误的唯一理由是“机械故障”或者“进港飞机晚点到达”，那么搭乘班机旅行会多么枯燥乏味！现在延误的理由终于有点不同了。

几乎一个小时过去了，后来那个移民局官员粗鲁地召唤我跟他走进一间小办公室。他关上门，将他沉重的身躯倚靠在门上，好像预料我要突然逃跑似的。在桌子的另一边坐着他的上司，此人四十多岁，模样讨人喜欢，显得聪明伶俐，他请我坐下。他说，“恐怕我们不能让你转机了。”

我向他转告了美国大使所说的话，但是大使对移民局没有任何影响。

“明天早晨我们安排你乘飞机回海地去。”

我说，“你把我锁在酒吧里吧，那样我可以喝一杯。我很渴。”

那个粗鲁的家伙不满意他上司客气的做法。他想让我安分点儿。“对你来说这将是个禁酒的机场，朋友。”

不过，这不是一个禁酒的城市。他的上司比较通融。“如果你用名誉担保不逃跑，那么你就能在圣胡安的一家旅馆过夜。”

“我没有美元，”我说，尽管严格地说此话不完全真实。

“山姆大叔[1]会付的，”他说。

他叫来两名便衣带我去一家宾馆。在我们驾车进城的路上，他们解释说他俩将睡在我的隔壁房间，早晨六点半带我去机场。我这才想起我没有回海地的签证，我只好对着自己苦笑。美国公民不需要签证，所以没人会想到这个问题，但是我还不打算开导他们。

驾车途中，我们变得很友好，我请这两名官员与我一起在宾馆的酒吧喝威士忌酒。我们喝了一轮，然后第二轮——反正山姆大叔付钱，我尽量慷慨。过了一会儿，其中一位官员说，“好像很可惜，他没能游览一下圣胡安！”

“我们开车带他去转转吧，”另一个官员说。

我没看到多少市容面貌，圣胡安的街道昏暗，街上几乎没人还在转悠——有一次，一个裹着沾染血迹的绑带的人蹒跚着闯进我们汽车前灯的灯光里——不过，我看见许多酒吧。早晨一点半，我的一位“同伴”已经觉得两脚很难站稳了，我建议：该上床睡觉了——如果我真的必须六点半起床的话。

清晨，在前往机场的路上，我们几乎没有交谈——一名侦探酗酒后严重宿醉。我们随着一队公务人员朝着达美航空公司的柜台向前走

① Uncle Sam，指美国政府。

去，另一个比较清醒的侦探出示了他的警徽。“你们把这位先生送上去海地的航班。”

这时该我开玩笑了。“我没有去海地的签证，”我说。我时机选择得没有比这更好的了。

“没有签证，我们不能带他，”达美航空的官员说。

“海地大使馆什么时候开始工作？”

“十点半。”

“我们带他去市区签证，你们必须把他安置在下一趟航班上。”

“我正在回英国的途中，”我说，“我不想去海地，我不要申请签证。”

这下全乱了套，就让他们去琢磨如何解决吧！我悠闲地溜达到机场大厅的电报局，我在那里给伦敦路透社发了一个电报：“波多黎各的美国当局正在把我往海地驱逐出境。要想获得背景资料，请致电我的秘书，电话号码 ××××。”我难得对公众的关注表示欢迎，这是其中的一次。回到达美航空柜台的时候，我发现他们已经商量好了解决办法——或者说他们自认是这样。达美航空的官员发电报给他在太子港的经理，让他设法征得海地人的同意，让我着陆。我想暂时还是别制造更多麻烦的为好，两名侦探一边一个把我像 VIP 一样护送到舷梯口。我们延误了一点时间才起飞。

我刚解开安全带，机长就在我身边坐下。“遇上点麻烦？”他同情地问。

我告诉他发生了什么事情。

“噢，”他说，“我自己也曾是个共产党员。”

他对我说了他的经历：他曾经是个好莱坞演员，被列入了黑名单。于是他成了达美航空的机长。我心里在琢磨，飞机上所有这些蓝头发的女人要是知道她们的机长曾经是个共产党员，会做出怎样的反应呢?

我说，“你将继续飞往哈瓦那，对吧？”

“是的，然后去迈阿密[①]。”

“如果我跟你去哈瓦那，你不介意吧？”

“我很乐意让你搭机，”他说。

飞机在太子港降落的时候，我看见那位达美航空的经理在停机坪上来回踱步。在海地逗留的两周期间，我曾多次遇见他，不知什么道理，我有点不喜欢他。当我走下舷梯的时候，他怒气冲冲地朝我走来。

“你真的造成了很多麻烦！”他说。“我不得不去了这里的外交部，劝他们允许你在海地过夜。然后我们送你去牙买加。”

这下我火了——我毕竟刚度过一个睡眠严重不足的夜晚。我说，“我又不是一个该死的包裹，你们不能随意把我送到任何地方。”

“嗯？”

① Miami，美国佛罗里达州东南部港市。

“我乘这架飞机去哈瓦那。”

“你不能乘我的飞机去任何地方。”

这时，机长加入了我们的争辩。他说，“我愿意用我的飞机带这位先生去哈瓦那！”

这是一出绝佳的社会主义戏剧：优秀的共产党员勇敢挑战邪恶的资本家，在社会主义剧场里，结局从来没有悬念：经理气呼呼地转身走了。

我们起飞前往哈瓦那之后，女乘务员开始分发彩色的卡片。“它们是干什么用的？”我问。

“前往迈阿密的旅客过境卡。”

“我能要一张吗？”

她给了我一张。我想在某种情况下这张卡或许有用，尽管在那些岁月里，作为一个英国臣民，我可以没有签证入境。

我们在哈瓦那着陆后，那些前往迈阿密的蓝头发女人出示她们的过境卡，急匆匆通过了边境检查；那样好像可以较快通关；于是，我也出示了过境卡。然后，我叫了一辆出租车去旧城区一家我熟悉的宾馆，洗了个热水澡后上床睡觉。这趟旅途非常累人，我很快进入了梦乡。

一阵电话铃惊醒了我。

“谁啊？”

“是格林先生吗？”

“是的。”

“这是《纽约时报》。我们接到路透社的消息，说你正在被驱逐出波多黎各？”

“是的，我被驱逐了。”

“消息说驱逐去海地，但是我们发现你已经去了哈瓦那。”

“对。我比较喜欢这里。”

“我们试了所有大宾馆，我压根儿没有想到你会在这家宾馆。”

“我最喜欢这家宾馆。”

接完他的电话，我试图再次入睡。但是电话不停地响，我发觉自己不得不进行同样的交谈。这次是当地《每日电讯报》的记者。他要我证实路透社的消息。随后他说，“也许我应该提醒你。”

“什么事？”

“我试图寻找你的时候，与移民局的官员交谈过。他们相当吃惊。他们说你根本没有通关。他们正在到处找你！”

他们压根儿没找到我。巴蒂斯塔[①]时期警察不太能干。

二

《爱到尽头》1951 年问世——现在是 1955 年，我刚写完《文静的

① Fulgencio Batista，1901—1873，古巴军人，两次任总统，1959 年被卡斯特罗推翻。

美国人》。逃避的情绪依然存在，不过，这一次我没逃多远，只到了蒙特卡洛[①]，在“巴黎宾馆”享受了几周奢华的生活(可用我的所得税作为业务费用支付)，在卡西诺赌桌边耗掉大量时光(我想我赌输的钱或许也可以合法地由所得税支付)，写一部我希望是有趣、多情、令人喜爱的 *novella*[②]——某种让我的朋友或敌人都感到意外的作品，书名将叫作《赌城缘遇》[③]。名声就像死人的面罩。我要撕碎这张面罩。

我遵守严格的作息时间——床上用早餐，写作至十一点，午餐前在卡西诺赌场的餐厅花一小时，午睡，在餐厅再花两小时，晚餐，随后在私人房间从晚上九点一直工作到子夜。我从来没有找到一种系统赢钱的办法，但我也没输。逗留结束时，我赌赢了四英镑——一个很不光彩的数目，在赶飞机前，我急忙全部输掉。这是一段很愉快的日子。

生平第一次——我想也是最后一次——我从现实生活中汲取主要人物。德勒瑟[④]，《赌场缘遇》中的商界巨头，毫无疑问就是亚历山大·科达；这部小说对我依然非常重要，因为它浸透了我对亚历克斯[⑤]的记忆，我喜欢亚历克斯。我甚至用了他谈话的一些片断。亚历

① Monte Carlo，或译蒙的卡罗，摩纳哥公国城市，濒临地中海。

② 意大利语，意思是“（情节简单的）中篇（或短篇）小说”。

③ Loser Takes All，1955 年在伦敦和纽约出版，曾两次改编成电影，直译可译成“输家全拿，输家通吃”等。

④ Dreuther，《赌场缘遇》中主人公 Bertram 所在公司的老板。

⑤ Alex，亚历山大·科达的昵称。

克斯话语虽轻，却给人一种大智若愚的感觉：我依然记得他用那种犹豫不决的匈牙利口音对我说，也就是德勒瑟在我小说中对即将成亲的会计贝特拉姆[①]（他许诺让贝特拉姆在蒙特卡洛他的游艇上度蜜月）说，“我亲爱的年轻人，遗弃一个好女人不容易。所以如果人一定要结婚，那么最好娶一个坏女人。”

他甚至为我提供了《赌场缘遇》的情节。我在阿纳卡普里与一位密友一起度假，这时，我们接到一份亚历克斯发来的电报，邀请我俩去雅典乘他的“在别处”号游艇与他一起航游。“在别处”号游艇名字十分浪漫，是他的逃避方式，远离电影剧本，远离导演，远离保诚保险公司[②]。起先，游艇还不能完全躲避尘世——“在别处”泊在昂蒂布[③]的旧港里（此时此刻当我在写作的时候，我能从窗口看见那里），她的航线基本受控，那样他就能每天上岸给他的办公室打电话——从蒙特卡洛、从菲诺港[④]，从卡尔维[⑤]；但是随着岁月的流逝，这艘游艇随意漂泊——在前往伊斯坦布尔（我们根本没有抵达那里）的途中，我们因天气不好而耽搁在希腊一个小岛上，那里甚至没有一个邮局。他终于来到世外桃源，幸福快乐，无忧无虑。他可以谈论绘画、波德莱尔的诗歌、戏剧——什么都谈，就是不谈电影。如果船上有人谈起电

---

① Bertram，小说《赌场缘遇》中的男主人公。
② the Prudential Insurance Company，1848 年创立，以人寿保险为主。
③ Antibes，法国东南部一旅游胜地。
④ Portofino，意大利一小渔村，旅游胜地。
⑤ Calvi，法国科西嘉省一小镇。

影，我们有默契：立刻改变话题！

这次受邀航游希腊水域，我想他是第一次放任“在别处”号四处漂泊。碰面地点是布列塔尼大饭店，但是，当我们到达那里时，却没有“在别处”的影踪，没有科达，没有留言。饭店根本不知道他要来。

那时对外汇依然严格控制，所以我们随身携带的现金很少，而布列塔尼大饭店非常昂贵。第一天只有我们两人，所以我们格外奢侈；但是，第二天早晨醒来仍无游艇消息，我们必须小心谨慎……这就说要更加奢侈：我们一日三餐都在饭店里消费，不去廉价餐馆；用昂贵的饭店轿车取代出租车，那样费用可以记在账单上。我仍然记得饭店提供的一顿野餐价格高得吓人——我们在科林斯运河[①]上方就餐，希望能看见“在别处”从我们下方驶向雅典。

还好，亚历克斯像德勒瑟一样的确最终及时露面，来为我们支付“蜜月”账单，《赌城缘遇》的故事就是在一边焦虑地吃野餐一边喝松香味希腊葡萄酒的过程中诞生的。我甚至出售了电影版权，电影因给演员分配角色不当而彻底失败：让一名中年女演员扮演二十岁的女主人公，一位浪漫的意大利明星扮演不浪漫的英国会计，罗伯特·莫利扮演罗伯特·莫利[②]。对于这种角色分配，亚历克斯作了点小报复

① Corinth Canal，位于希腊中南部，连接爱琴海的科林斯海湾。

② Robert Morley，1908—1992，英国演员，经常演配角，尤其是夸夸其谈、炫耀自负、双下巴、典型的英国上层绅士。这里第二个罗伯特·莫利喻意“自负的英国绅士”。

（他一定的确把自己当成了德勒瑟），他拒绝亚历克·吉尼斯[1]在电影中扮演角色，而亚历克·吉尼斯与他还有合约关系。不过，我认为亚历克斯不会因为我这样描述他而生气，我是怀着对他几分深切的爱戴来记叙这件事情的。

尽管亚历克斯说话有匈牙利口音，不过我们不该认为他聪明而乏味。他有一些奇怪可爱的小失误。只有一个外国人才会如此全身心投入那出糟糕透顶的古装戏——这出戏实际上演了吗？——《邦妮查理王子》[2]。凡涉及电影，往往最好别采纳他的建议。我还记得在开始拍摄我们的电影《堕落的偶像》之前，我和卡罗尔·里德与他进行了唯一一次剧本商讨会；《堕落的偶像》根据我的短篇故事《地下室房间》改编而成，电影讲述了一个孩子和一个男管家的故事。亚历克斯要我把男管家改成汽车司机，“因为孩子非常喜欢机械，格雷厄姆。嗯，你想象一下，电影一开始就是伦敦机场，父母乘飞机离开了，那个小男孩对汽车引擎非常感兴趣……”我表示反对。“有多少电影是从飞机离开或者抵达机场开始的？”他没被说服，不过他还是让我们想怎样就怎样。

他与人交际的智慧总胜过他拍摄电影的智慧。五十年代是我人生中一个非常愉快和非常痛苦的时期——在那十年中，我的躁狂抑郁症

① Alec Guinness，1914—2000，英国著名演员，1959 年封爵。

② Bonnie Prince Charlie，查尔斯·斯图亚特的别称。

发展到最严重的程度，我记得我曾经在一份星期日报纸上透露过一个非同寻常的自杀念头——但我记不清那是怎样的念头了。亚历克斯与我通了电话，他说，“我亲爱的年轻人，你的计划太傻了。跟我一起去昂蒂布吧。你是无聊了。这样吧，我们去乘‘在别处’！”他对我的生活多么了解！是他带我第一次去了蒙特卡洛，《喜剧演员》中我的小说人物布朗也在该城构思而成。我与他一起第一次熟悉了昂蒂布，现在看来很有可能我会在那里结束我的岁月。

是不是在那次“在别处”号航海旅行的时候，在两对美国夫妇的绝妙掩护下，他向我吐露了秘密：他如何以我们打算拍摄南斯拉夫海岸线为由从英国情报部门为我俩弄到一笔比较可观的外汇补贴？他又玩摄影了，他已经多年没玩了——自《亨利八世的六个妻子》[1]和《伦勃朗》以后就没有玩过了。二战期间，他曾帮助过政府特务机关；现在他要在他的美国客人不知情的情况下暗中拍摄亚得里亚海岸（我想他的美国客人不会准备过这样的假日），他有一种孩子般的喜悦。

这是他顽皮淘气的一面。像德勒瑟在巴黎饭店一样，他爱扮演一个身穿T恤衫、头戴破帆船帽、下巴上有一撮白须茬的老海员。一天晚上，在那不勒斯一家美国大兵经常光顾的濒海酒吧里，他说服酒吧老板和站在周围的美国大兵，让他们相信可口可乐会使男人阳痿——我的话他们不会理睬，制片人的话也不会信，但是这位老水手的话可

① The Six Wives of Henry VIII，也译《英王春宫》等。

就不一样了，他“走遍世界七大洋”，足智多谋……

这也是一种悲哀的智慧：我记得他对我说，“我和我的几个朋友年轻时在匈牙利，我们都梦想当诗人。可是我们成了怎样的人呢？我们成了政客、广告商和电影导演。”

三

我搭乘一架俄罗斯国际航空公司的飞机从华沙飞往布鲁塞尔。《人道报》古董似的总编也正要离开华沙：他们把鲜花放在他身上，就像人们把鲜花搁在坟墓上一样。圆滑的管理人员站在四周，亲吻他尼古丁般蜡黄的脸颊，随后他们把他推上飞机。一人从后面推，另一人在前面拖，还有一人脱去他的帽子，露出了他雪白的长发，再有一人接过他的鲜花：这位共产党总编辑登上了飞机。这是1956年。斯大林死了，但是在波兰，斯大林主义依然残留。

坐在我身边的旅客是个年轻小伙，面色灰白浮肿，他脱去帽子时，我发现他剃了光头：他也有人送行，由他国家的代表送行，经过七年努力，这位代表成功地把他从一个波兰监狱里弄了出来，小伙因间谍罪在狱中服刑十五年。他不能吐露真情，因为他的另一位同胞依然在同一所监狱里服刑，不过他吃东西，他吃得真多啊！我们的餐食中厚面包片比其他食品多，可是还没等我吃完一片多一点三明治，他的餐盘早已空了，于是他也扫清了我的盘子，清空了一些好心的波兰朋友塞在我公文包里的所有饼干、巧克力和三明治。他告诉我，前天夜里，他吃了两公斤香肠，但是在大使馆舒适的床上他没法入睡。

总编加香先生远离了《人道报》的众多问题之后，在座位里打起了瞌睡；想起所有那些问我为什么有时要写惊险小说的读者，好像作家选择主题而不是主题选择作家的时候，我忍不住笑了。战后，我们整个地球一下子转入了传奇剧式的雾带，如果你不提出疑问，你就真的能对我们所处的航行路线保持无知。一个古董似的长白发长白须的老头与他热心的朋友们道别，朋友们给他送鲜花，经过一生一阵阵的狂热，他睡得很熟；而年轻人就像个年轻人，食欲旺盛：这个世界仍然是我们父辈熟知的那个世界。

如此评价波兰甚至也是可能的：在华沙，旧城就像一只凤凰重生；站在主要广场上，我感到几乎无法相信，几年前广场上曾经除了一堆瓦砾什么也没有。每栋房子都已修旧如旧：每条装饰线都与以前一模一样。

起先，我倾向于赞美共产党政府的诗意。希特勒说要抹掉华沙，但是它又一次屹立在这里：十五和十六世纪的房子、小 *apotheke*[①]、老咖啡馆。面对一个被抹去的市镇和可怕的住房供给问题，人们可能会期待共产党政府建造宏伟的经济公寓房，也许还会配建另一个几乎与莫斯科援建的宫殿一样难看的艺术文化宫（但不一定，因为波兰人有

① 德语，意思是“药房，药店”等。

品位)，那座援建的艺术文化宫毫无用处的叠层高高耸立在市中心，就像一个歹徒的结婚蛋糕。诗情画意，充满想象力，有一点“反动”——能够赞美共产党政府具有这些品质是多么令人高兴!

但是，随后一种怀疑在脑海里不住浮现：华沙老城在1944年的抗战中遭到彻底破坏，这是整个波兰历史上最有勇无谋的一次反抗，当时人们拿着土制手榴弹和一些手枪坚持抵抗已经兵临城下的德国军队达两个月之久，他们宁愿亲眼目睹自己的城市被一栋房子接一栋房子地摧毁也绝不投降；与此同时，俄国将军们命令他们的军队停止前进，让希特勒有时间消灭这些希望解放自己的男男女女。从官方来说，抗战根本就没有发生过，因为在战争纪念馆里没有这次抗战的任何记录(官方是这样告诉我的)，很快可以显示旧城曾经被摧毁过的碎砖头都将消失。我们知道托洛斯基[1]是如何被剔除出革命历史的。也许历史也必须在建筑上重写。

一个蒙着眼睛的旅行者当然会觉得许多事情似乎没有变化。克拉科夫宽广、大风呼号的灰色广场和它的石头柱廊市场，市场内满是玩具、色彩鲜艳的农民服装和卖苹果的女人，她们披着黑色方巾，坐在一堆堆鲜亮的苹果旁边；在琴斯托霍瓦[2]，银色帷幕在最后一次弥撒上落下，遮住了有史以来最逼真的圣母马利亚画像，瑞士长矛戳在她

---

① Leon Trotsky，1879—1940，曾任前苏联外交人民委员、革命军事委员会主席，后被开除出党，逐出苏联，在墨西哥遭暗杀。

② Czestochowa，波兰中南部城市。

的脸颊上，这时号角齐鸣——“濒临战败者的救主”，贝洛克[1]的诗句；卢布林[2]的老街：登博十五世纪的木头小教堂，在一个比告解室大不了多少的法衣圣器储藏室里保存着索别斯基[3]的遗物：华沙的幽默和轻松（我们应该称赞共产党政府是这么多幽默的源泉；是他们在一个时期内禁止出版圣母升天节的教义，因为他们觉得这个盛宴节日——九世纪以来，人们一直庆祝这个节日——不知怎的与毕苏斯基[4]在第一次世界大战后打败俄国人有关）。

农村仍然有当地工匠雕刻木质圣徒和苦路十四处，好像土耳其人没有攻陷拜占庭；在白雪覆盖的扎科帕内的一次婚礼上，马车在等候，赶车人身着塔特拉山区[5]的紧身裤，而盛宴的邀请人身穿鲜亮的夹克骑着马跑来跑去，两个成人男子把新娘从教堂里接出来，新郎由两个姑娘迎接，她们挽着新郎的手臂，当马车平稳驶离时，歌声开始响了起来。

传统讲故事的人仍然会用古代航海家的视角吸引你，稍许一点现代的情调反而能给古老的传说增添活力。当我们在一个村庄冻结的干泥地里小心翼翼地向前走的时候，一个老头跟我讲了他如何游览美国

① Hilaire Belloc，1870—1953，英国诗人、散文家和历史学家。

② Lublin，波兰东部城市。

③ John Sobieski，即 John III Sobieski，1629—1696，波兰国王，与神圣罗马帝国缔约，击败土耳其人，为维也纳解围。

④ Jozef Pilsudski，1867—1935，波兰共和国元首，第一次世界大战时率领“波兰军团”对俄国作战，发动军事政变，建立独裁统治。

⑤ Tatra Mountains，位于东欧。

的故事，美国一个弗里克先生拥有两堆金子和银子，金堆银堆非常巨大，需要十二个男子汉才能搬移。讲故事人的一个朋友应邀去看那些金堆银堆，但是当他到达那里时，弗里克先生命令他给金堆添加二十五美元的金子，给银堆添加二十五美元的银子。天哪，他着实上了当，他的朋友上了当。但是，当老头应邀去看金堆银堆时，他挫败了弗里克先生，他通过翻译告诉弗里克，“如果世界上有七百万傻瓜，那你就能顺着你的金山银山爬到天堂去了。”

同样，对于许多旅游者来说，很可能像三十年代途经墨西哥那样，路过波兰时见不到任何教会与政府之间的紧张迹象。但是，既然有了墨西哥的经验，政府也就学乖了，这里，在波兰，教会真正代表了这个国家，共产党必须小心处理与教会的关系。沙皇时期，教会代表国家对抗俄国，它代表国家抵抗希特勒；而现在，在国人眼里，教会比为了俄国利益而统治波兰的这帮人更能代表这个国家。

甚至诺瓦胡塔(在克拉科夫城外平原上用三年时间从荒原上建起的工业城市)的工人也挤满了教堂——不总是出于宗教目的，而是有点独立的姿态，因为在这个国家里，独立机会罕见。然而，教友的人数(人们不会把去领受圣餐当作一种政治行为)已经猛增。我相信，只是从革命以来，波兰人才改变了只在某些主要节日才领受圣餐的习惯。

但是，1956 年，当你把石头翻过来[①]时，会发现波兰的处境并

① turned the stone，可能指发生斯大林去世等重大事件。

不妙。

旧的独立的天主教报业已经死亡。发行量高达六位数的天主教周刊《普世周刊》[①]被查封了，因为其主编拒绝凭空对一起神职人员审判案进行评论，政府在没有意识到天主教徒情感的力量以前就不明智地恣意处理了这起案子。连续好几个月波兰不再有一份天主教报纸，但是这种情况也不太有利于政府，政府需要在表面上显得容忍宗教。《普世周刊》复刊，尽管原编委成员没人愿意为它工作，周刊由“帕克斯”运动[②]接管，是“帕克斯”邀请我作为他们的客人访问波兰——遗憾的是，这个客人有点忘恩负义。

“帕克斯”运动也许是波兰生活中最令人难以理解的特色，尽管它的创建者博莱斯拉夫·皮尔泽茨基[③]现在已经死了，但运动依然在继续。1956 年，皮尔泽茨基依然活蹦乱跳。战前，他曾经是个民族主义者，反犹分子；二战期间，他是个游击队领导人，以极大的勇气抵抗德国人和俄国人（在华沙抵抗中他失去了第一任妻子）。他曾被俄国人捕获并被判死刑。后来他得到宽恕，被解送莫斯科，不知出于何种原因，波兰人惊讶地发现，他回到了华沙，获准创建“帕克斯”出版公司，发起“帕克斯”运动，“帕克斯”运动是所谓的“天主教世俗积极分子民族阵线”的基石。

---

① Tygodnik Powszechny，波兰天主教主要周刊，1945 年 3 月创刊，侧重社会和文化领域的报道，也译《一周通报》等，其主编曾获诺贝尔和平奖。

② Pax movement，由亲共的“帕克斯”组织发起，曾接管《普世周刊》。

③ Boleslaw Piasecki，1915—1979，波兰政客、作家。

“帕克斯”在那些岁月(我不知道它的近况如何)只有一支大约三百五十名成员组成的骨干队伍，都是平信徒，在其核心人员(让人觉得有点儿像共产党)周围有大批追随者——许多人是真心实意追随的——包括几千名神父。表面上，他们的目的是支持波兰社会和经济的变革——其中许多改革目标既有必要也值得赞美——以便在某种程度上证明天主教教义的“先进性”。

官方允许他们出版一定数量的西方书籍，对于这种活动我们应该给予高度赞扬，不过他们印刷出版的几十万册基督教《教理问答》包括了一些具有政治含义的用语，而这些在我们的“便士”版本中是闻所未闻的。

“帕克斯”的反对者(他们是波兰天主教的最多数)宣称，“帕克斯”运动是俄国人煽动的，曾经巧妙地企图分裂教会。我们使用了过去时态，因为如果那是“帕克斯”领导人的企图，那么他们已经沮丧地失败了。“帕克斯”在波兰的天主教生活中几乎微不足道。他们召开会议：教区主教代理人曾在讲台上出现过一次，毫无幽默、表情不安的神父帮助使克拉科夫和华沙的会议大厅挤满人群：到访的越盟神父乐呵呵地为自己的演讲鼓掌(东方的习俗就是这样)，皮尔泽茨基用真正的马克思主义术语以好战的北约强权为主题高谈阔论。不过，教会没有这些人也照样继续活动，教区的全体教徒更喜欢去由不是“帕克斯”积极分子的神父主持的教堂参加弥撒或者忏悔。

我们谴责他们很容易。我们没有奥斯威辛集中营的记忆。“帕克斯”的一位姑娘请我吃晚餐，她的手臂文上了监狱的号码。一位来到我宾馆房间的客人笑着指了指天花板，然后建议说：天气这样好，我们应该出去散步。这位瑞典大使是个有趣和儒雅的人，我们一起共进午餐后，他一时来了兴致，要去公园散步，因为只有在公园里我们才能自由交谈。英国大使的态度则完全不同，他在房间的四堵墙壁之间随意说话，着实让我吃惊。他解释说，技师每隔四周来检查一次墙壁；他说（后来我在伦敦对此作了报道）这就像妓院的鸨母向嫖客保证她的姑娘没有毛病，因为医生每周给她们“检查”一次。

关键的问题（我发现没有“帕克斯”的追随者准备直接或简单地回答这个问题）是：“你们的反抗点在哪里？到何种程度你们才会警告政府，如果他们再进一步，你们就会停止合作，停办你们的刊物？你们存在。因此你们一定有价值。因此你们有胁迫政府的可能。”

我与皮尔泽茨基的关系是难以说清的。我到达时，一位著名小说家前来迎接；我一下飞机，他就立刻赶紧带着我离开华沙，前往克拉科夫、卡托维兹[1]、琴斯托霍瓦。在旅途中，这位小说家告诉我，卢布林大学某一天邀请我去访问。他警告我说，当我们回到华沙、等我会见“帕克斯”领导的时候，皮尔泽茨基会要求我改变访问日程，那样他就能陪我去卢布林。“你一定要决绝，”他说。“对你来说，唯一可行的日子就是既定日程。”

① Katowice，波兰西南部城市，卡托维兹省省会。

果然，当我访问“帕克斯”办公室的时候，在为我俩叫了两杯白兰地之后(时间是早晨十一点)，皮尔泽茨基提议他愿意陪我去访问卢布林，但是日子嘛……这一天是我唯一能出访的日子，我告诉他。

当我到达卢布林的时候，事情的原因也水落石出了。卢布林大学的英语系有权每年用英语上演一出戏剧，通常是莎士比亚的一个剧目，在大学的大厅里盛装演出。这一年他们选择上演艾略特的《大教堂谋杀案》[①]，所以，他们被禁止穿着戏装，大厅也没法使用。在那个他们可以自由支配的小房间里，几乎没有观众的空间。演员比观众还要多。当局没有料到的是此时此刻这出身着现代服装的戏给人留下了深刻印象，那句齐声朗诵的台词也击中了要害。“我们的大主教哪里去了？”波兰的大主教当然被软禁了。表演结束后，在那个挤满人群的小衣帽间里，一个姑娘把一封信塞进了我的口袋。信是寄给她在英国的未婚夫的。

一天傍晚，我回来与皮尔泽茨基先生在华沙郊外一栋他独自拥有的高雅别墅里最后一次会面。在那些岁月里，仍然拥有一栋别墅的人是何等的稀少！一位老太太——一个英国女人，二战期间她在波兰生活——被召来当翻译。当我们坐下喝开胃酒的时候，她看上去有点受惊吓——这次是半品脱纯威士忌，而不是白兰地——老太太只有别人跟她说话时才开口说话，这种机会很少，因为边进晚餐边喝美酒，我

---

① Murder in the Cathedral，艾略特创作，1935 年上演。

们用法语交流得够顺畅。晚餐后，她被打发走了，我们坐着喝酒，直至凌晨一点。难怪我几乎记不得我们谈了些什么，不过我想，从他带我去上他的汽车时摇摇晃晃的步履来看，皮尔泽茨基先生一定记得更少。在英国时有人建议我随身带一瓶橄榄油，傍晚外出前总先喝一汤勺；我没喝橄榄油也应付得相当好。

第二天坐在飞机上，身边饥饿的前囚犯狼吞虎咽地吃着厚厚的波兰三明治。在英国，有人硬要我随身带着录音机，我很高兴我拒绝了，因为录音机太大，比大衣口袋小就无法兜住它，不过没人注意我在楼梯拐弯处转送了那块金表。

第八章

一

我是在五十年代开始创作演出剧本的。像茅茅暴动、马来亚和越南战争一样，剧场使我感到新鲜，是一种对日常生活的逃避。

小说家人到中年第一次创作一部剧本，人们很自然会认为他进入戏剧界相当晚了。我敢肯定我会带着怀疑的眼光看待泰伦斯·拉蒂根[①]第一部小说的出版，如果他曾经出版过小说的话。要想忍受失望和困难、失败的开场与落幕，以及单靠对白进行交流的难以变通，那么一个新手需要对自己的工作有一股激情，但是我们能够相信一种在最后一刻才表现出来的激情吗?

所以，这是一个戏剧界迟来者的歉意——不过，我想补充说一下，我只是实际上演剧目的迟来者。作为一个作家，我一生中随意放弃过许多剧本，就像随意放弃小说一样。我没法点清在《起居室》[②]之前写过的剧本数目。不过，我的确记得第一部被接受的剧本(尽管没有上演)是在16岁创作的。我在《生活曾经这样》中叙述过那件令人失望的事情。将近二十年以后，我才认真尝试另一部剧本。

我第一次尝试的剧目是一出喜剧，它是根据二战前在日本占领的满洲里频繁发生的许多绑架案中的一起案子创作的，剧本根本就没有写到第二幕。我对第一幕非常满意：场景是满洲里边界一个穿堂风很大的铁路车站，人物有总是忙着打字的日本军官、《每日邮报》（一份让当局尴尬的报纸，报纸悬赏巨额赏金以找回被绑架的人。在那些旧世界的快乐日子里，纸币不是问题）的记者、英国领事、中国媒人、焦急的丈夫，最后是被绑架的情侣——妻子和一名年轻雇员，年轻雇员在当地一家赛马俱乐部里骑马时遭土匪绑架。丈夫担心妻子的平安，更担心他自己婚姻的安全，因为据新闻报道，在过去两周里，两名受害者的双腕被日日夜夜绑在一起。我喜欢我的第一幕。在我看来，舞台布景有一种新鲜感和真实性，剧情在一步步展开，可是，唉！当我测定演出所需时间时，第一幕只持续了十八分钟半，而它将是一出两幕剧，第二幕比第一幕还要短一些……我依依不舍地放弃了这个剧目。

戏剧的长度总困扰着我。我的早期小说常常远低于出版商习惯认为七万五千字的最小篇幅。就在我们将要开始排练《起居室》（断断续续写了三年多，我把它寄给了唐纳德·奥伯利，误以为他是戏剧经理——不过，为了上演这出戏，他真改行当了戏剧经理）之前，我们

① 可能指 Sir Terence Mervyn Rattigan，1911—1977，二十世纪英国最受欢迎的剧作家之一，作品一般都以中上层阶级为背景。

② The Living Room，1953 年在伦敦上演。

接到了权威的时间测定：一小时一刻钟。剧组里普遍存在沮丧泄气的情绪——因为这出戏不可能再扩展。然而，我自己测定的时间是一小时三刻钟，最终被证明更加精确，通过启幕晚一点，通过让(那些在酒吧的)人难以察觉地延长幕间休息，使之超过一刻钟，就有可能使演出超过两小时最低时限，戏剧经理坚持认为这是必须的，就像出版商曾经认为一本书至少要七万五千字一样。

幸亏有了多萝西·图廷①和埃里克·波特曼②，还有导演彼得·格伦维尔③，《起居室》获得了成功，但是，对于我来说，它远不止一种成功。我需要离开小说休息一下。我不喜欢电影创作苦役般的单调乏味。就在那个阶段，当生命似乎过于漫长的时候，我实质上发现了一种新的饮料。在这第一次戏剧创作经历结束的时候，我发觉自己在激动地创作，如今我依然能够感觉到那种激动：

> “小说家孤独地创作：如果有另一个人，他能与之讨论一个问题或者推演一段困难的情节，那么他是幸运的。在我幸运的经历中，甚至在我作为一名电影剧本作家时也只跟另一个人——导演——合作，但是，摄影台本一完成，他就被排除在创作过程之外。除非摄影棚里出现了危机，导演需要

① Dorothy Tutin，1930—2001，英国女演员。
② Eric Portman，1901—1969，英国著名演员。
③ Peter Glenville，1913—1996，英国电影和戏剧导演。

作家到场重写一个场景，否则电影剧本作家是一个被遗忘的人；当他再度到场，困惑不解地观看影片的初次剪辑版时，对那些不是他写的新台词不安地清清喉咙，心里燃起一阵负疚的感觉，因为他是唯一一位还记得原来剧情的观众——这就像一个曾亲眼目睹犯罪经过但不敢说出真情的人，一个事后从犯。当然，也有对学习电影创作新技巧产生巨大兴趣的冲动，但这种创作冲动常常局限于初步设想，在餐桌上粗略勾画一下，然后又一次消失在许多重写之中，消失在第一、第二和第三脚本之中，消失在第一、第二和第三手稿之中。银幕不像大裁的纸张，它不在作者面前供其试验一种想法，也没有一个戏台，使作者能够从戏台上听到他的台词活灵活现或死气沉沉地表演出来。当台词终于在摄影棚里对白的时候，作者已经不在现场提出批评和改进意见了。还有另一只手在玩弄他的作品——我想是收入，他的薪水较少，而且也许更容易受导演的控制。不过，我自己电影剧本创作的经历是幸运和快乐的。然而，怀着一种如释重负的心情，我后来还是回到那种单干户的行当，回到一个房间的私密空间里，在这个房间里，我对失败承担全部责任。

“但是——事实依然如此——人一定要一度尝试每一种饮料。我曾经想象写剧本和写电影可能非常相似：尽管作者不会被排斥在彩排之外，但他会成为一个不受欢迎的陌生人，鬼鬼祟祟不好意思地躲在摄影棚角落里。电影摄影棚——当你被允许深入观摩的时候——有一种大工厂不成熟的同志情谊：标识、灯光、拍板、升降机，在所有互称教名的表象后面(必须始终让工会高兴)，有着帆布椅森严的等级。我没料到剧场温暖、有趣和充满情谊。尤其是，我没有意识到戏剧的创作像小说创作一样，在剧本第一初稿完成后还会持续很长时间；这种创作会贯穿各种彩排，贯穿巡回演出的头几个星期。作者活着就是为了创作，巡回演出回来后，他会突然觉得时光多么空虚，电话铃难得叮铃铃响起——为了开心，我们能否稍许推迟公开演出？我想每个剧作家都有这种感受，他写另一个剧本的原因也在于此。

“你会亲历剧目被接受后的那种激动、因角色分配而引起的兴奋和失落、试演时当每句台词变得越发沉重时的那种严肃的兴致、整个剧组第一次演员对台词排练、边喝咖啡边商讨和改编、与不仅对自己角色而且对整个戏剧感兴趣的演员一起工作的乐趣(电影演员不在摄影棚时几乎不在意剧组发生什么事情)、近十二个熟悉剧情聪颖伶俐的剧组成员不断提出批评和建议。不过，随着灯光在第一批观众的身上熄灭，这便成了一种渐次淡忘的记忆，观众也许既不充满活力也不熟悉剧情，他们没有连续数周上午下午夜晚排练剧目，他们不知道这出戏剧的内容，因此他们的反应会受瞬间的表演效果不是最后落幕时的气氛所左右。于是，你会发觉观众在不该笑的地方意外哈哈大笑，大笑合乎逻辑但过于强烈，咳嗽表明紧张程度未达到预期效果。第一天晚上，剧作家也许会感到泄气，但是当他在这里删除这句台词，在那里更改那个动作，第二天夜里回到剧场观看——如果是小说，他永远无法看见——他改动剧本的效果：大笑没有了，笑声减缓了，紧张气氛迅速蔓延明显得到了改进，这多么有趣啊！

“不管怎么说，一个戏剧界新手在彩排现场空旷的座位上、演出结束后在舞台上记笔记、在剧场走廊酒吧和化妆室里都会感到非常高兴：剧场甚至会带给他某种异乎寻常的经历，这种经历你在电影院里永远不会遇到：凌晨两点在爱丁堡宾馆的楼面上与获奖公牛的培育人扭打；与陌生人长时间讨论，此人在四个不同的疯人院待过，并从最后那所疯人院里暂时逃了出来，他对这出戏的赞誉受到了这种经历的限定，我发觉这种情况时已经太迟（疯人院看守的到来打断了我们在宾馆休息室里的谈话）——我想，这些都是巡回演出每天会碰到的经历。

“我尝试了一种新的饮料：我喜欢它的味道。我多么希望杯里的饮料还没喝完，因为还没到离开的时候。”

于是，我再次走进酒吧，去点另一种饮料。第一出戏刚结束就接着创作也许太仓促了。潜意识中还没有其他剧本在催我赶快完成。我故意拿起被我放弃的一部小说（这部小说我在1946年曾写过几千字），把它加工成《盆栽小屋》。我喜欢该剧的第一幕——我能说的大概就是这些。这部小说的素材被证明难以加工改写。我打算作一次更好的尝试，按我自己的意见，从《麻风病人》中汲取一个“空心人”。在美国上演期间，最后一幕表明该剧难以改编，我只好在美国彩排的时候重写最后一幕，由于时间紧迫，不能令人满意；随后该剧要在伦敦上演，我又回头采用原来的剧本，同样不能令人满意。我想我不喜欢该剧主要是因为它老派亚里士多德式的缺乏统一性——它有五个场景和三套布景。我会见过许多导演，他们告诉我：“你想怎么写就怎么写，想要多少场景就设计多少场景。像对待电影一样宽松地处理戏剧。想办法把它搬上舞台是我的工作。”但是我不想要一出制片人的戏剧，我要一出作者的戏剧，不管怎么说，在统一性方面与试图在华兹华斯称之为“十四行诗的狭窄房间里”工作的过程中，有一种令人着迷的东西。

写小说的压力（连续几年它使作者处于自我压抑的状态下）是极大的，因此我总在娱乐——传奇剧和滑稽剧都是一种狂躁情绪的宣泄——中寻求减压。我的第三部戏剧《恭维的恋人》[①]也是如此，我

① The Complaisant Lover，1959年6月在伦敦上演。

在寻求我惯常的逃避——结果发现当我写到最后一幕时，那种压抑的情绪对于作品的贡献几乎和狂躁情绪一样大。也许，那也就是为什么我在写作时充满着快乐。我总在两种情绪相互冲突的感觉中进行创作，也许人们会原谅我出于感激为这出戏辩护。春季的一天，在乡间一条道路的拐弯处，灵感像梦幻一样迅速——最多四个月——朝诞生迈进。后来，当我的第四出戏剧《雕刻塑像》[①]正在与所有常见困难进行搏斗争取诞生的时候，我为自己在那年春天和夏天的黄昏倦意浓浓而感到惋惜；更糟糕的是，新作品被证明是不成功的。在这之前，我从来没有领略过创作一部戏剧会如此痛苦，或者上演《雕刻塑像》这样的剧目会如此累人。看到演出结束，我真的很高兴，以至于我非常感激那些评论家，也许是他们加速了这出戏的终结。60 岁了，没有理由继续工作，除非你还要赚钱糊口或者单纯为了“快乐”。这出戏剧没带来什么乐趣，而我是在另一个行当赚钱糊口。

同样令人感到奇怪的是，评论家在这出戏剧中发现的瑕疵与我发现的不一样，我自己发现的缺陷更难于辩白，也许人们可以原谅我不在这里将它们指出了。他们批评我在戏剧里塞满了各种符号，可是我历来不太在乎符号，我看不出这出戏里有什么符号；有时，戏里有一种理念的联想，也许评论家们把这种联想误认为是符号——我从自己作为一个戏剧评论家的经历中了解到，当你赶时间写作的时候，精确

① Carving a Statue，1964 年在伦敦上演。

运用词句是困难的。

我记得，当我的电影《第三者》取得初步成功的时候，一位相当博学的评论家在一份月刊上批评了它的象征主义手法，他的说法甚至更无道理。他将哈里·莱姆的姓与詹姆斯·弗雷泽[①]《金枝》中有关酸橙树[②]的一个段落相联系。他写道，主要人物的“教”名——霍莉——显然与圣诞节[③]紧密相关——异教与基督教就这样在象征主义的舞蹈中结合在了一起。事情的真相是，我希望我的“反面角色”有一个自然但令人讨厌的名字，对于我来说，“Lime”代表了生石灰，据说凶手将被埋在石灰之中。各种理念的联想不是像这位评论家所宣称的那样是一种符号。至于“霍利”，那是因为我第一次选择的名字“罗洛”没有得到约瑟夫·科滕的赞同。这跟符号根本不搭边。

因为“上帝”这个词在戏中经常出现，所以其他评论家认为《雕刻塑像》包含那个令人讨厌的东西：“神学”。神学是我唯一喜欢阅读的一种哲学形式，如果这些评论家中哪一位先生曾经打开过一本神学著作，那么他就会很快意识到在这部戏剧中不存在任何神学的东西。

那么，这出戏说的什么呢？我总认为笑剧和悲剧比喜剧和悲剧的联系要紧密得多。在我看来，《雕刻塑像》是一场游戏，与《恭维的

---

① Sir James Frazer，1854—1941，英国人类学家、民俗学家和古典学者，著有《金枝》。

② lime tree 与小说主人公的姓 Lime 在英语中是同一个词。

③ 在英语中教名（Christian name）、霍利（Holly）、圣诞节（Christmas）都与基督教有关。

恋人》一样，都用同样极端的情绪玩弄游戏。第一幕几乎完全是笑剧：戏中雕塑家的原型是本杰明 · 罗伯特 · 海顿[①]，他专心致志——宁愿牺牲个人生活——渴望雕刻伟大的《圣经》主题人物，即便在他那个时代，这种想法也已经过时。阅读海顿的日记你不可能不意识到他真的有一股子蛮劲，然而他没有一丁点才能——真是一个可笑的人物，尽管他以悲剧告终。在我的故事中，正如我打算的那样，这个雕刻艺术家甚至没了悲惨的结局——没有大拇指汤姆[②]能够永远粉碎他的梦想，把他逼上绝路。他比可怜的海顿更有康复能力。可是，天哪！那位主要男演员对剧本的理解与我截然不同。他以为自己在演易卜生戏剧呢！

到了这个时候，我想我永远不再写剧本了。我告诉自己，写剧本得不偿失。当然我错了：皇家莎士比亚剧团上演了《A · J · 拉弗尔斯[③]的回归》[④]，我再次找回了彩排的快乐，我现在是在一出名叫《时钟为谁鸣响》[⑤]的笑剧彩排的幕间休息时写这些话的，未来还有更多的彩排。这出戏的命运不重要——试验口语的乐趣、删减改动和转换台词的乐趣、与剧组一起工作的乐趣、逃避孤独的乐趣是最重要的。

---

① Benjamin Robert Haydon，1786—1846，英国历史画家、作家。

② Tom Thumb，英国民间传说中的侏儒主人公。

③ 可能指英国作家 E. W. Hornung 的小说 The Amateur Cracksman 中的主人公、绅士小偷 Raffles。

④ The Return of A. F. Raffles，1975 年上演。

⑤ For Whom the Bell Chimes，1983 年上演。

二

二战结束后不久，我的朋友、巴西导演阿尔贝托·卡瓦尔坎蒂[1]请我为他写一部电影。我想，我要根据1943—1944年间我从工作中所了解到的有关德国*Abwehr*[2]在葡萄牙的活动写一部秘密情报工作的喜剧。我从弗里敦回来——我设法把特工人员送进维希殖民地的努力付之东流——被任命为英国情报机构金·菲尔比分部的负责人，该组织负责伊比利亚半岛的反间谍工作。我负责葡萄牙。在那里，那些还没被英国反间谍机构收买的*Abwehr*军官花费大量时间，根据从假想的特工人员那里获得的情报，向国内发送完全错误的报告。这是一种收益颇丰的游戏，尤其是当开支和奖金会添加到这个小喽啰的工资里去时，而且是一种安全的游戏。此时，德国政府的时运正日薄西山，观察荣誉观在失败的气氛中如何变化，这多有意思！

在对付葡萄牙的过程中，有时我想起在非洲的时候，如果不满足于自己不太多的工资的话，我也能多么容易地玩弄同样的游戏。我了解到除了能给他们的情报档案增加一张卡片以外，没有其他任何东西能让国内的情报机构满意。比如，有一份有关法属几内亚一个维希机

① Alberto Cavalcanti，1897—1982，巴西电影导演、制片商。

② 第二次世界大战期间纳粹德国的反间谍机关。

场的报告——作报告的线人是个文盲，数数不过十（他十个手指的数目）；除了东方（他是个伊斯兰教徒）他看不懂罗经的指向。他说机场上的一栋房子里隐藏着一辆军用坦克，我从其他迹象分析认为那是一家存放旧靴子的仓库。我强调此人不适合做特工人员，所以当我因为他“最有价值的”情报而获加分时，我真是惊呆了。在这个领域里，除了特别行动处外，没有其他竞争对手，有了特别行动处的报告，我的情报就可以作比较，与对我自己的情报一样，我不再相信特别行动处的报告——这些情报也许来自同一个消息源。伦敦一个办公室里的某个官员就能在否则是空白的一张卡片上添加一两行字——这似乎是唯一的解释。

于是，就是在圣詹姆斯街一间比较舒适的房间里，我回忆起我在弗里敦简陋小木屋里的那些经历，这种回忆给了我灵感，十二年后的1958年，这种灵感变成了《哈瓦那特派员》[①]。

四十年代写的第一稿只是一张纸上的一个大纲。故事的情景设定在1938年，爱沙尼亚的首都塔林，一个间谍活动比较理想的场所。在故事的这一阶段，这位英国特工与真空吸尘器毫无关联，是他妻子的挥霍无度而非他的女儿导致他欺骗他的情报机构。比起《哈瓦那特派员》里的沃莫尔德[②]，他是一个比较糊涂、比较无辜的人物。随着

① Our Man in Havana，也译《我们在哈瓦那的人》，1958年在伦敦出版，1997年台湾出了中译本。

② Wormold，《哈瓦那特派员》里的主人公，一个真空吸尘器销售员，为了多拿佣金，他把真空吸尘器的图纸当作敌方军事设施情报向伦敦报告。

1939 年的战争临近，他的敌人，就像沃莫尔德的敌人一样，开始认真地对付他——当地的警察也开始认真对付他。误用微型照片事件在这份草稿里已经有了。在我们开始拍摄前，卡瓦尔坎蒂认为有必要先获得电影审查官的准许，他被告知：嘲笑情报机构的电影不可能获得放映许可证。至少他是这样对我说的。也许他捏造了一个借口，因为他不喜欢这个主题。

这个故事一直留在我的脑海深处，接受前意识明智的批评。与此同时，五十年代初，我曾多次访问哈瓦那。我喜欢巴蒂斯塔[①]城市的 *louche*[②] 气氛，我在城里待的时间不长，不足以意识到那种强行监禁和拷问的悲哀政治背景。我去那里（“寻找对我惩罚的愉悦”威尔弗雷德 · 斯科恩 · 布伦特[③]写道）寻找“弗洛里迪塔”餐馆（以代基里斯酒[④]和岬角蟹著称），寻找妓院生活、每家宾馆里的转盘赌、吐出巨额银元的吃角子老虎机，还有花一美元二十五美分可以观看极其下流的卡巴莱裸体歌舞表演的“上海剧场”（幕间休息还放映最最淫秽的色情影片）。（剧场休息室里有一家色情书店，看腻了卡巴莱歌舞表演的年轻古巴人可以来这里。）我突然想到：这里，在这个不寻常的城市里，各种邪恶行为都允许存在，各种交易都允许进行，它可以成为我喜剧的真实背景。我意识到，此前我设计了错误的场景，将它设定在错误的时

---

① Fulgencio Batista，1901—1973，古巴军人，独裁者，两次任总统，1959 年被卡斯特罗推翻。

② 法语，意思是“邪恶的，名声不好的”等。

③ Wilfred Sawen Blunt，1840—1922，英国诗人、作家。

④ Daiquiris，一种由糖、柠檬汁和古巴产朗姆酒掺和成的鸡尾酒。

期。1938 年即将爆发的战争的阴影对于喜剧来说过于阴暗沉闷；读者不会同情一个在希特勒时期为了追求奢侈生活的妻子而欺骗自己祖国的人。但是，在五光十色的哈瓦那，在冷战的种种荒诞行为中间（因为谁肯把西方资本主义的幸存作为一种伟大的事业来接受？），存在着一种允许存在的滑稽情景，如果我把妻子改成女儿那就更加叫绝了。

非常奇怪的是，在策划荒诞喜剧的过程中，我第一次了解到巴蒂斯塔古巴现实中的一些事情。到此时为止，我还没有见过古巴人。我从没旅行去过古巴内地。现在，当故事渐渐成形的时候，我开始治疗我对古巴的一些无知。我与古巴人交朋友，我雇了辆车，与司机一起周游这个国家。司机是个迷信的人，我的教育从第一天开始，那天他开车碾死了一只鸡。就是从那时起，他开始向我传授抽彩票符号的秘诀——我们碾死了一只鸡，我们必须买某某号码。在没有希望的古巴这是希望的代替物。

命运以一种典型的古巴方式培育出这样的司机。大约两三年前，我曾在哈瓦那雇用过他几天。我与一位朋友在一起，访问最后一天下午，我们想尝试新鲜的玩意——我们已经去过“上海剧场”，对超人与穆拉托[①]姑娘（与尽职的丈夫一样单调乏味）的表演不太感兴趣，我们在转盘赌输了点小钱，在“蓝月亮”观看了一场女同性恋表演。所以，这时，我们问司机他是否能够为我们提供一点可卡因。显然没有

① mulatto，指黑人与白人的第一代混血儿或有黑白两种血统的人。

比这更容易的事了。他在一个报刊经售店前停下车，带回一个包着一些白粉的小纸卷——价格相当于五先令，这样便宜让我起了疑心。

我们躺在我们的床上，哧哧地用鼻子吸。我们打了一两次喷嚏。

“你有什么感觉吗？”

“一点儿也没有。”

我们又打了一次喷嚏。

“没有兴奋感？”

“没有兴奋感。”

与我朋友相比，我本性疑心较重，我很快确信卖给我们的是——这样看来价格显然过高——硼粉。第二天早晨，我如实告诉了司机。他否认了。好几年过去了。

1957 年重访哈瓦那的时候，我在司机聚集的所有地方寻找他；我留便条口信给他，都不见回音；我谢绝了许多自愿者，因为卡斯特罗的夜间炸弹正在吓跑游客，许多人失业了。我记得的这个人也许是个骗子，不过他是哈瓦那阴暗角落的好向导，在这次长时间旅行中，我不希望一个诚实乏味的人当我的每日陪伴。一天夜里，我决定不再等了，便去了“上海剧场”。当我走出剧场，走上肮脏昏暗的街头时，我看见一些出租车在我身边停了下来。一个司机朝我走来。“我得好好道歉，先生。你是对的。那是硼粉。三年前我也受骗了。那个该死的卖报人。一个骗子，先生。我信任他。我还你五先令……”在随后的旅行过程中，他的收益比他的损失多得多。每家宾馆、每个餐馆、每个酒吧都给他回扣。后来我两次访问哈瓦那岛就再也没有见到他。也许，有了那些收益，他就能退休了。

古巴有一个地方我们不能开车前往——圣地亚哥，岛上第二大城市。该城那时是与菲德尔·卡斯特罗作战的军事司令部，过一段时间，卡斯特罗就会带着他的一小撮人从山里出来发动突袭。这是一个英雄时代的开始。奥连特省[①]几乎所有的男人、女人和孩子(我说孩子是经过深思熟虑的)都站在菲德尔一边。奥连特的首都四周布满了路障关卡，每个乘私人轿车达到的外国人都是可疑分子。晚上九点开始非正式宵禁，无视宵禁是危险的，当局随心所欲逮捕人，破晓时刻经常看见路灯灯柱上吊着个尸体。那还是个幸运的受害者。有栋大楼恶名远扬，因为大楼外面的街上能听见恐怖痛苦的尖叫声，圣地亚哥落入菲德尔之手后，该城郊外发现了一个存放残缺不全尸体的秘窖。

不久前，美国大使(他承担着支持巴蒂斯塔的令人不快的任务)访问圣地亚哥，准备由市长迎接。圣地亚哥妇女用闪电般的只有恐怖政权才能引发的速度组织了事先无准备的示威游行。没有阶级区分。此时仍然是全国反抗阶段。中产阶级妇女和农民联合起来，对着美国大使高唱古巴爱国歌曲，美国大使从市政厅阳台上留心观察着。军方命令妇女们疏散，她们拒绝了。指挥官命令对她们打开消防水管，美国大使解散了为他举行的聚会，他做了件有荣誉感的事。他说，他不愿

① Oriente Province，古巴一省名。

意站在阳台上看着军队驱赶妇女。对于这种做法，后来他受到约翰·福斯特·杜勒斯[①]的训斥：他违反了中立原则。在巴蒂斯塔恐怖统治时期没有猪湾事件。在美国政府的眼里，恐怖不是恐怖除非恐怖来自左派。后来，在哈瓦那的一次外交鸡尾酒宴上，我在与西班牙大使交谈的时候，提起了美国大使的抗议行为。“这种行为非常没有外交手腕，”他说。

“换了你会怎么做？”

“我会转过身去。”

去圣地亚哥的唯一途径是乘飞机。离开古巴的前一天晚上，我与一些古巴朋友参加了一个深夜聚会。参加聚会的人都来自中产阶级，都是菲德尔的支持者(尽管现在他们中至少有一人已经离开古巴)。聚会上的一名年轻妇女曾被巴蒂斯塔臭名昭著的警察头目文图拉警长[②]逮捕并殴打。另一个姑娘声称她是菲德尔的情报员。她打算与我一起搭乘同一架飞机，她求我在我的提箱里携带一些山里的人们急需的针织套衫和厚袜子。在圣地亚哥，高温有热带特征。机场会进行海关检查，外国人容易解释为什么要携带冬天衣服。她急着要我会见菲德尔在圣地亚哥的代表——真正的代表，她说，因为这个地方到处都是巴蒂斯塔的密探，尤其是我将下榻的宾馆。

---

① John Foster Dulles，1888—1959，美国国务卿（1953—1959），任内积极推行“冷战”及“战争边缘”政策。

② Captain Ventura，巴蒂斯塔政府中最会施酷刑的警察大队长，小说《哈瓦那特派员》中 Captain Segura 的原型。

于是就闹出一场漏洞百出的喜剧，完全像后来我在《哈瓦那特派员》里描述的一样荒唐。第二天早晨，《时代周刊》的记者拜访了我。他的杂志指示他陪我去圣地亚哥，为我提供一切我所需要的帮助。我不需要任何帮助，但是他的杂志显然认为我也许会用这种或那种方式提供一段新闻。我必须找到那个姑娘，提醒她我将不是单独旅行。可是，我不知道她的名字或住址，前一天晚上聚会的东道主也不太了解她的情况。不过，他驾车送我去机场，我在酒吧等待的时候，他在机场入口处留心看着。终于他带着指示回来了，让我不要去招呼她——早晨她会打电话到宾馆找我。

宾馆位于圣地亚哥主要小广场的一角：一边是大教堂，教堂沿墙开出一排商店。两辆出租车和一辆出租马车看上去好像已经放弃了顾客光顾的所有希望。现在没有人来圣地亚哥，除非他可能是间谍，我已被提醒要提防这些间谍。夜晚炎热潮湿；这时已接近非正式的宵禁时间，宾馆接待员也不再假装欢迎陌生人。出租车很快收拾一下开走了，人们都离开了广场，一队士兵从面前走过，宾馆大厅里一个身穿肮脏白色训练服的男子坐在一把椅子里前后晃动，在多蚊的傍晚弄出一点对流风。这使我想起塔巴斯科迫害期间的比亚埃尔莫萨[①]，整个城市到处是警察的身影。我回到了批评我的人所想象的“格林王国”。

---

① Villahermosa，墨西哥塔巴斯科省省会。

第二天早晨我正在吃早餐，这时传来了一下敲门声——是那位《时代周刊》的记者，伴随而来的是一个中年男子，他身着漂亮的华达呢套装，脸上挂着一副商人的微笑。据介绍，他是卡斯特罗在圣地亚哥的公共关系联络人——他与城外山里的游击队员似乎有天壤之别。我很尴尬，因为我随时都在等待电话铃响起。我想劝他过一会儿再来拜访，等我穿好衣服。可是他不停地说话。这时电话响了。

到了这个时候，我已经深信“间谍”的危险，于是在接电话的时候，我请X先生和《时代周刊》的记者离开我的房间。他们很不情愿地离开了。电话是那个姑娘打来的，她让我去卡勒·圣弗朗西斯科街某号。X先生回到房间里，他对我说他敢肯定是一名巴蒂斯塔特工联系我。他的组织没人会如此胡来……他要求知道电话内容。

我恼火了。我根本没有要求介入他们之间的纷争。我指出，据我估计，他自己也许是一名巴蒂斯塔特工。事情就这么僵了，他离开了房间。

现在，我的问题是找到那条街。我甚至不敢向宾馆服务员打听。我走进广场，坐进两辆没人光顾的出租车中的一辆。我还没来得及与司机说话，一个身着俗艳服装的黑人坐到了司机身边。“我说英国英语。我带你去你想去的地方。”如果有人是巴蒂斯塔的告密者，那么我想，此人就是一个。

“哦，”我含糊不清地说，“我想看看城市，看些有趣的地方”——我们出发了，下山朝港口驶去，上山去美西战争[①]美国海军陆战队阵亡将士纪念碑，还有市政厅……我发现自己这时要被送回宾馆了，除非我找到借口。

“你们有一个旧教堂，圣弗朗西斯科？”我问。如果有这样一座教堂存在，那么肯定就在叫这个名字的街上。

我的推测被证明是正确的：确实有一座旧教堂，而且就在我想寻找的那条街上。我对导游说，我自己能找回宾馆——我想祷告。我在教堂的回廊里溜达，很快一位不太友好疑心重重的神父过来打扰：我很难跟他解释，我只想消磨一些时间，让我的出租车和黑人从眼前消失。

之后，顶着午间炎热的阳光，我开始沿着卡勒 · 圣弗朗西斯科大街向山上走去。这条街像牛津街一样长，我想寻找的那个门牌号码在街道较远的那一头。我只走了半条街，这时一辆轿车在我身边戛然而止。是 X 先生和《时代周刊》的记者。

“我们在四处找你，”X 先生责备地说。

我为什么会在炎热的阳光下沿着这条漫无尽头大街步行呢？我搜肠刮肚寻找借口。

“没事，”X 先生说。“完全没事。我发现我自己的组织已经与你联系上了！”于是，我舒舒服服，在轿车里，找到了那个地方。

---

① Spanish-American War，1898 年美国与西班牙之间的战争。

在别墅里(这栋别墅属于圣地亚哥一个富裕的资产阶级家庭)有那个哈瓦那情报员、她母亲、一位神父和一个年轻男子(理发师正在为他染发)。年轻男子名叫阿曼多·哈特，是名律师，后来成为卡斯特罗政府的教育部长，随后任古巴共产党第二书记。几天前，在军人押送他前去受审的时候，他从哈瓦那法庭逃跑了。被告排起了长长的队伍——一端有一个士兵看守。哈特非常清楚走廊拐弯处有个厕所，就在那个拐点上，他可以短暂脱离前面和后面看守的视线。他溜进厕所，跳窗逃了；他的朋友在外面大街上等着，直到法庭读到他的名字时才发现他不见了。

他年轻的妻子(现在，整个拉丁美洲都知道她叫海迪·圣玛丽亚)与他一起在别墅里，面容憔悴；在那些日子里，事件接连发生，她又无能为力，她几乎崩溃发狂。嫁给哈特以前，她曾与另一个年轻的卡斯特罗支持者订了婚。1953 年，进攻圣地亚哥蒙卡达军营失败后，她的未婚夫被捕了；她被带进监狱，看到是未婚夫蒙着眼睛、被阉割了的尸体。(当西班牙大使夫人对我说起巴蒂斯塔的社交魅力时，我想起了这个故事。)

那是过去的历史。现在他们所关切的只是英国人准备卖给巴蒂斯塔喷气式飞机——在卡勒·圣弗朗西斯科的这栋别墅里，他们比英国政府更加消息灵通，因为我回到英国后，当一位工党议员应我请求就这一议题提问的时候，外交大臣塞尔温·劳埃德[①]向他保证，根本不会向巴蒂斯塔出售任何武器。然而，几个月后，在卡斯特罗进入哈瓦

① Selwyn Lloyd，1904—1978，曾任英国外交大臣、财政大臣、下议院议长。

那之前一两周，外交大臣承认已经签发外销一些过时飞机的许可证。在签发许可证的时候，他还一点不知道——他是这么说的——古巴内战正如火如荼。

对于一名观察家来说，圣地亚哥已经有足够的内战迹象。我抵达该城的当天晚上，士兵半夜里逮捕了八至十岁的姊妹三人。女孩们的父亲已经逃离圣地亚哥，参加了山里的卡斯特罗部队，于是，她们身着睡衣被押进军营当人质。

第二天早晨，我亲眼目睹了孩子们的革命。消息已经传到学校。在中学里，孩子们作出了他们自己的决定——他们离开学校，走上街头。消息传开了。家长们来到幼儿园，带走了他们的孩子。街上到处都是孩子。商店开始停止营业以防不测。军队让步了，他们释放了三个女孩。他们不能像对付孩子们的母亲那样在街上把消防水龙头对准孩子，也不能像绞死孩子们的父亲那样把孩子吊死在路灯柱子上。让我感到奇怪的是《时代周刊》没有报道孩子们的造反——然而，他们的记者与我一样就在现场，就在城市里。但是，也许亨利·卢斯[①]还没有下定决心究竟是支持卡斯特罗还是巴蒂斯塔。

那么，英国政府呢？就外交部而言，古巴内战依然不见踪影。但是，到我再次访问哈瓦那的时候——就在签发喷气式飞机外销许可证的当儿——内战已经显而易见，以至于我只能待在哈瓦那，甚至乘飞

① Henry Luce，1898—1967，美国杂志出版商。

机也无法去访问圣地亚哥。更确切地说，我无法离开哈瓦那一百公里——没有一个出租车司机愿意冒遭伏击的危险，因为甚至主要干道也不安全。到这个时候，我已经写完《哈瓦那特派员》。我无怨无悔。在我看来，英国外交部或情报部真有点值得嘲笑。

不过，这本书几乎没有为我赢得哈瓦那新统治者的好感。因为通过嘲笑英国情报机构，我极度弱化了巴蒂斯塔统治的恐怖。我不想为一部轻松的戏剧设置过于黑暗的背景，但我们很难期望那些在独裁统治岁月里受苦受难的人们去充分领会我小说的真正主题是英国特工的荒唐可笑，不是一场革命的正义与否；我把凶残的文图拉警长写成愤世嫉俗的塞居拉警长[①]的审美情趣也无法感染他们。

补充说明一点历史真相：文图拉警长持枪劫持了他自己的总统逃离古巴，去了多米尼加共和国。巴蒂斯塔原来打算撇下他，就像放弃杯里的最后一滴酒、留下给上帝的一件祭品。但是，文图拉到了哈瓦那机场，逼着巴蒂斯塔卸掉他的一些行李，为他腾出空间。在特鲁希略城[②]的宾馆里，他俩一定成了尴尬的一对，文图拉在特鲁希略城里花大量时间玩吃角子老虎机。

古巴政治就说这么多了。《哈瓦那特派员》中英国特工沃莫尔德

① Captain Segura，《哈瓦那特派员》中的人物，最会施行酷刑。
② Ciudad Trujillo，多米尼加共和国首都圣多明各的旧称。

没有我能认出的原型，不过，儒雅的霍索恩[1]在他想入非非的时候，倒有点儿像军情六处的一名军官，这名军官曾一度是我的上司。C君的黑色单片眼镜也不是想象的，尽管他躺在床上用电话指挥烹调的习惯是从他著名的前任辛克莱上将[2]那里学来的。辛克莱的侄女跟我说起这个趣闻，她不得不按照电话指示烹调。

可怜的哈斯尔巴切[3]医生因为成了沃莫尔德捏造的线人而惨遭谋杀。诺曼·道格拉斯的朋友沙赫特男爵在卡普里岛一家餐馆楼上有一个小套房。他个子高大满脸愁容，是个绅士，第一次世界大战结束以来，他一直在那里生活在贫困之中。第一次世界大战期间，他是德国枪骑兵团的军官。他过去一直饱受楼下餐馆烹调味道的折磨，因为他的胃口特别大，可是没钱缓解饥渴的欲望。他主要靠意大利面食和从索拉罗山采来的野菜充饥。五十年代初，阿登纳[4]政府突然意识到他的存在，同意给他一小笔养老金。这下要了他的命。他是个慷慨的人，他突然发现自己有能力回报过去别人对他的恩惠。八月的一天傍晚，长时间游泳之后又喝了太多的酒，他中风了，别人发现他死在床边。第二天，我到达卡普里岛，加入了小小的送葬队伍，跟在灵柩后面前往新教徒墓地。警察希望查封他的房间和房间里所有的东西，不

---

① Hawthorne，《哈瓦那特派员》中的英国特工，是他发展小说主人公沃莫尔德成为线人。

② Admiral Sinclair，1873—1939，英国情报机构军官。

③ Hasselbacher，《哈瓦那特派员》中主人公沃莫尔德夫人的朋友、医生，被沃莫尔德捏造成线人，后因此而遭谋杀。

④ Konrad Adenauer，1876—1967，曾任德意志联邦共和国总理。

过，经过一番力争，我获准把他的 *pickelhaube*[①] 和他枪骑兵的白色手套放在了他的灵柩之上。他喜欢他的军装，像哈斯尔巴切一样，每逢德皇生日，他就会穿上军装，为这位皇帝干杯(我不知道他怎么穿得上他的胸铠，因为许多年来他不太注意他的体型)。像哈斯尔巴切一样，他的小厅里悬挂着一张德皇骑着白马检阅枪骑兵部队的照片，我记得沙赫特男爵对我说过，那是在哈斯尔巴切说出同样一句话的许多年前："那时一切都是那么安宁。"

三

1959 年 1 月，我去比属刚果的时候，头脑里已经开始酝酿一部新小说；这部小说借助了一个场景——一个陌生人无缘无故突然来到一个边远的麻风病人定居地。我通常除了写旅游札记外是不做笔记的，不过，这一次，我一定要记笔记，以便建立可信的医学背景资料。即便天天用日记形式记笔记，我还是犯了不少错误，后来不得不由我的朋友、麻风病人定居地的医生勒沙博士加以纠正。因为一定要记日记，所以我借此机会大声自言自语，记录零零碎碎想象中的对话和事件，其中一些内容进入了我的小说，一些内容舍弃了。不管是好是坏，《麻风病人》就是这样开始启动的，尽管从刚果回国四个月后我

① 旧时德国士兵戴的尖顶盔。

才动手写作。从来没有一部小说这么难写这么让人感到沮丧。读者只需在阅读时忍受这位在小说中名叫奎里的麻风病人陪伴几小时，而作者却不得不与他一起生活并沉浸其中长达十八个月。

《麻风病人》在作者脑海里酝酿的情况在我的日记摘抄《寻找一个人物》中得到了充分描述，但是事隔多年之后，现在我问自己：我为什么要寻找这样一个特别的人物？我想，答案要追溯到《事情的真相》发表之后那个遥远的年代。

成功比失败更危险（余波会冲击更广阔的海岸线）；按“成功”这个词广泛粗俗的含义来看，《事情的真相》是成功了。这部小说一定有着某种腐蚀性的东西，因为它过多触动了读者内心薄弱的部分。我从来没有收到那么多素不相识的人的来信——也许其中大部分信是妇女和神父写的。我突然发现自己在英国、欧洲和美国被认为是天主教作家——这个头衔是我最不希望得到的。有个年轻人从西柏林给我写信，请我领导一支年轻人的十字军进入东区，为教会血染东德。（如果他发现《事情的真相》已经被译成俄语，他会感到多么惊讶——马克思主义批评家经常很有洞察力。）答复这封信非常困难——我难以启口说目前我各种义务太重，没时间前去流血牺牲。一位年轻妇女从一艘荷兰渔船上寄来一封酒气熏天的邀请信，还附了一张照片；另一位女士从瑞士写信来，建议我去与她结合，“那里的白雪可以成为我们的被子”——这一前景比起当烈士对我更缺乏吸引力。一位法国神父先把我当作听他忏悔的信众不断写信纠缠我，随后亲自找上门来：

一天傍晚，当我和女友正在追赶开往卡普里的公交汽车时，在阿纳卡普里的一条狭窄巷子里，他甚至未予通报突然不合时宜地出现在我们面前，他长长的黑色法袍后面扬起一股灰尘。其他神父会在我唯一的一把扶手椅里一坐好几个小时，向我述说他们的困难、他们的迷茫和他们的绝望。一位美国妇女开始凌晨跨越大西洋打电话，强烈要求我前去帮她解决婚姻难题；她的一再请求终于软化了我的心，在一位最要好的朋友的陪伴下，我去了她的住处——新泽西一栋糟糕的小房子，室内太多女性的装饰，还有一个傲慢无礼的黑人女佣，这一切迄今依然历历在目。这栋房子的女主人服了安眠药正午还在睡大觉，窗帘遮得严严实实，眼罩遮住了面孔，身上裹着一件粉红色的丝绸睡衣。正如我们预计的那样，我们的访问不起任何作用；只有死亡才能拯救她，一年后在酒精与毒品的帮助下它的确在伦敦拯救了她；所有的人都抛弃了她，除了一位与她为友的耶稣会会士。

上述情况也许显得有些愤世嫉俗和冷酷无情，但是在写《事情的真相》和《爱到尽头》之间的那些年里，我感到自己被宗教受害者利用了，弄得精疲力竭。把信仰憧憬成平静的大海已经永远不可能了；信仰更像一场大风暴，幸运者被风暴吞没，消失得无影无踪，不幸者被抛上海岸，遍体鳞伤鲜血直流。比我幸运的人可能在那残酷的大海边缘找到一份终身职业，但是我自己的生活经历使我不相信我或许能提供任何援助。我没有任何使徒的救世使命，因为我无能为力，所以精神援助的呼喊使我快要发疯了。教会是干什么的，不就是应该帮助这些受苦的人吗？神职人员是干什么的？我就像瘟疫流行的村庄里一个没有医学知识的人。我想，奎里就是诞生在那些岁月里。他经常坐在我的那把扶手椅里，他有许多张面孔。

我经常察觉，天主教和马克思主义批评家比其他批评家更具洞察力，他们的评论也不太主观。我不像小说中的奎里那样是一位著名的天主教徒，也不像奎里所做的那样放弃了我的基督教信仰和旧的生活方式。但是，这本书中确实有一些新的内容，不管这些内容是失败的还是成功的。有位批评家在书中看不见其他任何东西，只见复活节彩蛋上的旧十字架（他指的是奎里的寓言），比起波兰的马克思主义批评家（他们欢迎这本小说，认为它摈弃了天主教信仰）或者我亲爱的朋友伊夫林·沃（他意识到奎里是一个我的短篇故事《拜访莫林》中那位法国天主教作家的翻版，也许还是个不太令人满意的翻版，他为这部小说惋惜。），他们可真是一头雾水。

我给共产党的报刊写信说，作为一个天主教徒，我认为自己能够自由地对待信仰的丧失或者信仰的发现；我相信如果我是他国家里的一名共产党作家，我也能写一个背弃共产主义的人物。我要求他们把欠我的稿费（因为他们大量引用我的语录，主要摘自奎里的寓言）寄去用作华沙大教堂的维修基金。

伊夫林·沃曾写信给我："我当然知道把小说中的虚构人物与它们的作者等同起来是多么恶意中伤，但是……这部小说清楚地表明，你为不求自来的'天主教'作家的尊称深感恼火。我明白在这件事上我是有些内疚的。十二年前，我在这里和在美国作过几次演讲，冒昧地试图阐释我当时真诚地相信是一种使徒使命的作品内容，而它正处于被人们忽视的危险境地，你的一些主题沉迷性爱，让人们感到震惊。事实上，我在一定程度上扮演了里克[①]的角色。对于我所造成的不快我深表歉意，我祈祷这对你仅仅是个不快，祈祷莫林和奎里绝望的结局纯属虚构。”

我对伊夫林的答复比对我的共产党批评家的回答更为坦率。“对你这样一位有才华有远见的作家，我当然不会试图用这样的陈腐托词作掩饰：永远不能把作者与他创作的人物等同起来。当然，奎里的一些反应就是我的反应，正如《文静的美国人》中福勒的一些反应就是我的反应。我认为，关键是作者与他创作的人物相一致为这种表达增添了何种力量或热情。与此同时，我认为，我们可以这样说：一定不能沿着小说人物的主线给作者画一条平行线，也没有必要画到主线的尽头。我希望，福勒是个比我更爱嫉妒的人，奎里恐怕是个比我更好的人。我想表达有信仰和无信仰的各种情况或情感。这位医生是一个我最喜欢、充分体现自我的人物，他代表了一种安定、安逸的无神论；苏必利神父代表了一种安定、安逸的信仰（我用“安逸”一词是表示赞美，不是指责）；托马斯神父代表了一种不安定的信仰类型，奎里代表了一种不安定的无信仰类型。人们也许能够从医生和托马斯

① 小说中一个乏味的人物。

神父身上挖掘出一点作者的影子。”

伊夫林·沃回信说：“我还不至于那么痴呆，把里克当作我自己的画像。我把他视作你的一些崇拜者的讽刺画……这些人试图强加给你一个你所讨厌的尊称。你已经许多次暗示，而我们却拒绝认可。现在你已经明白无误地弃绝了。你会发现，你过去的教友对你的‘敌意’不会像勃朗宁[①]对他的‘迷途的领路人’感到惋惜那样强烈——当然，没人会说你唯利是图……当人们把这本书当做一种信仰的放弃来阅读时，我想你是不会责怪他们的。在我看来，‘安定和安逸的无神论’这种表述是毫无意义的，因为无神论者否定了做人的整个目的——热爱和侍奉上帝。无神论者只有用最肤浅的方式才能显得‘安定和安逸’。比起‘宇宙的郊区’（我在谈论天主教的某些观点的信中使用过这个势利的词语。），无神论者的荒原对我要陌生得多。”

“难道一个天主教徒”——我回到了我与共产党批评家争论的要点上——“就不能给放弃信仰的天主教徒画像吗？毫无疑问，如果那个人物身上有任何真实的东西，那么它一定源于作者，作者有过某些与奎里相同的情感经历，但不一定有同样强烈的感受……如果人们如此轻率地认为这本小说是一种放弃信仰的宣言，那么我也没有办法。也许他们看到我去望弥撒会大吃一惊的。

① Robert Browning，1812—1889，英国诗人。曾因不满华兹华斯而写下“The Lost Leader（迷途的领路人）”的诗歌。

“我不喜欢天主教对我著作的某些批评，尤其是法国评论我信仰问题的一些书籍，他们混淆了小说家的功能和道德家或神学家的功能。

“既然你引用了勃朗宁的语录，那我就引用布劳格拉姆主教的诗作为对应：

我们不信上帝所换来的
只是信仰多元化的怀疑生涯，
怀疑使信仰多元化：
过去我们说棋盘是白的——现在我们说它是黑的。”

我感到讨论正变得过于严肃。伊夫林提及的“迷途的领路人”使我惊讶，甚至使我有点震惊，难道我不是一直把他视作我的领路人吗？为了结束我们的通信，我寄给他一张花哨的明信片——我记得是布赖顿码头的风光——“代我问候弥尔顿、彭斯和雪莱，请他们注意斯彭德[①]和戴-刘易斯[②]赶上来了。非常感谢你所有的铜板。您的后学和奴仆。”伊夫林以同样的方式作了回复，“您温和伟大的目光下的泥土。愿你早晨愉快自信！”乌云已经过去，勃朗宁对我们两人都有

① Sir Stephen (Harold) Spender，1909—1995，英国诗人、文艺评论家，二十世纪三十年代左翼青年诗人之一。

② Cecil Day-Lewis，1904—1972，英国诗人、文艺评论家，1968 年被封为桂冠诗人。代表作有《磁山》等。

很大的帮助。

尽管如此，伊夫林和我生活在不同的荒原上这倒是真的。我觉得无神论，甚至马克思主义无神论都没有什么冷漠无情的东西。我的荒原居住着虔诚的“宇宙郊区的居民”，我曾过于草率地写到他们——我不是指淳朴人民的虔诚，他们毫不怀疑地接受上帝；我指的是受过教育和有建树人们的虔诚，他们似乎拥有自己的罗马天主教的上帝形象，他们已经停止寻找上帝，因为他们认为他们已经找到了上帝。也许乌纳穆诺[①]在写如下文字时头脑里想到的是这些人：“那些人认为他们信奉上帝，但是他们内心里没有激情，精神上没有痛苦，没有动摇，没有怀疑，甚至在寻求慰藉的时候也不感到一丝绝望，他们只相信上帝的心灵映像，不是上帝本人。”我不会在那片荒原上寻找奎里；我会在那些人中间寻找他——乌纳穆诺是这样描写他们的：“在这些人身上，理智强于意志，他们感到自己被理智所掌控，尽管憎恨自己，却还是努力奋进，他们陷入了绝望之中，因为他们绝望，所以他们否认；于是上帝在他们心中显现，用他们对上帝的否定来确认上帝的存在。”

奎里像我小说里的另一个人物莫林一样，是一个神学的受害者。莫林对他不信天主教的采访人说：“人们可以接受与上帝有关的一切，直到学者们开始探究细节和含义。人们可以接受三位一体论，但

① Miguel de Unamuno，1864—1936，西班牙哲学家、作家，早期存在主义者，以随笔和散文著称。

是对于由此衍生的各种论点……我将永远不会试图用二乘以二的乘法表去破解微分学中的某些要点。那样做的结果，你会不相信微分学……过去我相信上帝的神示，但是我永远不相信人类思想的能力。”

我写《拜访莫林》或者后来的《麻风病人》时，还不知道乌纳穆诺的《人生悲剧感》；但是读了他的书之后，我发现书里同样有莫林感受到的那种对神学的怀疑：“天主教对我们的问题、我们独特关键的问题、个人灵魂不朽和永恒得救的问题的解决办法满足了我们的意愿，因此也满足了我们的生活；但是，想运用教条主义的神学将这种解决办法理性化的企图却未能满足理智。理智有其急迫的需求，就像生活有其急迫的需求一样。”乌纳穆诺又写道：“传统上所谓上帝存在的证明都是指上帝的心灵映像、逻辑的上帝、抽象的上帝，因此他们并没有证明任何东西，或者说他们除了证明上帝心灵映像的存在之外，没有证明任何更多的东西。”

三十年前，我读了乌纳穆诺的《堂吉诃德的生与死》，并不特别感兴趣——它没给我留下任何记忆。但是，也许这本我如此迅速忘记的书在我潜意识的储存室里一直持续在活动；我充分意识到这种潜意识的生命力，因为我怀着强烈的好奇心一直在努力攻读神学著作。然而，《事情的真相》得罪了道德神学家们，《爱到尽头》、《起居室》、《盆栽小屋》在那些和我有共同信仰的人们中间引起了某种不安；到了漫漫长途的终点，我还不知道自己选了这条道路，我在《拜访莫林》和《麻风病人》中、在拉芒什海峡[①]那个又悲又喜的地区发现了自己，我希望寄居在这里。甚至我的马克思主义批评家也与伊夫林·沃有着同样的特点——他们过于关切信仰或者无信仰，以至于没有注意到：在写这本我曾创作过的最黑色的小说过程中，我发现了喜剧。

四

天哪，这是我与伊夫林·沃的最后一次争论。1966 年，他的死讯来得那么突然，没有一点征兆，他的死不仅使我失去了一位自二十年代以来我一直敬仰的作家，而且也失去了一位朋友。他死得很蹊跷很恐怖，几乎象征了他的作品和问题。那是复活节星期日；他去领受圣餐，与他的家人共进午餐，一位神父在他家里——所有这一切都象征着他深深依附的天主教信仰——他死在厕所里：这象征着他的讽刺和喜剧般的残忍，他有时用这种方式来描绘他的小说人物，这使人想起《勇士》[②]中阿普索普[③]的携带式便桶。

伊夫林身上总有一种讽刺作家和浪漫派作家的冲突。我想讽刺作

① La Manche，La Mancha，法国和英国之间的海峡，即英吉利海峡。

② Men at Arms，Evelyn Waugh 取材于第二次世界大战的名著《荣誉之剑》三部曲中的第一部，1952 年出版。

③ Apthorpe，《勇士》中主人公 Crouchback 的朋友，一位行为怪癖的军官。

家在一定程度上总是浪漫派作家：但是他不经常表现他的浪漫主义。也许浪漫主义是伊夫林生活和工作中的一个弱点，这个弱点最终毁了他。他有过高的期待：过高期待他的同类，甚至过高期待他的教会。我想当人们想到他对天主教礼拜仪式变革的反应时，有句老话“一颗碎了的心”几乎道出了他的真情。

他不仅对他的教会感到失望，而且对军队也感到失望。他是一个非常勇敢的军官，但不是一个成功的军官；他在他的战争三部曲（《勇士》、《军官与绅士》和《无条件投降者》）里表达了这种失望。在《军官和绅士》的结尾，或者说，我认为，应该是结尾(也许甚至应该是三部曲的结尾)，他写道：“经过在幻想的圣地——在那个含糊不清的旧世界里——不到两年的朝圣，他回来了，在那个旧世界里，神父是间谍，豪侠的朋友实际上是背信弃义者，他的国家正在被愚笨地引向耻辱。”

我来按照时间顺序说说这位讽刺作家，说说他最有趣作品中的严肃含义，从他第一次婚变说起吧。在他的早期作品中，他自己非常欣赏他所讽刺的东西。伊夫林的第一部书《衰落与瓦解》[①]（我喜欢这本书，如同喜欢伊夫林的任何一本书）——我肯定至少读过六遍——对于我来说，绝对是一种乐趣。不太成功的《邪恶的肉身》[②]也是这

① Decline and Fall，1928 年发表。

② Vile Bodies，伊夫林 1930 年发表，主要讽刺一战和二战之间英国的颓废年轻贵族和社会。

样。他讽刺二十年代“聪明年轻的东西[①]”，不过他自己也是其中一员。他没有足够认真地对待他的小说人物以达到讽刺目的。也许随着《黑色恶作剧》[②]出版——这部小说伊夫林根据他在埃塞俄比亚的经历而创作，写的是一位病态的皇帝力图使他的国家现代化的故事——严肃的讽刺开始在搞笑中慢慢显露。他那部最恼人的作品《一抔土》[③]一点儿也不好笑。

一位伊夫林这样素质的作家给我们留下了一座可供我们漫步的庄园：我们发现未被赏识的景色、等待我们在适当时机去发现的曲径幽巷，因为读者就像作者一样一直在变化。比如我向来不喜欢《重返布莱兹海德庄园》[④]。当时他写信给我，说他能为这本书开脱的唯一借口是尼生式活动房屋、午餐肉和灯火管制，我也一度接受了对它的批评——直到有一天我读了他全部的书，让我感到惊讶的是，我加入了那些认为《重返布莱兹海德庄园》是他最好作品的队伍，尽管这是他最浪漫的作品。我一直记得小说开头的一段，描写那位年轻军官前往安顿他的宿营地——布莱兹海德——的铁路旅程。过去我常常认为这一段是小说最精彩的部分；但是当我重读这部书的时候，我发现铁路

① the bright young things，二十世纪二十年代通俗小报给英国颓废青年贵族起的绰号，他们举行化装舞会、吸毒滥交，是颓废的代名词。

② Black Mischief，伊夫林的第三部小说，1932 年发表，曾受到罗马天主教报纸的批判。

③ A handful of Dust，伊夫林发表于 1934 年，被《时代》杂志评为 1923 年迄今世界上最佳百部英语小说之一，书名选自 T · S · Eliot《荒原》中的一句诗“I will show you fear in a handful of dust”。小说讽刺了英国拥有大量土地、有佩戴盾形纹章资格的非贵族和商人。

④ Brideshead Revisited，伊夫林 1945 年在伦敦首次发表。

旅程只占了三页。我现在倾向于认为，这是天才。

早年我喜欢的伊夫林作品是那本非常勇敢的书《吉尔伯特·平福德的苦难经历》①：一本根据他自己一时精神错乱写的小说。事情发生在写完《勇士》和《军官与绅士》之后。我记得与他一起在他的花园里散步，问他为什么不在《军官与绅士》护封上重申这部作品计划写成三部曲，他的回答是："因为我不知道我是否还会续写第三本。我也许会再次精神错乱。"

在《吉尔伯特·平福德的苦难经历》一书中，他对自己的个性作了剖析。这使人们想起他有点像弗洛伊德那样勇敢地剖析他自己："晚年，他没有再结交新的朋友；有时他认为察觉出老朋友关系有点冷淡。在他看来，似乎总是他发起聚会；而老朋友总是先起身离开。有时，平福德先生②觉得他一定会渐渐成为一个令人讨厌的人。朋友们对他的意见了如指掌。他最大的嗜好就是反对——他厌恶塑料、毕加索、日光浴和爵士乐；实际上是反对一切发生在他一生中的事情。通过他的宗教传导到他这里的一点点慈善热情只能缓和他的厌恶，从而把厌恶改变成厌倦……"

不过，在这本奇怪的小说中，他略去了他所有优秀的品质：身体的勇敢、个人的慷慨、对朋友的忠诚。我认为，《吉尔伯特·平

① The Ordeal of Gilbert Pinfold，发表于1957年，据说写的几乎是伊夫林自己的亲身经历，他过度服用苯巴比妥和烈酒所产生的幻觉。

② Mr Pinfold，《吉尔伯特·平福德的苦难经历》一书中的主人公。

福德的苦难经历》几乎最完美地表现了他的写作技巧。场景之间的段落衔接问题他处理得多么好啊！几乎看不见令人讨厌的副词——副词比形容词对作家的损害更大。这些都是小说家注意的要点，但是人们不应该低估特罗洛普[①]在他的自传里称之为“读者无意识的批评头脑”。小说家注意到的事情读者也许也注意到了，只是无意识而已。

伊夫林的日记被媒体（媒体在这里的意思是糟糕的新闻业）热炒了一番。新闻记者总是热衷于把一个优秀的作家变成一个“人物”。如果他们成功了，那么这种传奇故事就将取代他的作品。这个“人物”将会被安全地像木乃伊一般保存起来：曾经伤人的行为和言语此时将逗人发笑，因为它们成了这个虚构小说人物的一部分。罗伯特·路易斯·斯蒂文森在维利马[②]来信的推波助澜之下，受到过这种“待遇”，尽管在他那个时代，文学记者的水准还是相当高的。康拉德遭受过同样的命运，D· H· 劳伦斯也难逃此运，直至利维斯博士[③]将这两位作家从传奇中救出。那么谁来拯救作家伊夫林·沃呢?

所以，我很不情愿地写这个“人物”。许多年来，我一直为他粗

---

① 可能指 Anthony Trollope，1815—1882，英国小说家，以虚构巴塞特郡系列小说著称，主要作品有《养老院院长》、《巴塞特寺院》、《索恩医生》、《首相》、《你能原谅她吗？》等。

② Vailima，南太平洋岛国萨摩亚首都阿皮亚附近一村庄名，也是罗伯特·斯蒂文森晚年故居的名字。

③ 可能指 Frank Raymond Leavis，1895—1978，英国文学评论家，长期在剑桥大学教授英国文学。著有《英国诗歌的新方向》等。

鲁和不近情理的恶名感到纳闷——我与他热络交往近六年，没有见过任何这样的实例来佐证这种说法。我甚至好几次与他一起住在乡间（我这种勇敢的行为被他的一些朋友视为非同寻常），我见到只是一个殷勤好客诙谐风趣的东道主，他宁愿在搞笑中掩饰自己内心的痛苦，也不愿打扰他的客人。

直到五十年代中期我才亲眼目睹伊夫林的不近情理。我们在卡罗尔·里德的家里共进晚餐，与我们在一起的其他客人还有亚历山大·科达和他后来与之结婚的年轻姑娘。突然，伊夫林倾斜身子，越过桌面，非常粗鲁地要揍科达，四周所有的人都不得不停止交谈。科达忍了这种羞辱，他的忍耐有礼可圈可点。第二天，我和伊夫林同乘一辆出租车，我要他解释昨晚的粗暴行为，因为我非常喜欢亚历克斯。“你干吗要那样？”

“科达，”他说，“没有理由带他的情妇来卡罗尔和庞皮的家。”

“可是，我也曾带我的情妇去他们家，”我说。

“那可大不一样，”他回答说，“她是有夫之妇。”婚外恋比私通更加严重？这可不是正统的天主教观点。我不再继续追问，我们在沉默中乘车前行。

可是，那些把伊夫林塑造成一种神圣怪物的人们忽视了他的另一面：他们忽视了伊夫林放弃对他来说极为重要的工作，花时间去与即将死去的不再有趣的罗纳德·诺克斯[①]一起住在那种他讨厌的宾馆和

① Ronald Knox，1888—1957，英国神学家、作家、圣公会牧师，后改宗天主教。

度假胜地；他在他朋友阿尔弗雷德·达根[①]的临终床前服侍，排除一切障碍，给他带去所需要的帮助。我临死时，希望他能在我身边，因为他将给我带来的不仅仅是安慰。我们的政治主张相距几百英里，他把我的天主教信仰视作旁门左道。那么到底是什么力量使我们成了朋友？1952 年 10 月，他写信给我，“我即将过完 49 岁，你刚刚开始过 49 岁。据说，这是人生的伟大转折期，它将确定一个人剩余岁月的轨迹。对于我来说，过去一年是失去朋友的一年，不是因为死亡而是因为损耗。我们的友谊开始得比较晚。祈求上帝让它永世长存。”我和他的友谊的确永世长存。

几年前，我重读了他写给我的一些信——一种令人伤心的纪念物——我第一次意识到他是一位多么孤独的人！他一次又一次地建议我去探望他，而我只去了三次。我总是不能成行。我在旅行，不然就是忙得不可开交，不，这个月不可能……现在我后悔失去了那么多次与他相聚的机会。

1944 年 10 月，他在南斯拉夫的日记里写道，“我 41 岁生日，十一年来最郁闷的生日……这是个好年份——一个女儿诞生了，写了一本书，一次死里逃生。我祈求上帝明年让我待在自己家里，做我自己的工作，平静安宁。”上帝没有赐予他安宁——只给了他长时间的绝望，他用含义较轻的词——厌倦——掩饰自己的绝望。

① Alfred Duggan，1903—1964，英国历史学家、考古学家、五十年代畅销历史小说家。

那天我重读詹姆斯的《波士顿人》[1]，读到韦雷娜[2]对主要人物巴兹尔·兰塞姆[3]的描述。我的脑海里立刻浮现出伊夫林。

> “她可以说从小起接受的教育就是崇尚新潮思想、批判几乎司空见惯的社会陋习、不赞成许多事情。她还从没想到有人会像兰塞姆先生这样非难一切，这么多痛苦，她看见在他言过其实、失实陈述的言语下隐藏着这么多怨恨。她知道他是个极度保守的人，但是她不知道做一个保守分子可以使一个人变得如此好斗和冷酷。她以为保守分子只是自鸣得意、顽固不化、自满自得，只满足于业已存在的东西；但是兰塞姆先生对于业已存在的东西就如同对待她所懂得的事物一样不满，对于有些在她看来是与他站在一边的人，他会说出一些极其不堪的恶语，她认为用这样的话形容任何人几乎都是不正确的。”

亨利·詹姆斯从来没有分析过兰塞姆做事的动机，我怀疑伊夫林·沃的日记未必有助于我们理解伊夫林。可以确定的是当这些日记发表的时候，它们给了许多才华稍逊的作家一个机会，用以诋毁一个他们害

---

① The Bostonians，亨利·詹姆斯著，1886 年发表。

② Verena Tarrant，《波士顿人》中的女主人公之一，后成为 Basil Ransom 的恋人。

③ Basil Ransom，《波士顿人》中的男主人公，律师，政治上保守，但爱上追求女权主义的 Verena。

怕批评的人，因为如果伊夫林还活着，他会予以驳斥的。

五

五十年代还没有完全画上句号，而我逃避伦敦和作家封闭生活的欲望已经延续到六十年代，我在《爸爸医生的海地》[①]上读到的一篇文章重新唤醒了我的逃避欲望。我前两次访问海地是在五十年代，而且过得非常愉快。那是马格罗尔[②]总统时期，当时海地极端贫困，不过游客很多，游客带来的部分钱被允许少量流动到社会下层。我在太子港的时候，下榻在佩蒂翁维尔[③]豪华的埃尔兰绍饭店，饭店总是客满为患。迈阿密市长带着一大群吵吵嚷嚷的随员和尖声乱叫的姑娘，游泳池里上演了一幕幕狂乱胡闹的场景，直至深夜。我会见了一些海地诗人、画家和小说家，其中我最喜欢的一个人是《喜剧演员》（那时我根本连做梦也没有想到会写这部小说）中马吉奥特医生的原型。他是个医生和哲学家——但不是共产党员。他曾一度担任海地的卫生部长，但是他觉得自己工作过于受束缚，于是就辞职（在杜瓦利埃医生[④]的统治下这种举动将是非常危险的）。每隔一年，他访问欧洲出席

① Papa Doc's Haiti，可能是以海地总统 Francois Duvalier 命名的海地刊物。 Francois Duvalier（1907—1971）早年因为治病救人获雅号“Papa Doc（爸爸医生）”，1957 年当选海地总统，直至逝世。他的统治以民粹主义与黑人民族主义为基础，造成了超过三万名海地人的死亡。

② Magloire，1907—2001，海地军阀统治者。

③ Pietonville，海地一地名，旅游胜地。

④ 即上文提及的爸爸医生，海地总统。

哲学会议。他个子非常高大，皮肤非常黑，仪态威严，传统古朴谦恭有礼。他将长期背井离乡客死他乡——比马吉奥特医生更加幸运？谁知道呢。就是在那个时期我参加了我在小说中描述的伏都教[①]仪式。对于那些有交通工具的人来说，他们完全可以自由地周游全国。我曾两次去海地角。我在最后一次访问海地的那一年去了残暴大屠杀的发生地热雷米。那时不需要在警察局等候几小时获得一张离开太子港的通行证。

受到上述那篇文章的激励，我在1963年最后一次来到海地。这一年是“爸爸医生”统治最关键的一年，也许也是最残酷的一年。北部有二十几支游击队在战斗（一年后，我接触了临时投宿在圣多明各一所破旧疯人院里的剩余几支游击队）。正是因为这些游击队的存在，首都四周才有借口全都架设起路障街垒，由衣衫褴褛的民兵警戒。开车从宾馆进出必定两次经受武器搜查。“爸爸医生”一方面在美国人的眼中仍是加勒比海反对共产主义的堡垒，另一方面却通过与西方争吵以显示他的力量。巴尔博是“黄麻袋大叔”[②]的创建人，他在太子港郊区被射成碎片，他的尸体快照装点着警察局的墙壁——他一直与美国海军陆战队有联系，海军陆战队在那里保卫美国大使馆，协助对海地军方的援助计划。美军司令年幼的儿子遭

① 一种西非原始宗教，现流行于海地和其他加勒比海的黑人中。

② the Tontons Macoute(Uncle Gunnysack)，根据海地克里奥尔人神话中的Tontons Macoute命名，传说此物专门诱拐绑架儿童，将不听话的孩子装入黄麻袋，然后在早餐上吃掉；后改名为Milice de Voluntaires de la Securite Nationale，即“国家安全志愿者组织”。

"黄麻袋大叔"绑架，就在他被拖进总统府的时候，他在最后一刻被在同一所公立中学上学的杜瓦利埃的儿子救下了。这次事件发生后，美国海军陆战队撤退了，美国大使离开了，英国大使被驱逐了，杜瓦利埃被开除教籍，罗马教皇的大使留在了罗马。南美的各个美国大使馆里都挤满了难民，其中包括参谋长和大部分少校以上的军官。"黄麻袋大叔"追捕难民进入了圣多明各大使馆，博斯总统[1]立刻在边境调集坦克，距太子港只有不到一天行程。那年夏天我到达该城时，那是一个黑暗的城市，尽管宵禁已经解除，但是天黑以后仍然没人敢外出。那时我几乎没想到的是，许多年后，"爸爸医生"会幸存到自然死亡；一位美国大使(名字很合适，叫本森·蒂蒙斯三世)在聆听"爸爸医生"慷慨激昂的训斥之前，会被迫在总统府等候数小时；纳尔逊·洛克菲勒[2]会出现在阳台上，在一群太子港的乌合之众面前与杜瓦利埃握手并向他转交美国总统的私人信件。

这次，我没有下榻埃尔兰绍饭店，不过我曾经上山重访过它。饭店里没有客人，只有一个接待员，游泳池也空无一人。在我的饭店——奥洛夫森饭店(在《喜剧演员》一书中我称之为特里亚农饭店。)里，除我之外，还有三位客人——赌场的意大利经理还有一位美国老艺术家和他的妻子——我不能否认，这对和蔼的美国夫妇有些

① Juan Bosch，1909—2001，圣多明各政治家、历史学家、作家、教育家，1963 年当选总统。
② Nelson Aldrich Rockefeller，1908—1979，曾任美国副总统。

像我小说中的史密斯夫妇。老艺术家想把丝网印刷术教给海地艺术家，那样他们就能靠在美国销售他们绘画的复制品谋生。海地驻纽约总领事鼓励他来海地，总领事曾经许诺过：他到达海地后，将会寄给他所有教学必需的材料，可是几星期过去了，什么材料都没有寄来，政府中没人对不能为自己牟利的项目表现出任何兴趣。一天夜里我们三人冒着黑夜探访那个我在书中称之为“梅雷·凯瑟琳”的妓院。妓院里除了两个“黄麻袋大叔”外，没有任何嫖客。“史密斯先生”开始吸引几个在一起端庄稳重地跳舞的姑娘，她们像一群激动的学生围着他的椅子，与此同时，那两个“黄麻袋大叔”透过他们的黑眼镜怒气冲冲地看着这种奇怪的景象：一种无所畏惧的幸福，一种他们无法理解的天真。

每天，“皮埃尔·佩蒂特”会来喝酒，有一次他带来了太子港的市长，这位市长带我去看了杜瓦利埃维尔新城倒塌和废弃的房屋，那里只有斗鸡剧场已经完工。我很快意识到“皮埃尔·佩蒂特”的工作就是打探我需要什么，然后回去报告我的打算。

我最需要的就是离开这个令人窒息的噩梦般的城市，我离开这个城市后几周，所有的学生被迫去墓地观看处决两名被俘的游击队员，这一场景在当地电视台连续一周每天晚上反复播放。但是，要想获准离开该城却不是那么容易——甚至离开这个国家也需要获得出境签证。最后，我采访了外交部长本人。查尔默先生即将出国去纽约参加联合国大会，准备抗议在游击队手里发现美国武器（这不是没有可能的，因为海地军队的武器一直由美国提供，他们所有的高级军官都死了或者流亡了或者被关在外国大使馆里)。“为了我自身的安全”，查尔默先生拒绝批准我北上访问海地角，但是很不情愿地同意我去访问南部的奥凯，我想在那里与几名加拿大传教士共度夜晚。即便有了外交部长的首肯，我还不得不坐在几张巴尔博尸体的快照底下，在警察局度过好几个小时。警察局面对着总统的白色宫殿。没有行人在宫殿面前走过——人们认为走在那些空白的窗户底下是很危险的，“墓地幽灵”萨梅迪男爵会透过窗户往下窥视：甚至出租车司机也会避开广场的那一段。从我的座椅上抬头看去，我能看见我的小说人物孔卡瑟戴着黑眼镜，透过他办公室敞开的窗户持续几分钟盯着我看。要是我能读到他们过后写的有关我的报告的话，我会更加不安的：报告说我是某个未点名的帝国主义强权的“间谍”。

经“伟大的南方公路”前往奥凯的行程不到一百八十公里，可是却花了我(正如有人曾告诫过我的那样)八个多小时，因为出首都半小时后这条路几乎不存在了。临行前一天晚上，我几乎没能入睡，因为担心也许会发生什么事情。对友善的司机我不抱任何幻想——他肯定是“黄麻袋大叔”的密探，据我看，在那条坑坑洼洼的路上策划一次不费力气的事故实在是太容易了，或者更加方便地来一次谋杀，而且可以把责任推在游击队身上，因为有一些游击队在南方活动。“爸爸医生”根本不在乎丑闻——反正已经没有游客可以被吓跑了。

在那几周里，恐惧一定已经深深渗入我的潜意识之中：海地真的是报纸上新闻报道大标题里的噩梦，临别时刻，我在机场等候“达美”航班的时候，我感到有人将一封写给一位在圣多明各流亡的前总统候选人的信偷偷塞进我的手里，我很不高兴。难道我在最后一刻还要受一个 *agent provocateur*① 的欺骗？难怪多年后我常常梦见太子港。我还将隐姓埋名再访该国，我怕被人认出来。

如果我那时知道总统对我的看法，那么我的恐惧就似乎更加合理了。我很高兴地说，《喜剧演员》触及了他的痛处。他在接受《晨报》的一次采访中直接抨击了这部小说，那是一份他在太子港拥有的报纸——这是我唯一一次得到国家元首的评论。“*Le livre n'est pas bien ecrit. Comme l'oeuvre d'un ecrivain et d'un journaliste, le livre n'a aucune valeur.*”②

是他搅乱了我的睡梦还是我搅乱了他的睡梦？因为在我访问海地之后的漫长的五年之中，他的外交部出版了一本精心设计精美典雅的小册子，还有插图，用有光纸印刷，用以对付我的事情。在准备这本小册子的过程中，他们进行了大量调查研究，从我为我的法语版小说撰写的前言中摘录了许多话。小册子用法文和英文发表，书名是《格雷厄姆·格林的假面具终于被揭开》，小册子包含一篇我的生平简介，观点相当偏颇。这本昂贵的册子通过海地驻欧洲的各大使馆向新

① 法语，意思是“挑唆者，煽动者”等。

② 法语，意思是“书写得不好，如同这位作家和记者的工作一样，没有任何价值”。

闻界散发，不过，当这位总统发现宣传没有达到他所期望的结果时，小册子马上就停止散发。“一个骗子、蠢货、暗探……精神错乱，施虐狂，性欲倒错……浑噩无知的笨蛋……随心所欲地说谎……高傲高贵的英格兰的耻辱……间谍……瘾君子……施虐者。”（这最后一个别称总让我感到有点疑惑不解。）

我很自豪，拥有不少海地朋友，他们在山里与杜瓦利埃医生勇敢地战斗，不过作家并非像他自己常常感觉的那样无能为力，笔像银弹[①]，也能杀人。

---

① silver bullet，据说能杀死狼人的唯一武器。

第九章

一

在我发表第一部小说以来的四十年中，我偶尔也写短篇故事。刚开始写短篇小说时，作为一种文学形式，它令我头痛，而且有点让我感到厌烦。在开始动笔之前，我对故事内容已经了解太多——于是，连续数日整天埋头写作，没有任何意外情节舒缓我的精神压力。长篇小说的创作时间要漫长得多，期间常有疲劳厌倦的阶段，不过意外情节也许会随时出现——一个小人物会突然主导了故事，发号施令，自行其是。在故事开头的某个地方，不知是何原因，我会塞进一段似乎毫不相干的情节，写了六万字之后，我会激动地明白我为什么要插入那个情节——原来故事的叙述一直在我的意识操控之外进行着。但是，创作短篇故事，我还没下笔就已经知道了一切——或者说我自认为是这样。

我不禁想起学校里老师教我们写的那种论说文——你得先画个简图，示意论点展开的过程，颇像后来电影导演有时会对我说的，需要“论证”这点或那点以及“连贯”在想象的价值。顺利度过学生时期后，我又开始写“论说文”。我学会了相信大脑的神游。如果你放松缰绳，马会自己找路回家。轮廓在修改时会自己在文章内部慢慢形成——你不必事先想好。

就短篇小说而言，我同样被误导过。动笔之初，我所知道的只是故事的表层——各种意外的情节也许不如出现在长篇小说里那样意义深远，但是它们同样存在。它们会以句子的意外形成、突发的反思、事先未预见到的对话出现；它们就像凉爽的饮料滴入干渴的嘴巴。

现在我意识到，我实际上从开始起就一直是个短篇小说作家——这些短篇小说不是我在第一卷短篇小说集序言里称之为“零碎的东西”。《聚会的结束》写于1929年，也就是我第一部小说发表的那一年，奇怪的是，在我创作第二部和第三部小说期间，我写了一个短篇小说《我当间谍》，这个故事具有我所有早期小说极其缺乏的品质——语言简练、生活感真实。《我当间谍》不是什么不起的作品，但是，如果我能写出一篇甚至是那样朴素真实的短篇小说，那么我怎么会如此热衷于自我毁灭，写出完全虚构的《行动代号》和《黄昏的谣言》呢？

然而，尽管我对这些短篇中的许多故事比较满意（我认为我从来没有写过比《破坏者》、《勒佛先生的一个机会》、《花园底下》、《八月贱卖》等更好的作品），我在文学界里依然是个偶然写写短篇小说的长篇小说家，正像有些短篇小说作家偶然写写长篇小说（此时我想到了莫泊桑和维克托·普列契特[1]）。这不是一种表面的区分，

① Victor Pritchett，1900—1997，英国作家、批评家，以其短篇故事著称。

甚至也不是一种像油画与水彩画家在创作技巧上的区分；它当然也不是价值上的区分。这是两种不同生活方式的区别。

写一部长篇小说也许需要数年时间，小说结尾时的作者与创作之初的作者已经不是同一个人。不仅他的小说人物在发展——他也随着这些人物一起变化，这几乎永远让他的作品有一种粗糙的感觉：长篇小说很少有你在契诃夫的短篇小说《牵狗的贵妇人》中所能读到的那种完美感。正是这种失败的感觉才使长篇小说的修改似乎没完没了——作者一直试图使故事适应他改变了的个性，但是总是白费力气——这就好像他在童年动笔，现在到了老年才收尾。当他开始也许是第五次修改第一章的时候，他有过几次绝望的时刻，他看到许多新的修改之处。他怎么能不想："这样下去永远没个尽头。我永远改不好这一章节啦？"实际上他应该说的是："我永远不会再是那个很久以前写这部小说的人了。"在这些情况之下，难怪小说家经常是个坏丈夫或者三心二意的情人。他的性格里有某种品质，像下台后继续扮演奥赛罗的演员，但是他这个演员在太多的演出场次里扮演了太多的角色。他沉浸在多种角色之中。加勒比海的一位黑人出租车司机曾对我说起，他看见一具从海里捞起来的尸体。他说，"你无法辨认出这是一具人的尸体，因为尸体上满是七鳃鳗。"多么可怕的景象！但是用来描绘小说家十分贴切。

所以，对于长篇小说作家来说，短篇小说常常是另一种逃避的形式——从不得不与一个小说人物生活数年中，从无意中学会了他的妒忌、他的卑劣、他骗人的花招、他的背叛中解脱出来。读者完全可以数落小说人物的可恶，但是幸运的读者啊，你只需同这个人物一起生活几天。有时，在福楼拜的书信里，你能发现他变成了包法利夫人，他自己渐渐有了包法利夫人那种毁灭性的激情。

因此，我的短篇小说可以被视作逃避长篇小说家世界的故事汇编——如果你喜欢的话，甚至可以说是冒险经历的汇编；我能比较舒心地重读这些故事，因为身后没有拖着某个人物的一生。我能很快地浏览这些短篇，就像我翻阅在许多不同假日里拍摄的快照相集一样。当然啰，它们包含着各种记忆——有时是不愉快的记忆，但是如果我翻过这一页，下一张照片与前面一张毫无联系。有一本书——《我们能借用你的丈夫吗？》——的确主要是在1966年写的，在一种悲喜的独特情绪中写的，当时我正在昂蒂布港口之上的一个两居室套房里安家。每天晚上我在费利克斯港的那家小餐馆吃晚饭，有些故事就是从其他餐桌的各种交谈（甚至从对一个短语的误解）中孕育而成的。

有个我在梦中见到的故事编入了一本名叫《真实感》的短篇小说集里。那是瑞典一个麻风病人的故事：这个患者回来请求一位老医学教授给予私诊，而老教授却迫使他去一家麻风病医院，使他暴露在众目睽睽之下；他发现，为了讨好一位老态龙钟的将军，医生的住宅夜间成了一个赌场。我现在仍然能够像当时在梦中那样清晰地看见那些乐师拿着乐器从出租车里跌跌撞撞地下车。我是那个麻风病人？我想不是的。我想我是那个医学教授，看到他的住宅变成了赌场而感到困惑不解，我还看见他那个病人的脸从外面花园里朝他窥视。

也许因为童年时我曾经被做过精神分析治疗，所以我写作时各种梦幻总是非常重要的。我的小说《这是一个战场》的起源就是一场梦，《名誉领事》也是从一场梦开始。有时，以小说人物自居的心理发展得如此深刻，以至于作家会做他的梦，不做自己的梦。在创作《麻风病人》的时候，这种状况就发生在我的身上。那场梦的一些象征、记忆和联想非常清楚地属于我的小说人物奎里，第二天早晨，我就把那场梦原封不动地搬进小说，它填补了故事叙述中我连续好几天未能跨越的一段空白。我想，所有作者都从潜意识中得到过同样的帮助。潜意识在我们所有的工作中与我们合作：它是我们藏在地窖里帮助我们的一个*negre*①。当一个障碍似乎无法逾越的时候，我就在入睡前读一下这天写的东西，让这个黑奴代我劳作。当我醒来时，障碍几乎总是已经被移开了：解决办法就在眼前，可信手拈来——也许解决办法是我在已经忘记的梦中想到的。

如今浏览一遍时间跨度从1929年至七十年代前夕我写的短篇小说，我被一个奇怪的事实所震撼——幽默来得很晚，而且突如其来。我在二战期间写的仅有的三篇短篇小说是幽默故事——短篇小说再次成为一种逃避，逃避伦敦空袭和夜间死亡。所以，这些汇编成《我们能借用你的丈夫吗？》的短篇小说——它们都应该是在我生命的最后

① 法语，意思是“黑人；黑奴”等。

十年中写成的——是一种用幽默方式对死亡念头的逃避——这次我必死无疑了。写作是一种治疗方式；有时我在想，所有那些不写作、不作曲或者不绘画的人们是如何能够设法逃避癫狂、忧郁和恐慌的，这些情绪都是人生固有的。

二

“极度恐惧”——三十年代，我曾在伦敦东区警察向阻挡莫塞莱分子[①]游行的人群发起猛冲的时候感受过这种极度恐惧。我在越南短暂感受过这种极度恐惧，那时我发觉自己夹在发艳城外法国伞兵部队和越盟军队之间，不过也遇到过这样的处境：情况相当荒唐以至于荒唐驱散了恐惧。1967 年，我第一次作为一名游客访问了以色列。我没有故意寻找一个动荡不安的地区，而是在秋季的蓝天底下趴在一个沙丘下，埃及的反坦克炮、迫击炮、小型武器的炮火掠过天空，我禁不住想“六日战争”[②]的说法有点名不符实。很显然，这场战争仍然在进行。

直直趴在沙丘下的我们六个人中，两人是卡车司机，一小时后，他们突然起身，猫着腰朝着五十码开外的卡车奔去，他们的卡车就暴

① Mosley，以英国法西斯主义者同盟发起人 Sir Oswald Ernald Mosley 命名的英国法西斯分子。

② The Six Days War，也作 Six Day War，1967 年 6 月发生在中东，此战中以色列击败埃及、约旦和叙利亚。

露在不到半英里远处埃及海岸的攻击范围内。我出于自私恐惧地注视着他们(我也许迟早也得走这同一条小道)，不过，他们成功抵达卡车；一人发动了引擎，他们消失在大多数炮弹爆炸的方向。我们还不敢随他们去冒险。

我的同伴——陆军少校——躺在沙丘的底部，与我成直角。炮弹碎片削去了他脸蛋的一点皮。当他停止用手帕轻轻敷住伤口时，两只马蝇落在了伤口上，就像一小碟牛奶边上的两只小猫。

此时两点三刻。我在想：这次联合国观察员解决停火问题需要多长时间?

独立战争迄今已经十九年，特拉维夫到西耶路撒冷(尽管困难极大，以色列还是守住了该城)的道路两边依然散落着战争的残骸——小型轻装甲车，汽车残骸上放着像救生圈一样的褪色悼念花圈。它们是神圣的地方，基督教徒很容易忽视它们，然而这种丑陋的 *immortelle*① 已经深深影响了犹太艺术家的想象力，在国家博物馆的雕塑园里，战争的 *objets trouves*② 被安放在垫座上，与亨利 · 莫尔③光滑悦目的雕像，与亚历山大 · 考尔德④漂亮高雅、在耶路撒冷凉爽的空气中来回漂浮的活动雕塑形成了恐怖的对比。突然，考尔德和莫尔似

① 法语，意思是“不朽的，永存的”等。

② 法语，意思是“拾到的失物；遗骸”等。

③ Henry Moore，1898—1986，英国雕刻家。

④ Alexander Calder，1898—1976，美国雕塑家，首创活动雕塑，代表作有《运动》等。

乎属于一个平和、学术、年老的世界。还有另一种由琼·丁格力[1]制作的动力装置艺术——一件像机器一样的黑色、叮当作响的艺术品，颇像被炸过的一小段矿井口，矿工们死的死逃的逃，可是矿井还继续运作一段时间：艺术品的叮当声一直跟伴随着你穿过整个安静的花园。

这个花园的名字起得很不合适：比利玫瑰，它为我们亲眼目睹西奈半岛[2]、走通向艾尔阿里什[3]和苏伊士运河干道作了很好的思想准备，这些地方已经被塔尔将军[4]的部队攻占。这里有更新的战争遗物。

海明威曾经把西班牙内战的战场描写成“到处都是碎纸”：这里到处都是罐头和木头，下一次也许到处都是塑料制品：到处都是食品罐头、镀锡铁皮汽油桶、炮弹箱、弹药箱，车辙像蜕下的蛇皮，当然还有四轮朝天或侧翻的被烧毁的卡车，情急之中这些战车被推离道路，裸露出它们内部的盘管线圈，就像机器人的医学示意图。只是偶尔有一组埃及坦克保持着一种烧焦了的挺直的威严，有时甚至面朝它们敌人的方向。有些卡车曾经启程穿越海枣树林，驶向蓝色平静的大海，好像它们的驾驶员希望逃离战争。头顶上大串的海枣沉甸甸地挂在树上，但是摘不到，棕色

① Jean Tinguely，1926—1991，瑞士画家、雕塑家。
② the Sinai Peninsula，埃及一三角形半岛，位于地中海与红海之间。
③ El Arish，埃及一旅游城市，附近有艾尔阿里什国际机场。
④ General Tal，1924—2010，以色列国防军将军，以善打坦克战著称。

的、橘黄色的、鲜红色的；这些卡车没能抵达白色的沙滩，在这之前，它们已经被烧毁。

除此之外，没有多少东西值得游客浏览，不过，游客们已经乘坐客车到达艾尔阿里什，正在一栋有一家临时软饮料吧的损毁的大楼前下车。有些妇女头戴标有以色列字样的滑稽帽子，还有许多金发已婚妇女，操着美国口音，也许是书友会的。一名脖子上挂着两架照相机的男子问一个士兵哪里有厕所，士兵告诉他找个安静的角落。旅游客车不再往前驶入西奈半岛，人们尚可相信战争已经结束，只是在等待垃圾卡车把道路清理干净。

但是在坎塔拉一切都还没有结束：这里是前线，对于以色列来说这里一直是前线，南方、西方和北方总是生活在敌人的炮火底下。一栋高楼上飘扬着蓝色的联合国旗子，那是联合国观察员的司令部。负责与联合国观察员联络的以色列军官住在后面一栋别墅里，那楼曾经是一名医生的住宅，埃及的国旗在苏伊士运河的另一边飘扬，与纳尔逊纪念碑至国家美术馆距离相似。

"如果发生交火，"上校说，"别上街去。你去观看交火的战场——那真是找死。"告示板上写着"坎塔拉希尔顿饭店。一流膳宿。客满。"他说，两周来没发生过一起意外事件，不过事情是很难预料的。我对上校说，"我有个名声：丧门星，"不过，我是说着玩玩的。

我的旅伴陆军少校和我合住医生别墅后面一栋楼里的一个房间。

这栋房子里野猫出没，它们不住地从防蚊纱窗纱门的豁口里跳进跳出。我们的这栋楼与医生别墅之隔着一条战壕，医生别墅的中央有一个用沙袋垒起的据点。

“如果开始交火，”上校说，“直接躲进你的战壕。别进医生别墅。这里战况升级很快，不过开始时他们通常使用小型武器。”我心想也许他试图给游客营造紧张气氛。

晚餐尚未达到哪怕是希尔顿的标准。看来以色列军队似乎不可能被烈酒或热食腐蚀。饭店里有一种冷的比萨饼、一种上面浇了番茄红面糊的干面包、一种同样索然无味的威尔士干酪，借助柠檬汽水吞咽下肚；晚餐后，军官们观看开罗电视节目，尽管只有一个男子在银屏上用阿拉伯语扯些肤浅的东西。电视接收的质量与节目一样糟糕，一个男子没完没了地谈论爱情，而且一直侧面对着观众；还有一个有关家庭生活的电视剧——没有一点军事节目。

这里的轮岗期为八周，这似乎非常漫长，因为甚至连个夜总会也没有。危险感是唯一的乐趣，不过，上校说已经连续两周没有发生任何事件。

以色列一方的联合国观察员由坎塔拉的一名澳大利亚上校领导。第二天，沿着苏伊士运河南下，我遇见了一位缅甸军官、一个法国人、一个瑞典人和一个芬兰人(英语是共同语言，他们都会说)。他们也都像以色列军官一样，自己胡乱做饭，不过他们至少还有一点啤酒。像文职官员一样，他们尽量相信他们自己职责的重要性；像文职官员一样，他们也受帕金森定律[①]的制约。坎塔拉司令部的院子里停着一长串白色的联合国小汽车：一发迫击炮弹就能让它们永远消散。从坎塔拉到运河尽头的陶菲克[②]港有四个永久性岗哨，由联合国观察员和联络官日夜看守，还有其他一些据点也需要他们经常巡察。“我们在这里停留一刻钟，”缅甸军官站在一座被摧毁的浮桥边说，一刻钟结束时，他高兴地咧嘴而笑——“一切平安无事”——我们驾车继续前进。

这就是我们这次驾车巡察的金曲：在坍塌的平转桥“一切平安无事”，伊斯梅利亚[③]对面“一切平安无事”，我们站在那里倾听埃及哨兵的说话声；沿着苦湖[④]“一切平安无事”，湖里停泊着十三艘轮船，它们是苏伊士运河的俘虏；在陶菲克港“一切平安无事”。

苏伊士运河就像一长条灰色的垃圾堆横躺在沿途；在陶菲克港入口处有一尊以色列士兵的粗糙白石雕像，他眺望着西奈沙漠：一尊非常糟糕的雕像，但是希伯来语的铭文却颇具想象力：“我们直面死亡的脸，死亡低垂了它的眼睛。”

如果发生意外，观察员就向坎塔拉司令部报告，坎塔拉向耶路撒冷奥德·布尔将军[⑤]的局里报告，耶路撒冷向伊斯梅利亚报告，随后

① Parkinson’s Law，二十世纪英国历史学家 C. N. Parkinson 对官僚机构提出了一个讽刺性公式：机关人员经常按固定比率增加；消耗于内部扯皮的时间越多，人员增加越多；收入多，开支也大。

② Tewfik，埃及一地名。

③ Ismilia，埃及一地名。

④ the Bitter Lakes，位于埃及东北部，有大小两湖，均为苏伊士运河的组成部分。

⑤ General Odd Bull，1907—1991，挪威将军，中东六日战争期间任联合国停战监督组织的参谋长。

就能开始停战谈判。

在陶菲克港与观察员们一起共进午餐，吃的是烘豆和微热的听装牛肉块。我问这一系列通讯联系需要花多长时间完成。“不超过三刻钟，”瑞典军官说。他胸前有极具装饰性的军衔徽章，我想这就是他有可能与战争的最近接触了；一位办事认真勤勤恳恳的军人，厌倦了沙漠的高温，他喜欢瑞典北部寒冷的气候和漫长的夜晚。

“假如，”我问，“你们根本就不在这里，以色列指挥部和埃及人之间或许能更快地把事情协调好？”

“但是，没有我们，他们根本没法相互沟通，”他说。我不由得想起我曾见过加沙地带许多房子上依然悬挂着白旗。白旗不需要联合国观察员。它所传递的信息相当清楚。

我想说，“几小时就能达成停火肯定会引诱埃及人制造事端（尤其是联合国大会在纽约谈啊谈没个完），并且能在造成过多伤亡或者激烈交战的严重危机之前收兵？”但是，在西奈，人们很快采纳了以色列的态度：妥善保护那些远离家乡、来到艰苦和有些危险的环境里生活的人们，保护那些相信自己的工作有价值的人们。

“一切平安无事，”我们驾车离开时，那个芬兰军官说。

苦湖附近，在公路与运河相隔半英里并驾齐驱的地方，一名士兵拦住了我们。他在那里就是要阻挡交通。他说再往前，在伊斯梅利亚附近，发生了交火。在我们与运河之间，四分之一英里以外，一条支线上部署了一小股炮兵部队和两辆使用伪装的坦克。一辆卡车开到吉普车旁边，也停了下来。此时两点刚过，太阳非常炎热。

我们站在道路上听着，终于我们听见一点微弱的炮火砰砰声。烟雾升腾直入云霄，也许在伊斯梅利亚上空。“我们应该在附近寻找掩蔽，”少校说。于是，我们就从容地走向一个沙丘，随后再慢慢走回来，因为没有人跟我们学样。炮火声也没有越来越近。

随后，在毫无预警的情况下，头顶上方突然飞过一声呼啸声，一枚炮弹在离我们大约四分之一英里的地方爆炸，升起一朵黑色的蘑菇云。我们还没来得及趴好，又有两枚炮弹爆炸了。少校开始轻轻抚摸他的脸颊。我想起了上校说过的话，“这里战况升级很快。”

那个红头发的年轻哨兵露牙一笑，他是我们中间唯一一名真正的职业军人。我羡慕他的钢盔。不知什么原因，他认为我们用来掩护的特殊沙丘不好，于是把我们领到另一个沙丘，一连串炮弹爆炸之后，再把我们领向第三个沙丘。我自己看不出三个沙丘有什么不同。不过，每一座沙丘都保护了我们免遭运河那边的火力攻击，而我们身后暴露的地方炮弹在上面四处开花。我想，如果埃及人试图轰击炮兵驻地，那么他们迟早会缩短他们炮火的射程，到那时，我们就要挨炮弹了。

过了一会儿，除了偶尔头顶上一声炮弹呼啸而过时，恐惧消失了，取而代之的是无奈。时光已近两点四十五分，以色列方面没有发射过一枚炮弹。

我想，现在好啦，观察员们一定要忙啦。如果炮击事件发生在两点，那么信息传递一定差不多完成了，也许三点钟就可以实施停火；但是，三点钟到了，情况没有任何变化，相反此时我听到一下非常可怕的炮声，远胜过坦克或反坦克炮发射的平射炮弹的呼啸声，胜过迫击炮偷偷掠过天空的轻微的遮遮掩掩的啪嗒啪嗒声，让人魂飞胆丧。

每次爆炸过后，我们都回头往身后看——他们仍然在射击远处，每听见一次空中的呼啸声，我们就紧贴沙丘。微风吹起我的衬衣，我感到自己更加易受攻击。我采取了傻乎乎的预防措施，比如摘去我的太阳眼镜，以防玻璃碎片刺入我的眼睛。我想起了伦敦空袭，但是伦敦空袭期间有一大优点——酒吧照常营业。

大约就在那时，那两个卡车驾驶员开车离开了。我想学他们的样，但是运河那边轻型武器开火了，使我打消了那种念头。终于，第一声埃及炮弹炸响之后近三刻钟，以色列炮火投入了战斗。

就像伦敦上空的第一波防空弹幕，这是让人感到鼓舞的炮声，直至我们耳边轻轻响起胆小鬼的声音，“现在以色列人暴露了自己的位置。埃及人将缩短他们的射程，”当坦克也参与炮击时，“每次爆炸之后，以色列人都变换位置。也许此刻他们正接近我们沙丘的另一边，使我们成为埃及反坦克炮火的主要目标。”

看见我同伴的眼睛中那种恐惧的神色和他们身体的紧张程度，我深感激励。如果与英雄们一起借沙丘作掩护，那我会感到很孤独的。

开始时，我们静静地趴着——哨兵除外，每听见头顶上一次新的呼啸声，他就会说是什么样的炮弹，有时说错了，因为当他思考的时候，炮弹正越过天空朝我们飞来。只有当炮火沉静的时候，社交活动才开始，一听见炮弹的呼啸声或者迫击炮的啪嗒声，社交活动随之再次戛然而止，好像我们所有的注意力都必须用来改变炮弹的轨迹。

四点钟到了，没有停火。我开始分析一个人在炮火底下情绪变化的阶段，要是能够更好地理解那些基布兹[①]工人就好了，他们在炮火底下遭受了近二十年的苦难。第一个反应就是恐惧，但当然不是极度恐惧，极度恐惧会在人群中或者单独一人时产生；这种情绪逐渐发展，变成一种无奈（“好吧，如果这下完了，那就完蛋吧。至少我不会死于癌症或者因为老态龙钟而受人羞辱”）。

当四点未能实现停火时，四点一刻我们开始感到恼怒（此时我们已经在下午炎热的阳光下在沙丘边趴了两个小时）。我感到自己就像亨利·詹姆斯在晚餐桌边倾听趣闻轶事，趣闻讲得太长，超越了他的目的。我脑海里想起了我们那些地方官员昏庸愚昧的话语。我想到了联合国大会上所有那些空洞的发言：这里的炮击成了那里的辩论要点。

四点四十五分，炮火减缓了，随后几阵宁静，但宁静或早或晚总会被打破，恐惧再次袭来——如果不巧被最后一枚迫击炮弹炸死，那将是一件荒唐的事情！希蒙·X或者伊加尔·Y[②]一定经常会有这种

① 以色列的合作居留地，尤指合作农场。

② Shimon X or Ygael Y，Shimon 和 Ygael 都是以色列常见名字，如 Shimon Peres（1923— ）曾担任以色列总统和总理，这里泛指以色列人。

感受，因为对于他们来说，这种炮击是每天的恐惧，不会像我这样因为有职业兴趣而感受不那么深切。五点一刻炮击停止，只有小型武器偶尔开火，于是，我们奔向吉普车，在接下来无遮无避的五公里路上，我们的速度可以说是不计后果的，但此时此刻这却是审慎的做法。

天黑以后我们到达坎塔拉，此时城里出现了我们出城时没有的废墟，不过，那栋医生别墅只掉了一点灰泥，那栋联合国大楼依然耸立。运河对岸的埃及国旗不见了，东部坎塔拉火焰冲天，一直燃烧到第二天凌晨五点。整段苏伊士运河几乎都发生了炮击，是两个月以来最严重的一次事件，但是在坎塔拉的四名死者中，一个是阿拉伯的三岁孩子，另一个是阿拉伯的罪犯。这些生命耗费了许多弹药。

联合国观察员们一边吃着微热的饭菜一边忙着写他们的报告。所有人都很清楚是哪一方破坏了停战协定，不过还得用适当的形式写成文件并上报。帕金森定律适用于人员的增加，同样也适用于文件的增加。在我小小的观察范围内，我知道是埃及人首先开火，以色列炮火的回击还不足三刻钟（我在那个沙丘上唯一的关注就是手表上的时间消逝），但是联合国不会认为这是可靠的证据。

有报道说边界上有个以色列哨兵遭射杀，联合国观察员要求提交事件的证据。

“证据？尸体就在面前！”

“是的，可是这个士兵有可能是自杀的。”

“穿透前额？用步枪？”

“他的战友可能意外擦枪走火。尸体不是我们认定的证据。”

事发当儿观察员本人不在现场的概率很大，于是文字工作继续愉快地进行下去。实际事件最终淹没在文件堆中，以至于事实的全部真相丧失殆尽，只成了运河两岸双方一系列相互矛盾的报道，用“缺乏证据”归档。

从西奈沙漠回来后，我翻开第二天的报纸。联合国秘书长吴丹[①]抱怨说，双方都不注意利用“联合国停战观察机构”，没有直接要求联合国军事观察员采取“补救的行动”（通过那条漫长的通讯链，坎塔拉—耶路撒冷—伊斯梅利亚，然后折返），而是“一旦怀疑对方违反停火协议，就用立刻开火的方式作出冲动的反应”。

在联合国调查的那个仙境里三小时炮击和小型武器交火依然是“据称”的，就像一桩罪行在英国法院里是“据称”的那样；但是我不禁感到“冲动”二字不宜用来形容以色列的反应，因为我还记得那漫长的一小时中漫长的三刻钟，我们趴在沙丘上等待以色列对埃及的炮击作出反应。

三

如果说1961年发表的《麻风病人》代表了一位躁狂抑郁的作

① U Thant，1909—1974，缅甸外交家，曾任联合国秘书长。

家抑郁的一面，那么八年以后发表的《与姑妈同游》肯定代表了高峰期的——或者深度的——躁狂。这部小说很自然是《我们能借用你的丈夫吗？》的续篇；的确，那本短篇小说集出版的时候，其中一些故事我只把它们当作可能的创作主题记录在案，它们如今在亨利·普林[①]故事中作为“我姑妈的”趣闻轶事找到了它们合适的位置。我打开了我的笔记本让亨利·普林仔细阅读，他几乎把它搬空了。

我写完《麻风病人》情绪低落，自信这将是我的最后一部小说。我情绪忧郁部分是因为连续好几年我一直是在我小说人物的陪伴下生活。1961 年我在莫斯科患了严重的肺炎，有专家怀疑我得了肺癌，这加重了我的忧郁情绪，尽管我很高兴能在短篇故事《花园底下》中用上患细支气管炎的不幸遭遇。那么我怎么会从忧郁变成躁狂的呢？《我们能借用你的丈夫吗？》的大部分短篇故事我都是在躁狂情绪中写成的，随后又在这种情绪中开始创作《与姑妈同游》。我只能假设这种情绪起源于我私人生活中的一个困难决定：1966 年离开英国，去法国定居。我烧了一些船[②]，在熊熊火光之中，我又一次开始创作长篇小说。

《与姑妈同游》是唯一一部我为乐趣而写的小说。尽管小说主题

---

① Henry Pulling，格林小说《与姑妈同游》中的主人公，退休银行经理，与姑妈 Augusta 一起周游欧洲，结果完全改变了他原先计划的安静的退休生活。

② burned a number of boats，这里喻指“断了一些退路”。

是老年和死亡——65岁写这个主题非常适合——尽管一位优秀的瑞典批评家恰当地把这部小说描述成“绞台阴影里的笑声”，不过我写它时所感受到的是更多的笑声和很少的阴影。当我开始写将亨利·普林以为是他母亲的女人火化和遇见奥古斯塔[1]姑妈这两个场景的时候，我一点都不相信我继续写这部小说会超过几天时间。我甚至不知道下一个场景会是个什么样子——我不知道奥古斯塔就是亨利的亲生母亲。每天，当我坐在大裁空白纸（作为我新自由的一种象征，我放弃使用单行纸，那些单行线条此时在我看来好像囚室的栅栏）前面时，我不知道下一步亨利或奥古斯塔身上会发生什么事情。我感觉好像骑手放下了缰绳，让他的马自由选择方向或者像做梦的人看着自己的梦展开，但没有力量改变它的进程。我尤其感到不管是祸是福我已经与过去决裂了。

我甚至十分不负责任地在小说中写了一些读者无法理解的隐私笑话。为什么不呢？我不期待有任何读者。所以我用那个高雅的学者、“所有灵魂的前守护神”给“麻雀侦探”起名“约翰”；用三十多年前我在利比里亚遇见的恶棍似的地区专员的名字给奥古斯塔的黑皮肤恋人起名“华兹华斯”；用我朋友马里奥·索尔达蒂（他曾在我前往伊斯坦布尔的途中用同样奢华的方式在米兰车站迎接我并请我吃午饭）的名字给维斯康提先生的儿子起名“马里奥”。我记得我甚至还

① Aunt Augusta，《与姑妈同游》中的女主人公之一。

为金斯利·埃米斯[①]的姓找到了使用的空间，我把他的姓给了一个人物，不过我一时想不起来是哪个人物。给奥古斯塔姑妈的恋人起名维斯康提源于玛乔丽·鲍恩[②]的《米兰毒蛇》中我喜欢的人物，童年时我喜欢这本小说，当我听到“麻雀侦探”把他描述成一条毒蛇时，我感受到一种纯真的愉悦。有些批评家在这本书中发现了我文学生涯的某种简单轨迹——布赖顿的一个场景、“东方快车”上的旅程，奥古斯塔姑妈到达“佩拉宫”的时候，我脑海中也许的确出现过这种暗示；但是，那天当我重读这部小说时，让我感到有些不安的是，我发现小说暗示未来会要把我带向何方。搭载亨利·普林从布宜诺斯艾利斯去亚松森的那艘船夜间在阿根廷北部的科连特斯小河港停靠半小时，但是我料想不到几年后为了替《名誉领事》寻找合适的背景地，我会乘飞机在那里着陆。而且巴拿马——那条通过巴拿马——亚松森——阿根廷的走私线路在“我姑妈”和维斯康提先生的故事中只扮演了个小角色，我根本没有想到差不多十年后我会如此依恋那个有五条边境的国家：贫穷、美丽、稀奇古怪的巴拿马。

我凭着作家的直觉来到巴拉圭。我意识到亨利与他姑妈的旅游必须在某个比布赖顿、巴黎、伊斯坦布尔、布伦[③]更加偏远更加陌生的目的地达到高潮。我对这个城市一无所知，但是，我相信我会在亚松

① Kingsley Amis，1922—1995，英国小说家，以《幸福的吉姆》成名，属“愤怒的年轻人”一派。

② Marjorie Bowen，Mrs Gabrielle Margaret V[ere] Long nee Campbell 的笔名，1885—1952，英国作家，一生写过150多本书，其中包括历史浪漫小说、超自然恐怖故事等。

③ Boulogne，法国北部港市，即滨海布洛涅。

森找到能够吸引奥古斯塔姑母的某种奇异的、危险的、维多利亚的混合情调。事实证明我的选择是多么的正确：一条以本杰明·贡斯当[①]的名字命名的街道，“一座浸礼会教派的城堡形白色小教堂，一所建设的像新哥特式大修道院的大学”——这些就是退休银行经理亨利·普林，还有我，从码头驱车进城时注意到的景象。至于异国情调和充满危险，我们来到了一个被斯特罗斯纳[②]将军铁腕统治的国家，他是纳粹战争罪犯的保护人。我交结的第一批朋友之一是一位讨人喜欢、有教养的男子，他能说一口流利的英语，随时准备陪我去远足或参加聚会，漫不经心地让我看见他随身带着警察证。他很快解释以消除我的疑虑——他带着它只是因为他有时要到警察学院去作讲座。我假装相信他，因为毕竟也许他是被派来保护我的。有一次我问司机路易斯·费尔南德斯(我雇他带我去乡间看看)，“汽车交通事故？”因为我看见道路两侧有许多纪念死者的小神龛，而路上遇见的骑马人比汽车多得多，我心里顿生疑窦。他含糊不清地回答，“巴拉圭人把生命看得很贱。如果你从城里到乡村，最好待在一个非常安静的角落里——因为总有人喜欢拿着刀子或手枪寻衅。当然，过分孤僻会显得无礼，比如说西班牙语，别人以为你觉得瓜拉尼语[③]是一种低级语言。可是如果你对他们说瓜拉尼语，他们也许会认为你把他们当做缺乏教养的人。”

---

① Benjamin Constant，1767—1830，法国小说家、政治家，其小说《阿道尔夫》开现代心理分析小说之先河。

② Stroessner，1912—1989，巴拉圭将军，1954—1989 年任总统。

③ Guarani，南美洲印第安语群的图比-瓜拉尼语组。

我很幸运，我像小说人物亨利·普林那样到亚松森的时候正值统治党“科罗拉多党”庆祝国庆。在一个共产主义是犯罪，甚至耶稣会会士的电话遭窃听、新闻舆论不准批评美国的国家里，我吃惊地发现当我一觉醒来时，整个亚松森变红了——红旗、红裙子、红围巾、红花、红领带、红手帕；可怜的亨利·普林够粗心大意的了，他用他的红手帕擦鼻涕——这是对科罗拉多党和总统的一种巨大侮辱。我比较聪明，因为有人特别告诫过我。

不过，几天以后，我意识到我在无意之中违反了法律。外交部那个几乎每晚都来我宾馆喝一杯的家伙不再露面了；曾答应为我提供去格兰查科[①]交通工具的许诺根本没有兑现；只有我那位持有警察证的朋友依然忠心耿耿，友谊保持到最后一刻。我只能这样假设，我可能这样冒犯了总统：当地一所公立中学的十六岁孩子们要求拜访我，宾馆提供了一位译员——一个贝尔森[②]式的女人，感觉上像个密探。当女翻译发现自己的服务不太需要时，她恼火了，因为我能够明白学生们的提问，多数学生也能理解我的回答，她没法控制我们说什么了。我选择讲菲德尔·卡斯特罗（学生们对卡斯特罗一无所知[新闻媒体禁止议论古巴]），批评罗马教皇保罗关于生育控制的教皇通谕*Humanae Vitae*[③]，《人类生命通谕》最近刚出版。我怀疑将军是否在

---

① Chaco，即 Gran Chaco，南美洲中部一地区，为一平原，地跨巴拉圭、玻利维亚、阿根廷三国。

② Belsen，德国西北部一村庄，第二次世界大战时纳粹德国一集中营营址。

③ 拉丁文，可译成“人类生命；论人生；人类生命通谕”等；1968 年 7 月由保罗六世教皇颁布，禁止各种生育控制。

乎我对教皇通谕的看法，但是他肯定不会喜欢我对菲德尔·卡斯特罗的褒扬。

十年后在华盛顿，在“美洲国家组织”1977年举行的一次聚会上，我作为巴拿马的一名代表站在离斯特罗斯纳将军几英尺的地方，他身着便服，看上去像德国*bierstube*[①]老板，我的同伴把我介绍给某个从身边经过的人。“这是某某先生，斯特罗斯纳将军的一位部长。”这位部长一听见我的名字，手立刻缩了回去，恶狠狠地回复道：“你曾经路过巴拉圭，”随后急速转身去将军那里。我感到某种自豪——很像“爸爸医生”肆意攻击我时的那种感受——一个小小的作家能够惹怒一个无法铲除的独裁者！我为那片可怜可爱的大地感到惋惜，只要这些家伙仍然活着，我永远不会再回来。

四

我的下一部小说《名誉领事》写于1970年至1973年间，它源于我的潜意识。我曾做过一个有关美国大使的梦——他是女人的梦中情人，一位优秀的网球运动员，我是在一个酒吧里遇见他的——但是在我的梦中，没有绑架劫持，没有游击队员，没有弄错身份，没有一件事情与《名誉领事》相同，只有这个梦莫名其妙地连续数月深深印在

① 德语，意思是“啤酒馆”。

我的脑子里，在那几个月里，查尔斯·福特纳姆[①]和普拉尔[②]这些人物偷偷聚拢在我梦中那个无足轻重的大使周围，悄悄地除掉他。

当然我还需要寻找故事的背景地。我对乌拉圭一无所知，图帕马罗城市游击队[③]非常能干高效，不会错把无足轻重的英国名誉领事当作美国大使加以绑架。巴拉圭则是另一回事。在斯特罗斯纳的铁腕统治下，游击队组织不可能发展起来；似有可能的是，一小股缺乏经验的游击队越境进入阿根廷，铸成大错，我的小说需要这个情节。我对图帕马罗城市游击队的判断完全正确，几乎在我完成这部小说的同时，图帕马罗城市游击队非常有效地成功绑架了在蒙得维的亚[④]的英国大使。英国大使后来写了这段经历，其内容包含某些与我小说相似的有趣情节。他认为绑架者中甚至还有一位神父。

小说背景地的选择很容易。出于某种原因，科连特斯像注入的第一剂毒品那样一下子渗入了我的想象之中。的确，那个高傲的小城市有一种传统，因为在布宜诺斯艾利斯建城之前很久，来自北方的西班牙征服者就创建了它，所以任何人只要访问过它，总会再次回访。我乘坐的那艘开往亚松森的轮船只在该城停了半小时——沿码头的几盏灯、仓库外孤独的哨兵、有古色古香庙宇的

① Charley Fortnum，《名誉领事》中的男主人公之一，自怜酗酒，滥用他的头衔。

② Dr. Plarr，格林的小说《名誉领事》中的男主人公之一——年轻的英裔医生 Eduardo Plarr。

③ the Tupamaros，乌拉圭极左翼游击队组织，以十八世纪秘鲁印第安人反抗西班牙殖民斗争的领导人 Tupac Amaru 的名字命名。

④ Montevideo，乌拉圭首都。

公共小花园，还有大河缓缓的潮汐——我对小说背景地的各种期望全都寄托在这一切之上。

在布宜诺斯艾利斯，在北上的路上停留的时候，我遇到了一个棘手的问题。我的故事需要一个妓院，名誉领事查尔斯·福特纳姆将在那里找到他想娶作妻子的姑娘，但是，当我询问时，人们提醒我阿根廷已经没有合法妓院了——只有布宜诺斯艾利斯还有一些供富人淫乐的秘密妓院。人们告诉我，我渴望的那种公共妓院在阿根廷已经无处可寻。有某个人物——一个朋友的朋友——他确切知道哪里还有这样的妓院，从他的外表判断，我确信他是性问题的权威。我小说中的一个小人物古斯塔沃·埃斯科巴借用了他的相貌："他的脸像红土一样褐红，好似一片砍掉了灌木的林中空地；他的鼻子像西班牙征服者的坐骑直立起来，"不过，这点描述是他的相貌对我故事的全部贡献，因为他给我提供的唯一信息就是有关一家妓院的情况，这家妓院位于乌拉圭边境，离科连特斯四百公里。

不过，事实证明妓院是我众多问题中最小的问题，也是最快解决的问题。科连特斯是一个非常独立的省份，有一个兵站，自治自决。我在这个城市还不到四十八小时，就能描绘桑吉兹太太令人愉快的营业场所，妓院内有一个小庭院，福特纳姆在这里找到了妻子，小说家萨维德拉[1]在这里找到了一个小说人物。

---

① Julio Saavedra，《名誉领事》中普拉尔的朋友、自以为是的阿根廷小说家。

第一天早晨，我躺在床上阅读当地的报纸《El Litoral》[①]，一个更加严重的问题出现了。在主要新闻版面上，我读到一则非常近似于我要来这里写的故事——一位来自科连特斯附近城镇的巴拉圭领事被人误认为巴拉圭大使而遭绑架，释放政治犯的请求已转送斯特罗斯纳将军，斯特罗斯纳将军正在阿根廷南部钓鱼度假。

一整天我都在想，这次旅行算是白费了！现实已经如此清楚地预料到小说的情节，我怎么能继续策划呢？我留在科连特斯还有什么用呢？不过，几天后，将军答复绑架者：他们可以随意处置他们绑架的人——除了钓鱼，将军对任何事情都不感兴趣——这位领事被释放了，也被人们忘却了。我受到鼓舞，继续策划我的故事。我选择巴拉圭人是正确的，他们组织绑架效率那么差劲。

我在科连特斯度过了愉快有趣的两周。我在布宜诺斯艾利斯的朋友们没法理解我对这个城市的兴趣，因为我只是从船上对它短暂看了一眼。而且他们说不该在这个时节去科连特斯，北方这个时节依然炎热潮湿——这个城市一点意思都没有。啥也没有，他们向我断言，科连特斯真的没发生过任何事情。随着时间一天天过去，我饶有兴趣地回味着朋友们对我的劝告。

我在科连特斯的第二天，一位在贫苦地区工作的第三世界神父被大主教赶出了他的教会，那个星期天一位陌生的神父在空无一人的教

---

① 西班牙语，意思是“海岸；海滨；海岸线”。

堂里望弥撒，与此同时教区的全体教徒站在教堂外面举着旗帜——“还我神父！”第二天，大主教自己被省长软禁了起来。看来，科连特斯还是在发生一些事情的。

大概是我在科连特斯的第四天，我收到一份机场场长的请柬，邀我与他一起散步。我们开始穿越机场附近的田野；他想带我去看放木排的地方，原木向南漂流两千公里直至大海。我们出发的时候，他对我说，“每天到达机场的时候，我问我的经理，‘有没有抢劫案？有没有凶杀案？’今天早晨他对我说，‘没有抢劫案，不过有一起凶杀案。’”

走到田野边缘，我们前面有两名警察守着看似一个很大的棕色纸包，“就在那里，”场长说。

尸体上覆盖着一张棕色包装纸：只有一端露出了死者的双脚。我想拍摄这个奇怪的纸包，一名警察过分热情友好，掀掉了那张棕色包装纸，完全暴露了一具令人厌恶的尸体。我们选了一条小路，穿过一片树林，走向河边：地上一连串血滴还没被太阳晒干。场长说，“我走到这里，遇见了凶手。我对凶手说，‘他是你的朋友。你为什么要杀他？’凶手说，‘他比我强壮，不过我有匕首。’”

我问场长，“你不害怕吗？你没带武器。”

他笑了。“不害怕，不害怕。这些都是我的人。我对凶手说，我必须回机场，给警察打电话，他在林中消失了。”

这一事件留在了我的脑海里，注定要在我计划创作的小说里占有一席之地。后来，我对我的朋友马里奥·索尔达蒂说起这件事，他给了我一些建议，这些建议与我写《文静的美国人》时的经历相似。“你写小说时，一定不要不作某些改编直接记叙你亲身经历的某件事情。”这个事件就是这样处理的。机场场长的话：“这些是我的人”，在《名誉领事》中，我让警察局长佩雷斯上校说这句话；我把尸体放在木排上，此时我战战兢兢跟着场长走过木排，每走一步原木在水中上下浮动。

当然，我在布宜诺斯艾利斯的朋友夸大了科连特斯的枯燥乏味。我在该市的第一周里发生了未遂绑架案、第三世界的神父被驱逐出他的教堂、逮捕大主教、机场附近的谋杀案等等，几天以后，在大教堂里发现了一枚微不足道的小炸弹。离开那天，我看见巴拉那河[①]低矮的防波堤上聚集着一群人。我问司机那些人在那里干什么？他说他们在等蛙人。

“蛙人？”

“对。十分钟前，一家人自杀了。一男子带着他的妻子和孩子开车从防波堤上驶入河水最深的地方。车窗关紧了，车门锁上了。”

《名誉领事》是我觉得最难写的小说之一。就我的经验来看，写作几个月后，作者通常会感到他的小说正在进入可控状态，有一种飞机沿着跑道不断加速的冲力，随后慢慢起飞，你感到飞机的轮子不再

① Parana，位于南美洲中南部，仅次于亚马孙河的大河。

接触地面。但是，写《名誉领事》我直到最后一章才觉得自己终于在空中自由翱翔。如今当我再次阅读这部小说时，我有这种感觉：我一定在驾驶时打盹了，因为飞机在小说第一页就已经上天了：夜晚，普拉尔医生站在小港口“许多轨道和黄色吊车的中间”，就像我也许在几年前会看到他的样子，当时我从亚松森轮船的甲板上透过黑夜凝视着同样的景象，那位我认为是走私分子的乘客带着怀疑的微笑告诉我：“这里的人们”总是说，见过科连特斯的人一定会再来。

五

1929 年至 1978 年是一段漫长的工作生涯，不过在我考虑退休以前，我与自己有个约定。战后我的雄心壮志就是写一部没有常规暴力的间谍小说，常规暴力(詹姆斯·邦德除外)不是英国特工的一个特色。我想把情报间谍活动作为一种生活的方式不具浪漫色彩地表现出来：男人们每天去办公室挣他们的养老金，其背景很像其他任何职业(不管是银行职员还是企业经理)的，毫无危险地例行公事，对于每个人物来说更重要的是私人生活。二战期间，我有几年在情报部门工作，起先在西非，然后在伦敦，事实上我在工作中很少遇到刺激或传奇事件。

在巨大冲突的阴影底下存在着不同个性的某些冲突——比如，我在塞拉利昂独自一人负责一个情报站的时候，远在千里之外我在拉各斯的老板在一段时间内掐断了对我的各种物资供应；我也曾同情地关注着弗里敦的警察局长，他在二十年艰苦生活和黑尿热中幸存下来，却被军情五处一个令人讨厌的年轻人逼得发疯。说来也很遗憾，传奇事件相当缺乏——只有一次在最后一刻急匆匆去劝说海军把一艘葡萄牙班轮挡在领海外面，以便逮捕一位疑似德国间谍的瑞士人，不过在那起事件中，我只是个不起眼的信使。

回到伦敦时，我面对的是档案、档案、无穷无尽的档案。我在菲尔比领导下在伦敦负责（我在前面已经提及）对葡萄牙的反间谍活动；在很晚的时候，1963 年，菲尔比叛逃苏联，他被讽刺地称为“第三者”。没有传奇或暴力事件打扰我们：只有封闭生活导致的某种无聊和厌倦，因为我们职业的性质迫使我们这个五人小分部过分紧密地一起生活——几乎不与这个特工机关外面的陌生人一起开会，因为别人会问我们在这个所谓的“外交部分支机构”里干什么。我辞职（《人性的因素》中我的主人公粗略地提及过这件事）时留下的唯一遗产是德国在亚速尔群岛[①]的特工人员名录，印数为 12 本——如果我没记错的话，名录是我编写的，前面有两篇介绍性文章——完全是二手货——介绍亚速尔群岛管理和农业情况，还有一份菲尔比的无线电通信文稿——这些都提供给我们的入侵部队使用。外交部档案馆的某个地方仍保留一份抄件吗？今天它应该仍有

① the Azores，位于北大西洋中东部，属葡萄牙。

某种价值。

当然，从那时起，特工处已经有了很大变化，因此在写小说时，我的情景都基于相当过时的材料。《人性的因素》发表前十多年，我就已经开始创作这部小说，写了两三年又绝望地将它放弃了。我以为它会与散落在我书桌上的所有其他未完成的作品（甚至今天书桌上还躺着三部被我放弃的小说）做伴的。我放弃它主要是因为菲尔比事件。我的双重间谍莫里斯·卡斯尔[①]的性格或动机都不像菲尔比，书中没有一个人物有一点点像我认识的任何人，但是，我不喜欢人们把这部小说解释成 *a roman a clef*[②]。根据经验我非常明白，我只能根据真人真事写非常次要和过渡性的人物。真人有碍于想象。也许可以利用真人的一种说话技巧，一种身体特征，但是我最多只能写几页，随后就会意识到我对这个人物了解不够无法利用他，即便此人是个老朋友。而想象中的人物，我有把握——我知道《人性的因素》中的珀西瓦尔医生欣赏本·尼克尔森[③]的绘画，我知道丹特里上校参加他同事的葬礼归来会打开一听沙丁鱼罐头。

许多年过去了，在这些年中，我写了《名誉领事》，与所有其他作品相比，我也许最喜欢这部小说。我想，在我前面的只有空白的岁月了，《人性的因素》甚至一直没有一个书名，挂在我脖子上就像一

---

① Maurice Castle，《人性的因素》中的男主人公，为了报答救妻之恩，当了双重间谍。

② 法语，大意是“根据真人真事写成的故事”。

③ Ben Nicholson，1894—1982，英国画家，以几何形抽象风景画、静物画和浮雕闻名，代表作为《白色的浮雕》。

只死去的信天翁[1]。我的想象跟那只鸟一样似乎死了。然而，在我已经写好的两万字里也有一些好东西——我尤其喜欢在C君乡间别墅的狩猎聚会。一想到那次聚会我的心就痒痒的，我没法安下心来做其他工作，于是就勉强疑惑地再次把小说拿起来，我对自己说菲尔比事件现在足以属于历史了。

也许，我们与南非关系的虚伪性也促使我继续写下去。非常明显的是，不管西方联盟的各个政府如何假装反对种族隔离，不管我们的领导人如何抨击种族隔离不人道，他们就是不能让南非屈从黑人政权和共产主义。如果瑞摩斯大叔[2]行动并不存在，那么它肯定很快就会出现。与其说这是一种发明还不如说它是一种预言。

小说最后终于写成，我也摆脱了梦魇般的精神压力，但这并不意味着这部小说必须发表；有很长一段时间我想把它留在抽屉里，等我死后让孩子们去发表。我从来不满意自己写的小说，而对于这部小说，我不是一般意义上的不满意，我背叛了自己的意志。书中有暴力——戴维斯的死亡——珀西瓦尔医生几乎不是英国特工的典型人物。小说不像我原先打算的那样真实，只是书名《人性的因素》救了它。作为一部爱情故事——一位老头婚后的爱情故事——我想它也许会成功。

---

① 义源出自英国诗人 Coleridge 的作品《老水手之歌》，诗中老水手杀了海鸟信天翁，挂鸟尸于脖颈以赎罪。

② Uncle Remus，也译“雷莫斯舅舅”等，是1881 年由 Joe Chandler Harris 编写的美国黑人民间故事中的主人公。

我寄了一本到莫斯科去，寄给了我的朋友金·菲尔比，他的回信引起了我的兴趣。他的批评有理有据。他写道，我把卡斯尔在莫斯科的处境写得过于凄凉。他自己觉得一样都不缺，甚至还有鞋拔，这是他以前从没拥有过的。（他补充说，确实，他是一个比菲尔比更重要的特工。）至于珀西瓦尔医生，菲尔比说得很有道理：他一定是被美国中央情报局收买了。L医生（我们两人都认识他）几乎没有能力故意毒死一个人，尽管他医疗诊断不准是臭名昭著的。（他曾试图用诊断我患了糖尿病阻止我去西非。一位更可信赖的专家诊断我只是少量缺糖。）

我在莫斯科的另一位朋友瓦伦蒂娜·伊瓦舍娃教授指出，俄国使用火炉的岁月已经结束——现在到处都有集中供暖，于是在小说再版的时候，我就把“火炉”改成了“暖气装置”。不过，我没有改善卡斯尔套房里的其他装饰，因为正如我在给菲尔比的回信中指出的那样，我依据的是他妻子埃莉诺·菲尔比在她的书《我所爱恋的间谍》中所描述的情景。

大约二十年前，在《麻风病人》出版后，我曾想当然地认为我的写作生涯结束了——不管怎么说，就创作小说而言是这样——现在我再次这样臆断，但是一个作家的想象，就像他的身体一样，与死亡进行着不可理喻的斗争。因此，1978年，在瑞士与我的女儿和孙辈们共进圣诞午餐的时候，在《人性的因素》发表九个月之后，一本新书《日内瓦的菲舍尔博士》突然浮现在我的脑海里。在75岁高龄的时候，我觉得我的前途依然不可预测，就像当年我坐在伯克姆斯特德我母亲的书桌前，开始写我的第一部小说：“最后的光亮渐渐消去，他翻过青草覆盖的丘原坡顶……”

尾声

那个人

这本书不是自画像。我把这样一幅肖像留给我的朋友和敌人。不过，我的确发现自己许多年来一直在寻找某个自称为格雷厄姆·格林的人。

五十年前，我买了爱德华·托马斯[①]的《诗集》，有首名叫“那个人”的诗歌一直萦绕在我的心头，尽管我不知是何缘故。它不是托马斯最好的诗歌之一。它描述了一位旅者在路上、在这家客栈或在那个旅馆，不断巧遇某个跟他一模一样的人的踪迹，可是此人总是沿着同一条道路先他而去。

我摸清了他的路：它们总在面前。
是啊，我就是我，把那片黑暗的树林
撇在身后，还有啄木鸟和欧洲雀鹰；
我第一次感受到那里的太阳，
客栈和阳光，快乐的心情。
我走得飞快，希望我能
走得比那个人快，赶上他时，

做些什么？我不做什么；我追赶

是为了证明我们一模一样，如果真是相像

那就留心观看，直至我熟悉自己的模样。

诗歌是这样结尾的：

他走了：我尾随：绝不停步

直到他打住。那么我也打住。

第一次读这首诗歌之后大约四分之一个世纪，我自己开始追踪“那个人”的足迹。打那以后，几乎年年都见到他路过的踪迹：一封封素不相识的人们的来信，他们记得我出席了某个我根本没有出席的婚宴；记得我在一次弥撒上当助祭，而我从来没有当过助祭——一次，有个女人从罗马打电话给我，日内瓦一份报纸上和牙买加一份报纸甚至刊登了数张照片。“那个人”称自己是格雷厄姆·格林，也许他的名字叫格雷厄姆·格林——姓名没有版权——不过，根据他的一次公开露面，有理由认为他是某个约翰·斯金纳，一个臭名昭著的越狱犯；或者根据印度警方的情报，他的名字荒谬地叫作梅雷迪思·德瓦格。他也许两者兼有之——因为我手头掌握的两张模糊的照片之间没有任何

① Edward Thomas，1878—1917，英国散文家、诗人，被誉为战争诗人。

相似之处，这两人都自称是格雷厄姆·格林。

一起讹诈小案件第一次引起我对“那个人”的关注。一天下午，我的朋友亚历克斯·科达在伦敦给我打电话，“你遇上麻烦了吗？”他问。

“麻烦？”

“巴黎一家杂志的编辑给我打来电话，说他非常沮丧，因为他发现他的一名雇员试图讹诈你。”

“可是，我没在巴黎，也没有受到讹诈。”

我想起了上次我在巴黎时我们间的交谈，当时我的朋友和文学代理人马里耶·比什及时提醒说，“如果有人试图讹诈你，那么你就来找我，好吗？别掏钱了事。”

“讹诈我什么？”

“噢，与女人的艳照什么的——我也不清楚——有谣传。”

那是1955年至1956年之间的事情。那年“那个人”非常活跃。他过去的一些零星小事渐渐纠缠起我——这些谣传轻而易举地成了我自己过去历史的花絮。《社交新闻》（“法国精英杂志”）的编辑写信给我，提及我们在戛纳电影节见面的情形（我从没参加过戛纳电影节），并夸奖我打网球的才华（自中小学以来，我一直没打过网球）。“*Jai eu la joie de vous vior frequemment sur les courts de tennis, car votre talent litteraire ne cede en rien a vos qualites sportives.*”①一个女人从蒙得维的亚

① 法语，大意是“我很高兴在网球场上经常看到您，因为你的文学才华丝毫不逊色于您的体育才能”。

给我写信："你曾带我去牛津街拐角处的一家比利时糕点店喝咖啡（现在这家店还在吗？），你把我介绍给一位来自北方、与您热恋的姑娘。你娶她为妻了吗？1935 年 11 月，你来参加我的婚礼，不久我就离开去美国了。""那个人"的确似乎给人留下深刻印象，尤其是女人。

在罗马大饭店的电话上对我说话的是一个女人的声音（从加尔各答乘飞机长途旅行之后，我很早就上床睡觉了）。"喂，格雷厄姆，我是维罗妮卡。"

"哦，是的，你好！"我心里琢磨，见鬼了，谁是维罗妮卡？

"我给巴黎的乔治五世打电话，他们说你已经去罗马了。我知道你总是下榻大饭店"——这倒是千真万确的。

"是的，我刚到。你在干什么？"我问，想推延对话时间以发现蛛丝马迹。我已经忘记了"那个人"，认为我自己有可能确实曾经认识某个叫维罗妮卡的人。

"我躺在床上，阅读《奥德赛》企鹅版新译本。"

"我也躺在床上。明天喝一杯如何？对不起，早中晚三餐我已有安排，"我谨慎地补充说。

第二天傍晚，我与一个朋友一起去酒吧等候。他答应如果那女人不认识我而且不漂亮，那么他跟她交谈。一位身着长晚礼服的四十来岁的中年女子走了进来，长着一张上等马似的长脸。我让朋友对付她。后来他告诉我，这女子是美国人，在阿拉伯半岛遇见过格雷厄姆·格林。

我想，就是在那年夏天，“那个人”上了报纸的头条。我在布赖顿小住几天后回到伦敦，发觉《摄影新闻》[①]在打听我。他们接到一份署名格雷厄姆·格林的电报，发自阿萨姆邦[②]，索要一百英镑，因为发电报的人丢了护照，正在与印度警察纠缠。编辑已经派人去了皮卡迪利大街附近的奥尔巴尼(那里我拥有单人套间)，去询问我是否真的在印度。大楼门房回答得很巧妙：他已经好几天没见到我，所以我也许在印度。结果，《摄影新闻》电汇了一百英镑去印度。于是，当然啰，消息开始四处传播。印度新闻界的各种报道四处扩散——“格雷厄姆·格林被判有罪。轻罪拘禁两年”，还有唯一一封我看见过的“那个人”的亲笔信。来信谎称他受《摄影新闻》派遣，从其故弄玄虚的口气来看，一定想说服警察——不过他连做梦也没想到这封信竟然说服了《摄影新闻》。

“那个人”用一种风趣的萨帕[③]风格从阿萨姆邦的达克林吉写道：

先生们，

也许在这个时候，大批巡警、戴着假胡子的特工以及其他稀奇古怪的人已经拥到你们的大楼里询问有关我的情

① Picture Post，1938—1957年间英国著名摄影杂志，被称为英国的Life magazine。

② Assam，印度邦名。

③ Sapper，可以指印度军队中的工程列兵。

况。格雷厄姆·格林突然成了新闻。几天前，有人非常不友好地夹走了我的包，现金带护照全一锅儿端。我因而责无旁贷地发电报把情况告诉加尔各答高级专员公署的英国代表，请他们安排我去加尔各答。可是他们的想法实在让人难以接受：他们让当地的警察进行核查，在目前情况下，这是最愚蠢的处理方法。这是一个混乱地区，他们在混乱中发现一个没法证明身份的外国人后，立刻喜出望外的，他们把我视作外国强权的一名特工，专门从事支持敌对的那加人[①]的活动，给他们出谋划策，并且立刻把我关押起来。当我重新获得自由的时候，这将成为那篇待发表的那加问题文章的绝妙补遗。今天早晨，两位当地的茶叶种植园主出于极大的善心，出庭保我出狱，否则我将继续在狱中呆天知道多长时间。

此时你们大概已经收到油和洪水。圣诞老人已经北上去了阿姆利则[②]拍摄当地的庙宇和大胡子锡克族绅士的快照。他错过了本世纪最轰动的消息，没能为子孙后代记录下这则独家新闻——英国记者坐班房。我不打算再给他一次机会！

---

① Naga，印度阿萨姆邦那加丘陵的一少数民族。

② Amritsar，印度北部城市，锡克族圣地，1919 年曾发生英军镇压事件。

现在我急需一笔钱。请把钱汇到下述地址，立刻（或者尽快）电汇一百左右英镑。确保不出现兑换管控问题，要不也可通过加尔各答“东方朗文公司”安排其他办法转交。

毋庸赘言。开垦丛林必须等我先深深喘口气。那加问题依然是个问题——至少对我来说是这样。每个人都向我断言，现在一切都处于可控状态，坏孩子们正在变得规矩起来。我天生愤世嫉俗，感觉却不一样。要想说服强权我只不过是一名追求真理的新闻记者是极其困难的。尽管我非常希望完成这篇我曾许诺会是最吸引人的文章，但是困难十分巨大。也许他们毕竟不希望真相公布于世。

你们真诚的，

格雷厄姆·格林

我向《摄影新闻》建议，他们可以派我去采访这位在阿萨姆邦监狱服刑的“那个人”，但是，一想到此时正值印度雨季，在与伦敦高级专员公署的一位官员在电话上交谈一番之后，我就吓得不敢去了。这位官员提醒我，如果我要前往加尔各答，那就请事先通知他；否则到达那里时，我有被捕的危险，因为“那个人”已经越狱。他不仅已经越狱，而且盗走了一台打字机、一块手表和有恩于他的茶叶种植园主的一些衣服。一位印度朋友写信告诉了我一些进一步的详情：“现在看来好像他有时称自己是 Graham Greene[①]，有时称自己是 Graham Green——Greene 不加‘e’。他被认为出生在澳大利亚，不过这只是一种（根据他口音的）推测，因为他随身没有任何身份证件。很久以来，他一直四处游荡，从一个茶叶种植园到另一个茶叶种植园，靠别人施舍生活，过着流浪汉的生活，自称是专业作家。”

“那个人”再次被捕，在印度一所监狱里销声匿迹了一段时间，尽管如此窘迫，竟然还有一个女人为他辩护，尽管她已经十多年没有见过他了。这个女人从伯恩茅斯[②]给我写信，求我帮助他。“格雷厄姆·格林先生是个勇敢的人，对原则问题并非无动于衷，尽管由于他居无定所喜欢冒险，他也许已经身陷禁地，但是我确信对他的指控没有多少事实根据。”他的确具有冒险精神：加尔各答的《政治家》杂志报道说，“被告在加尔各答、巴特那、兰契、勒克瑙、密拉特、浦那、孟买、德里以及他地方因一连串案件而受通缉。”对于一个人来说，涉案实在太多了：也许他既是约翰·斯金纳又是梅雷迪思·德瓦格。

将近两年，我没有“那个人”的任何消息；我已经把他忘记了，直到有一天，我正在英国海外航空公司办事处预订去纽约的机票。“你在纽约只住一晚吗？”那姑娘吃惊地问我。

① 即“格雷厄姆·格林”。

② Bournemouth，英格兰南部旅游胜地。

“不，我吃不准要住多久……”

“可是，我们已经为您预订了第二天从纽约到伦敦的回程票。”

那个旅客会不会就是“那个人”正从印度监狱回来？有一件事是肯定的，那就是1959年12月他又开始活跃了。那个月，玛丽 · 比切[1]写信告诉我说：有个漂亮的法国女人去“戴高乐王子饭店”向一位美国商人申请工作。商人在宾馆大厅对她进行了面试，她未能得到那份工作，因为她不会英语速记。在回家路上，另一位美国人叫住了她，美国人自称彼得斯或者类似的名字。他对法国姑娘说，他无意中听见了面试的部分内容，知道她正在寻找工作；而他正在为他的朋友和合伙人作家格雷厄姆 · 格林寻找一位秘书，格林即将来巴黎写作两个月，然后花几个月时间周游美国，在美旅行期间，他会四处租房，这是他的习惯，他没法在宾馆写作。她愿意接受这份工作吗？

姑娘在一家巴黎书店里有份兼职，她觉得这份工作听起来好得令人难以相信，于是就给我的出版商打电话，出版商把她介绍给了玛丽。在这期间，她查询了戴高乐王子饭店，结果发现饭店没有名叫彼得斯的客人。玛丽建议值得去如约一试，诱导那人再自愿多谈一些有关他自己和合伙人的情况，但是姑娘不愿意去，因为她确信彼得斯在为某个拐卖妇女团伙物色猎物，而且彼得斯还说过，如果她有好朋友

① Marie Biche，格雷厄姆 · 格林在法国的代理人。

愿意在格雷厄姆·格林周游美国的时候当他的女管家，那么也有可能为其作出安排，因为他也在物色人员去担任那份工作。

这是“那个人”对我生活的最后一次大侵扰——其余事件只是过眼烟云，比如：一份牙买加报纸上刊登了一幅照片，题为“著名小说家格雷厄姆·格林与夫人在加莱昂俱乐部与斯卡德夫妇（中间）一起喝酒”。每个人都手里端着酒杯开怀大笑；长着蓬皮杜[①]眉毛的“那个人”身着白夹克，温雅自信；他的夫人是个非常漂亮的女人。没有一张照片与刊登在《日内瓦论坛报》上的格雷厄姆·格林夫妇在克万特兰机场[②]的照片相同——男人比当时的我要老得多，有点旅途疲劳的样子，头戴一顶滑稽可笑的粗花呢小帽；女人焦距模糊不清，戴着一顶无边女帽和深色眼镜。“身材粗壮，齿间叼着烟斗，英国作家格雷厄姆·格林昨天下午（1967 年 7 月 7 日）到达克万特兰。他来自巴黎，目前他以《第三者》作者的身份侨居巴黎，已经开始了他漫游日内瓦的假期。”当问及他是否正在写一部新作的时候，他说不，他在真正地度假。

与他在一起的女人是克洛迪娜吗？或者说克洛迪娜是那个在牙买加与斯卡德夫妇一起喝酒的更加美丽动人的女人吗？我是在 1970 年从一封开普敦写给她的信件（称她为格雷厄姆·格林夫人）中第一次知道克洛迪娜的。“昨天我给俱乐部打电话……通过委婉查询，

---

① Pompidou，1911—1974，曾任法国总理、总统。

② The Airport of Cointrin，位于瑞士。

我得悉你已经离开非洲色情场所，嫁给了一位非常杰出的作家……当一名作家的妻子正合你的心意，我敢肯定，你对丈夫一定帮助极大。”自巴黎讹诈以来，近二十年过去了：“那个人”似乎开始安定下来了。

他走了：我尾随：绝不停步

直到他打住。

几年前在智利，阿连德总统[①]请我共进午餐之后，圣地亚哥一份右翼报纸向它的读者宣布：总统被一个骗子骗了。我发觉自己被一种形而上学的疑惑所震撼：我是否一直是个骗子？我是“那个人”吗？我是斯金纳吗？我是否甚至可能是梅雷迪思·德瓦格？

① Salvador Allende，1908—1973，智利社会党创建人和领袖，曾任智利总统。

译后记

格雷厄姆·格林一生都在逃避：学生时代经常逃学躲进公共绿地的黄花荆豆丛中；放学后杜撰借口胡编教师名字，说要上补习课，实质逃到野外享受自由；为了逃避每周一次的军训，他曾大口喝下硫代硫酸钠，一口气吞下二十片阿司匹林；在牛津大学时，为了有机会去一次莫斯科和列宁格勒，成了共产党预备党员，当不能达到目的时，六周后就逃离组织。成年之后，他逃避的方式更是名目繁多，逃避的道路通向四面八方。那么，格林为什么要逃避呢?

格林主要以写作为生，但却觉得写作是一种煎熬：作家沉浸在小说创作之中，长时间独自生活在小说人物幽闭的世界里，情绪忧郁，需要逃避。所以有一段时间他改写电影评论，四年半时间连续每周看几部电影，一共看了四百多部电影，目的就是为了逃避枯燥的小说结构和呆板的小说人物；他写舞台剧本是为了逃避写电影剧本，是因为戏剧创作比写电影剧本有趣；电影剧本写完后，作者进入摄影棚就如同陌生人一般，无人把你当回事；而写剧本可与剧组成员朝夕相处，与演员共同切磋台词，与观众一起讨论剧情，改进的台词第二天就能在舞台上见到效果，这是多么有趣！他写短篇小说也是逃避，因为短篇小说像“快照”相册，可以一页页翻过去，下一张与前一张毫无关系，感情不必深陷其中，写作所造成的郁闷心情可以很快得到解脱，心情也随之变得轻松愉快起来；他逃避呆板的创作手法，向狄更斯等名家学习用第一人称写小说，一改过去习惯的写作风格，并从中获得无限的乐趣；这种逃避可以说是一种作家调节创作节奏和生活的手段。

格林的逃避也是寻找刺激。纵观他的创作生涯，可以说格林是个不安分守己的人，他是哪里有危险，就往哪里跑，哪里战火纷飞，他就往哪里“逃”，他非常欣赏法国人对待战争的态度，认为战争是一种“体育生活”，一种“娱乐”：他“逃到”战火连天的马来亚，乘坐炮艇在两岸游击队迫击炮的威胁下与士兵一起巡查防区，还在船上饮酒作乐；他“逃到”印度支那，受到法军司令德拉特的款待，还有一架飞机供他随意支配，结果他不按将军的意思去看前哨阵地，而是去了发艳主教的是非之地，飞机遭到意外炮击，差一点丢了性命；他四访越南，亲临奠边府战役，飞抵战争前沿与法军官兵在战壕里共度了二十四小时，亲眼目睹了官兵们生离死别的悲惨情景；他“逃到”中东，连续几个小时趴在炎热的沙丘下，头顶上埃及和以色列的炮火来回呼啸，趴在他身旁的少校旅伴脸颊被弹片削去一块皮。格林本人认可的传记作家 Norman Sherry 在他的作品中透露：格林一直向英国情报部门提供情报，直至生命结束。从这个意识上来说，格林自从经他姐姐介绍加入军情六处之后，一生都是个间谍。间谍是一种极具刺激性的职业，他冒着生命危险经常亲临战争第一线，也许既是间谍工作的需要，也是他作为《巴黎竞赛》等杂志的记者写作的需要，更是寻求刺激的需要，因为当有人向他建议应该战后到印度支那来，那时才有意思，他的回答是那时没有意思，因为战争结束了。

格林的逃避更是希望逃离英伦三岛闭塞的环境，远离他称之为“由小村庄组成的”世界大都市伦敦，他渴望去世界各个荒野、奇特、遥远、纷乱的地方访古探秘。他很会利用自己著名作家和英国间谍的身份，享受种种特殊待遇：前有警察保护开路（抽大烟有时可以不花钱），后有密探跟踪尾随，天上有专机送行，水上有战船伴游；其实所到之处，从总统到宾馆服务员，大家都知道他的背景，他不是在西贡书店寻找他的法文版小说，要想签名送人吗？法军司令德拉特将军不是当面挑明他英国间谍的身份吗？东欧持不同政见者和宗教分子不是纷纷在他面前哭诉或倾诉他们不幸的悲惨遭遇？“精神病患者”不是要他转告大使馆说他希望把超级降落伞和造墙机器送给英国吗？如果他是个单纯的作家，在战争环境下，他能活得那么滋润，能跑到普通人不能光顾的军事禁地吗？他的足迹遍及亚洲、非洲、欧洲、拉丁美洲，他见证了墨西哥、巴拉圭、乌拉圭、海地等国家发生的政治动乱和东欧发生的政治变革，也目睹了世界上少见的宗教习俗（如高台教），他的《不法之路》和公认的最佳小说《权力与荣耀》就是在这种逃避的过程中创作出来的。总而言之，他很会“名声寻租”，因为他甚至成功地利用名声要挟胡志明接见了他，并请他喝茶。

格林的逃避之路其实是他那一代作家的必由之路，从某种意义说也是当今世界各国作家们应走的道路，那就是作家必须深入生活，到火热的生活和斗争的第一线去，因为没有独特的亲身经历，哪来吸引读者的好作品？用生命换来的精彩故事毕竟可以打动人们的心灵！格林不是说过吗，当时英国年轻作家常靠这种猎奇式的旅行获取第一手资料，以求创作出与众不同的作品。因此，他不安分守己，“逃避”《泰晤士报》稳定舒适的工作，冒险踏入作家这种高度不稳定的自由职业，自找苦吃，带着表妹和一帮黑人雇员长途跋涉在地图上连地名都没有的西非腹地，恶劣的卫生环境和艰苦的生活条件使他差一点病死在漫漫旅途之中，然而这次旅行却成就了《没有地图的旅行》这部名作。

格林的政治倾向比较混沌，他在各种主义之间逃来逃去，他讽刺过美国帝国主义，也支持过古巴卡斯特罗；他讽刺过斯大林主义的捷克，也支持过布拉格革命；他在小说中宣扬天主教教义，但却不乐意别人称他为天主教作家；他脱离了共产党，但一生保留着党证作为纪念；这种双重性是他职业的需要，是为了讨好各方、获得更多读者、销售更多小说，还是其性格使然？那只能请读者自己来判断了。不过，有一点是肯定，格林很有个性，很勇敢，不怕死，有正义感，疾恶如仇，不是吗，在伦敦大空袭时，他义务担任空袭警报哨，冒着德国纳粹飞机的狂轰滥炸，一次又一次冲上街头抢救伤员；他在布拉格冒着被逮捕的危险，给持不同政见者送金表赠金钱，以帮助他们逃离苦海……具备这种品格的人，不管他信仰如何，都值得人们敬重，他的作品一定包含很多独特的人生哲理，值得读者拜读。那么多天主教徒，甚至神父，把他视作他们灵魂的寄托，其原因也就在此。

《逃避之路》是《生活曾经这样》的续集，陆谷孙先生在其译后记中说，“不妨等待自传续集 *Ways of Escape* 译出后，再来重读《生活曾经这样》”，可见阅读《逃避之路》，对于了解格林逃避的一生至关重要。格林一生勤奋，是个多产作家，共发表了小说、短篇小说、剧本、电影剧本近六十部，很多作品被译成多国文字，完全可以说著作等身。尽管格林一生都在逃避，逃避日常琐事，逃避失败的感觉，逃避对未来的恐惧……他想逃避写作，但逃离之后又回归了，因此他始终没有逃离作家生涯；他热爱写作，对写作那么执著，那么钟情，以至于75岁高龄时在子孙满堂衣食无忧的情况下还积极酝酿创作《日内瓦的菲舍尔博士》。读读格林自传，了解他勤奋努力、丰富多彩、硕果累累的一生，也能激励我们奋发图强。

黄勇民

2012年8月

Graham Greene
WAYS OF ESCAPE

图字: 09 - 2008 - 631 号

图书在版编目(CIP)数据

逃避之路/(英)格雷厄姆·格林(Graham Greene)著;
黄勇民译. —上海: 上海译文出版社,2020.7
(格雷厄姆·格林文集)
书名原文: Ways of Escape
ISBN 978 - 7 - 5327 - 8457 - 8

Ⅰ. ①逃… Ⅱ. ①格… ②黄… Ⅲ. ①自传体小说—
英国—现代 Ⅳ. ①I561.45

中国版本图书馆 CIP 数据核字(2020)第 086981 号

逃避之路
[英] 格雷厄姆·格林/著 黄勇民/译
策划/冯涛 责任编辑/宋佥 装帧设计/张志全工作室

上海译文出版社有限公司出版、发行
网址: www.yiwen.com.cn
200001 上海福建中路 193 号
浙江新华数码印务有限公司印刷

开本 890×1240 1/32 印张 11.5 插页 6 字数 201,000
2020 年 7 月第 1 版 2020 年 7 月第 1 次印刷
印数: 0,001—5,000 册

ISBN 978 - 7 - 5327 - 8457 - 8/I · 5198
定价: 75.00 元